안에 있는 모든   것

안에 있는 모든 것

Everything Inside
Edwidge Danticat

에드위지 당티카 소설
이윤실 옮김

문학동네

일러두기

1. 주석은 모두 옮긴이주다.
2. 본문 중 고딕체는 원서에서 이탤릭체로, 볼드체는 대문자로 강조한 부분이다.
3. 장편소설과 기타 단행본은 『 』, 시와 희곡 등의 작품명은 「 」, 연속간행물, 방송 프로그램명, 곡명 등은 〈 〉로 구분했다.

조녀선과 조앤에게

태어남은 망명의 첫걸음.

살아감은

영원한 디아스포라.

신디 히메네즈-베라

우리는 사랑한다. 그것만이 진정한 모험이므로.

니키 조반니

차례

남겨진 아이

전남편이 전화로 그의 여자친구 올리비아가 포르토프랭스*에서 납치됐다고 알려왔을 때, 엘시는 가스파르와 함께 있었다. 가스파르는 집에서 치료받는 신부전증 환자였다. 핸드폰이 울렸을 때 엘시는 가스파르에게 막 양배추수프를 떠먹이던 참이었다. 침대에 누운 채 겹쳐놓은 베개 두 개에 조심히 머리를 올리고 있던 가스파르는 얽은 자국이 있는 부은 얼굴을 침실 천장의 채광창 쪽으로 돌렸다. 창밖으로는 거대한 야자나무가 비스듬히 보였다. 그 나무는 단독주택 단지의 호숫가에 자리잡은 가스파르의 집을 오랜 세월 굽어보고 있었다.

---

* 아이티의 수도.

엘시는 핸드폰을 왼쪽 귀와 어깨 사이에 끼고 오른손으로 가스파르의 턱 언저리에 묻은 양배추 조각을 닦아냈다. 가스파르는 마치 오케스트라를 지휘하듯 양손을 휘저으며 엘시에게 방을 떠나지 말고 통화를 계속하라는 신호를 보냈다. 엘시는 다시 전화에 집중하며 핸드폰을 입에 바짝 대고 물었다. "킬 레*?"

"오늘 아침에," 전남편 블레즈는 지치고 쉰 목소리로 횡설수설했다. 평소의 노래하는 듯한 말투, 그가 실제로 가수여서 그런 거라 생각했던 그 말투는 사라지고 없었다. 알아듣기 힘든 웅얼거림이었다. "올리비아가 엄마 집을 나섰을 때," 그는 말을 이었다. "남자 두 명이 그녀를 와락 잡아채서 차에 밀어넣고는 사라졌어."

엘시는 블레즈가 앉거나 서서, 지금 그녀처럼 그 기다란 목과 좁은 어깨 사이에 핸드폰을 끼운 채 손톱 밑을 파는 모습이 눈에 선했다. 깨끗한 손톱은 그가 집착하는 것 중 하나였다. 그는 손가락이 더러우면 질색했다. 그녀 생각에는 아이티에서 기계공 훈련을 받은 탓에, 기타를 쳐야 할 가느다란 손가락에 평생 기름때를 묻힐 뻔했던 게 이유인 듯했다.

---

* 아이티 크리올어로 '언제'. 아이티 크리올어는 프랑스어 기반에 스페인어, 영어, 토착어 등이 혼합된 언어로 아이티의 주요 일상어이자 공용어이다.

"아이티에 같이 안 갔어?" 엘시가 물었다.

"맞아." 그가 결코 끊이지 않을 것처럼 길게 숨을 내쉬며 말했다. "같이 갔어야 했어."

환자의 시선이 야자나무의 갈색 씨앗이 점점이 흩뿌려진 천장 채광창에서 내려와 서성였다. 내내 못 듣는 척하던 가스파르가 이제 엘시를 똑바로 바라보고 있었다. 침대에서 쉴새없이 이쪽저쪽 뒤척이던 걸 멈추고는 숨을 죽였다.

그날은 가스파르가 예순다섯 살이 되는 날이었고 그는 점심 식사 전에 딸에게 샴페인 한 병을 부탁했다. 원래는 샴페인을 마시면 안 되지만 그의 간곡한 부탁에 딸이 마지못해 동의했다. 몇 모금만 마신다는 조건이었다. 서른여섯 살 엘시보다 열 살 어린 가스파르의 딸 모나는 마이애미레이크스에 사는 아버지를 보러 뉴욕에서 잠시 내려와 있던 차였다. 샴페인을 공수하러 나갔던 모나가 이제 막 돌아왔다.

"엘시, 전화 좀 끊어주면 좋겠어요." 방안으로 들어온 모나가 침대 옆 접이식 탁자에 크리스털 샴페인잔 세 개를 내려놓으며 말했다.

"다시 전화해." 엘시가 블레즈에게 말했다.

그녀는 전화를 끊고 아픈 남자의 호리호리한 딸에게 다가갔다. 두 사람의 키와 체격은 비슷했지만, 엘시는 자신이 모나의 엄마뻘처럼 느껴졌다. 아마 오랫동안 사람을 돌봐온 탓일 터였다. 엘시는 간호사 보조로 와 있었지만 그 일에 정작 간호사는 없었다. 이곳에서 엘시의 임무는 가스파르의 활력징후를 기록하고 밥을 먹이고 몸을 정결하게 가꿔주고 가벼운 집안일도 조금 하고 일주일에 두 번 하는 투석 치료 동안 말동무가 되어주면서 그를 안락하게 돌보는 일이었다. 신장 하나를 떼어주겠다는 딸의 제안을 그가 수락할지 말지 결정할 때까지였다. 모나는 기증자로 적합하다는 판정을 받았지만 가스파르는 아직 결정을 내리지 못하고 있었다.

모나가 샴페인을 따랐다. 엘시는 모나가 아버지에게 샴페인잔을 건네는 모습을 자세히 지켜보았다.

"알 라 비." 모나가 아버지와 건배하며 말했다. "인생을 위하여."

그날 오후 블레즈는 다시 전화를 걸어와 올리비아의 어머니가 납치범에게서 연락을 받았다고 했다. 어머니는 올리비아와 통화하게 해달라고 했지만 납치범은 전화를 바꿔주지 않았다.

"5만을 요구했어." 그가 코맹맹이 소리로 너무 빠르게 말하는 바람에 엘시는 금액을 다시 물어봐야 했다.

"미국 돈으로?" 그녀가 확인차 물었다.

그녀는 블레즈가 달걀 모양의 머리를 위아래로 까닥이며 "위*"라고 대답하는 모습을 그려보았다.

"올리비아 엄마에게 그 돈이 있을 리가 없어." 블레즈가 말했다. "여유 있는 분들이 아니거든. 다들 우리가 협상을 해야 한대. 만 달러까지 낮출 수 있을 거라고. 그래서 돈을 빌리려고 해."

엘시는 블레즈가 말한 금액이 10달러이길 바랐다. 그럼 모든 게 좀더 쉬워질 테니까. 10달러로 옛친구이자 경쟁자였던 올리비아가 풀려나고, 더이상 근무중에 전남편의 전화가 오지 않기를. 그러나 그럴 리는 없었다. 그가 말한 건 만 달러였다.

"아, 예수님, 마리아, 요셉!" 엘시는 숨을 내쉬며 짤막히 기도를 중얼거렸다. "어떡하면 좋아." 그녀가 블레즈에게 말했다.

"이건 지옥이야." 이제 그의 목소리는 너무나도 침착했다. 그녀에게 별로 놀라운 일은 아니었다. 블레즈는 걱정거리가 생기면 언제나 가라앉았다. 자신이 결성해서 리드싱어로 활동했던 콩파** 밴드를 떠났을 때도 몇 주가 지나도록 아무것도 안 하고 집에서 기타만 쳤다. 그때도 그는 너무나 침착했다.

---

* 아이티 크리올어로 '응'.
** 아이티의 전통 민속음악에서 유래한 댄스음악 장르.

과거에 엘시의 친구였던 올리비아가 매력적이긴 했다. 헤어젤을 발라 동그랗게 말아올린 숱 많은 머리에 밤색 피부의 그녀는 외모가 그런대로 괜찮은 편이었다. 하지만 엘시의 눈에 먼저 들어온 건 그녀의 열정이었다. 올리비아는 엘시보다 두 살 어렸고 훨씬 더 외향적이었다. 그녀는 대화를 나누면서 상대의 팔이나 등, 어깨를 만지는 걸 좋아했다. 환자든 의사든 간호사든 조무사든 누구에게나 그랬다. 아무도 거기에 괘념치 않는 듯했다. 사람들은 금세 그녀가 만지는 것을 당연하게 느끼거나 좋아했고 심지어 바라기까지 했다. 올리비아는 노스마이애미 에이전시에서 가장 인기 많은 공인조무사 중 하나였다. 교과서식 영어를 거의 완벽하게 구사했기에 가장 돈 많고 다루기 쉬운 환자를 배정받곤 했다.

엘시와 올리비아는 입주 간병인을 재교육하는 일주일짜리 과정에서 처음 만났고, 과정을 마칠 무렵에는 왠지 모르게 서로에게 이끌려 가까워져 있었다. 둘은 스케줄이 맞을 때마다 에이전시에 같은 그룹홈*으로 배정해달라고 부탁하곤 했다. 거기서 그들은 주로 병상에 누워 지내는 노인 환자들을 돌보았다. 밤에 환

* 노인, 장애인, 노숙자, 청소년 등 혼자여서 가정생활이 어렵거나 사회 적응에 도움이 필요한 사회적 약자들이 모여 함께 거주하는 소규모 공동체. 필요에 따라 간병인이나 간호사가 상주하기도 한다.

자들이 약에 취해 곤히 잠들면, 둘은 자지 않고 숨죽인 채 환자의 자식과 손주들을 판단하고 비난하곤 했다. 침대 머리맡의 탁자 위, 늘어선 약병들 옆 액자에 그들의 사진이 있었지만 직접 얼굴을 보기는커녕 전화로 목소리를 듣기도 힘든 사람들이었다.

다음날 아침, 엘시는 가스파르가 잠옷을 벗고 낮에 입는 회색 운동복으로 갈아입는 일을 도왔다. 엘시는 내심 그가 집 주변의 깔끔히 정돈된 정원을 걷거나 휠체어를 태워달라고 부탁해주기를 바랐지만, 그는 집에, 침대에 틀어박히는 편을 훨씬 좋아했다. 그는 요 며칠간 아침마다 그랬던 것처럼 힘없이 말했다. "나의 꽃, 엘시. 난 이제 끝인가봐."

입을 헹굴 때도 중간중간 쉬어야 했던 어느 아침에 비하면 이날 가스파르의 상태는 썩 괜찮았다. 통통 부어오른 얼굴에 이목구비가 묻힌 탓에 갓난아기가 연상되긴 했지만.

"나나는 어딨지?" 그가 딸의 애칭을 쓰며 물었다.

모나는 옛날 자기 방에서 자고 있었다. 지금은 한물갔거나 오래전에 세상을 떠난 가수와 배우의 포스터로 벽이 도배된 방이었다. 엘시는 모나가 뉴욕에서 살면서 화장품회사에서 일한다는 것 말고는 그녀에 대해 아는 게 없었다. 모나가 디자인한 라벨이 붙은 비누, 크림, 로션이 그녀 아버지 집의 욕실 세 곳에 있는 모든 수납장 선반 곳곳을 채우고 있었다. 모나는 미혼에 아이가 없었다. 그리고 집 여기저기에 있는 사진들 속 시퀸 드레스*와 비키니를 입고 가슴에 어깨띠를 두른 모습을 보고 짐작컨대, 미인대회 우승자였다. 그 사진 중 하나에서 모나는 '미스 아이티-아메리카'인가 뭔가였다.

그의 아내이자 모나 엄마는 몇 년 전에 그와 이혼한 뒤 친척이 있는 캐나다로 떠났다고, 가스파르는 말했다. 엘시 입장에서 그를 돌봐줄 아내가 없는 걸 의아해할까 싶어서 그런 설명을 하는 듯했다. 그의 딸이 금요일 밤에 왔다가 일요일 오후에 떠나면, 그는 딸이 엄마를 만나러 가느라 자신과 함께하지 않는 주말도 있다고 종종 덧붙이곤 했다.

"여긴 부모를 잊고 사는 자식들이 널렸지. 나나가 그런 애들처럼 날 방치한다고 생각하지 않았으면 좋겠어." 그가 말했다.

"나나는 지금 여기 있잖아요, 므셰** 가스파르." 엘시가 말했다. "그게 중요한 거죠."

가스파르는 딸 이외의 방문객은 꺼려했다. 사람들에게 전화가 오면, 특히 세무 사업을 할 때 몇 년 같이 일했던 세무사나 고객

---

* 반짝이는 금속 장식이나 스팽글이 달린 화려한 드레스.
** 아이티 크리올어에서 남성 존칭.

들의 전화가 걸려오면, 지금 자신의 모습을 보여주고 싶지 않다는 뜻을 에두르지 않고 분명히 전했다.

모나는 보통 일어나자마자 가스파르의 방으로 갔다. 아버지의 기운을 뺄까봐 대화는 거의 하지 않았고, 아침의 대부분을 그곳에서 보내며 책을 읽거나 문자메시지를 보냈다.

블레즈는 그날 오후 한시쯤에 다시 전화를 걸어왔다. 엘시는 가스파르가 부탁한 야자순과 아보카도가 들어간 샐러드를 만들던 중이었다. 가스파르는 아내가 만들어주곤 하던 그 샐러드를 딸과 함께 먹고 싶어했다. 모나는 이번 한 주를 통째로 그와 보낼 계획이었다.

"그 녀석들이 올리비아를 해친 거 같아, 엘시." 블레즈가 말했다. 말투가 깊은 잠에서 깨어난 사람처럼 알아듣기 힘들고 느릿느릿했다.

"왜 그렇게 생각해?" 엘시가 물었다. 순간 야자순을 썰던 칼날에 엄지손가락을 베고 말았다. 베인 부분 끄트머리를 이로 물어 짜내자 피의 단맛이 입안에 맴돌았다.

"모르겠어." 그가 말했다. "그냥 느껴져. 당신도 알잖아. 올리비아가 그냥 굴복할 사람이 아니라는 거. 맞서 싸우겠지."

올리비아와 블레즈가 처음 만난 그날 밤, 엘시는 그녀를 데리고 블레즈의 밴드 카주의 공연을 보러 리틀아이티*의 네네스 나이트클럽에 갔다. 이 클럽의 주인인 뤼카 데데는 블레즈처럼 아이티 북부의 마을 랭베 출신이었다. 그는 블레즈의 어릴 적 친구로 형편이 좀더 나았고, 블레즈가 미국 곳곳의 아이티계 클럽을 돌며 공연을 하기 위해 비자를 얻는 데 힘써줬다. 하지만 순회 공연은 성사되지 않았고 가수 일도 좀처럼 풀리지 않아서 블레즈는 간간이 낮에 불법적인 일을 해야 했다.

그날 밤, 엘시는 무릎까지 오는 얌전한 검정 치마에 평범한 하얀 블라우스를 입었다. 꼭 사무실 출근이라도 하는 사람 같았다. 올리비아는 중고품가게에서 산 초록색 스팽글로 장식된 칵테일 드레스 차림이었다.

"이게 거기 있던 옷 중에서 제일 수아레** 옷 같았어." 출입문에서 엘시를 만나자 올리비아가 말했다.

데데스 클럽은 수아레가 열리는 그런 곳이 아니라 동네 사람들이 편하게 다녀가는 술집이었다. 가끔 사람들이 춤을 추기도 하는 낮은 무대 앞으로 테이블이 여기저기 놓여 있었고 테이블 주변에는 검정 가죽을 씌운 낡은 칸막이가 둘러져 있었으며 벽

---

* 플로리다주 마이애미의 마을. 아이티와 카리브해 지역 이민자들이 많이 산다.
** 프랑스어로 '야회' '파티'.

에는 벽돌이 그대로 드러나 있었다.

"오늘밤엔 새빨간 드레스를 입고 싶었는데 거기에는 없더라고." 올리비아가 덧붙였다. "오늘밤을 불사르겠어! 피로 물들이겠어!"

"넌 남자가 필요해." 엘시가 말했다.

"그렇지." 13센티미터짜리 굽이 달린 하이힐을 신은 올리비아가 앞으로 몸을 기울여 엘시의 볼에 입을 맞췄다. 올리비아가 평소의 다정한 손길 대신 입맞춤으로 인사해주기는 처음이었다. 그들은 병과 죽음이라는 일상의 굴레를 벗어나 즐기러 나온 참이었다.

그날 밤 두 사람을 얼빠지게 바라보는 남자들이 몇몇 있었다. 뤼카 데데도 그중 하나로, 태연한 척 덥수룩한 수염을 연신 쓰다듬었다. 희끗희끗해지기 시작한 그의 이맛머리가 자꾸만 엘시의 눈길을 붙들었다. 또한 그녀는 그가 거의 매번 똑같은 차림이라는 걸 깨달았다. 흰색 셔츠와 카키색 반바지.

데데는 평소처럼 바를 지키면서도 올리비아가 자기한테 관심이 없다는 게 분명해질 때까지 두 사람에게 윙크를 날리고 술을 보냈다. 올리비아는 그녀가 앉은 테이블로 성큼성큼 다가와 손을 내민 남자 모두와 춤을 추었다. 럼펀치 칵테일을 몇 잔 더 들이켜고 테이블 사이로 나간 그녀는 엘시의 부추김에 무대 위로 올라갔다. 그러고는 블레즈 옆에 서서 깜짝 놀랄 만한 완벽한 음조로 아이티 국가를 불렀다. 올리비아에게 기립박수가 쏟아졌다. 관중은 휘파람을 날리고 환호했다. 가장 열렬하게 소리지르는 무리 속에 있는 남편이 엘시 눈에 확 들어왔다.

"이분을 밴드에 영입하도록 하겠습니다!" 올리비아에게서 돌려받은 마이크에 대고 그가 소리쳤다.

"리드싱어를 시켜!" 데데가 바에서 외쳤다. "너보다 훨씬 잘 부른다고, 친구."

엘시와 블레즈가 처음 만난 건 오 년 전 이곳, 훨씬 더 조용한 분위기에서였다. 엘시는 아이티에서 온 오랜 친구와 데데스 클럽에 발을 내디뎠다. 간호조무사 에이전시 사장이었던 친구는 엘시가 미국 비자를 받도록 돕고 조무사 자격시험을 통과할 수 있게 조언해주었으며 일자리를 주고 자립할 때까지 보살펴주었다.

블레즈가 카주에서 노래 부르는 걸 처음 들었을 때 엘시는 별다른 감흥이 없었다. 블레즈는 그가 좋아하는 구아야베라*와 헐렁한 바지를 입고서 그 길고 유연한 몸으로 무대 위를 휘젓고 다녔다. 밴드 반주에 맞춰 매번 똑같은 명랑한 노래들을 계속 부르

---

*보통 앞뒷면에 세로줄 수 장식이 들어간 셔츠로, 쿠바 남성들이 외출용으로 즐겨 입는다.

면서 관중들이 머리 위로 손을 들어올리도록 채근했다. 나중에 그는 엘시의 그 무심한, 심지어 무시하는 듯한 표정 때문에 끌렸다고 했다.

"여기서 내게 안 넘어올 것 같은 사람은 당신뿐이군요." 데데스에서 그가 그녀 옆 빈자리에 슬며시 앉으며 말했다. 그는 도전 의식을 느끼면 그냥 넘기는 법이 없었다.

"몇 군데서 돈을 빌렸어." 그날 몇 시간 뒤 블레즈가 또다시 전화를 걸어와 말했다. 갈라진 목소리로 말을 더듬어 엘시는 그가 울고 있었던 건가 싶었다.

"나한테 4500달러가 있는데," 그가 덧붙였다. "당신 생각에 저들이 받아줄 것 같아?"

"그걸 그냥 그렇게 보낸다고?" 엘시가 물었다.

"돈을 다 모으면 직접 들고 가려고." 그가 말했다.

"당신도 잡아가면 어쩌려고 그래?" 이 정도로 그를 걱정하다니, 엘시는 깜짝 놀랐다. 이기적이게도 그가 잡혀가면 협박 전화가 누구에게 갈지 궁금해졌다. 블레즈도 그녀처럼 마이애미에 가족이 없었다. 그나마 그에게 제일 가까운 사람은 데데와 밴드 사람들인데, 이 사람들은 그가 어떤 이유 때문에 밴드를 해체한 것에 아직도 화가 난 상태였다. 그 이유에 대해 그는 그녀와 이야기하지 않으려 했다. 어쩌면 그게 그녀를 버리고 올리비아한 테 간 이유일지도 모른다. 올리비아였다면 밴드에 무슨 일이 있 었고 그 이유가 뭔지 낱낱이 알려달라고 우겼을 테니까. 올리비 아였다면 그 상황을 바로잡았을 것이고 그들이 공연을 계속할 수 있었을지도 모른다. 올리비아였다면 블레즈와 마찬가지로, 그는 온종일 음악을 해야 한다고, 낮에 주차장 관리인으로 일하 는 건 그를 정신적으로 갉아먹는 일이라고 생각했을지도 모른다.

"이게 돈을 뜯어내려는 수작일지 어떻게 알아?" 엘시가 물었다.

"뭔가 문제가 생긴 거야." 그가 말했다. "올리비아에게서 이 렇게 오랫동안 연락이 없던 적이 없었어."

올리비아는 블레즈를 만난 지 얼마 되지도 않아서, 엘시한테 했던 것처럼 그에게 바짝 다가서서 뺨에 입을 맞췄다. 처음에 엘 시는 못 본 척했다. 하지만 이따금 한차례 농담처럼 이렇게 말 하며 주의를 주었다. "이봐, 세 음*, 저 사람은 내 남자라고." 엘 시가 약하고 병든 자들을 돌보며 배운 게 있다면, 그냥 소홀하게 넘긴 병이 결국 목숨을 앗아간다는 사실이었다. 그래서 그녀는 모든 걸 숨기지 않고 드러내려 최선을 다했다.

---

* 아이티 크리올어로 '내 여동생'.

블레즈가 올리비아를 공연에 초대하자고 할 때면 그녀는 순순히 응했다. 근무지 밖에서 올리비아와 어울리는 게 좋았기 때문이었다. 그가 밴드를 떠나 데데스에서 더이상 공연하지 않게 됐던 무렵에는 셋이 함께 나가 장도 보고, 영화도 보고, 일요일 아침이면 리틀아이티에 있는 노트르담성당에서 미사도 드렸다. 이내 그들은 삼 남매 같은 사이가 되었다. 올리비아는 도사*, 마지막 남은 아이, 짝 없는 아이, 남겨진 아이였다.

"전화를 너무 오래 안 했네, 미안해." 지금 블레즈는 오 년간의 결혼생활 동안 엘시가 무척이나 좋아했던, 침대에서 느긋이 뭉그적거리며 이야기를 나누던 때처럼 말을 건네고 있었다. "내 전화 받고 싶지 않을 것 같아서."

어차피 우린 정확히 육 개월 넘게 연락 없이 살았잖아, 라는 생각이 들었지만 정작 말은 다르게 나왔다. "갑자기 이혼하면 다 그렇지, 안 그래?"

엘시는 그가 올리비아에 대해 뭔가 다른 소식을 얘기해주길 기다렸다. 그는 소식을 전할 때 시간을 끄는 편이었다. 엘시를 떠난 게 올리비아 때문이었다고 전해준 것도 몇 달이 지나서였다. 차라리 어느 하루 툭 털어놓았더라면 조금 더 받아들이기 쉬

---

* 아이티 크리올어로 '쌍둥이 다음에 태어난 여자아이'.

웠을 터였다. 그랬더라면 셋이 함께했던 순간들을 하나씩 되짚는 데 그렇게 많은 시간을 쏟진 않았을 것이다. 미사를 드리면서 그녀 등뒤에서 서로 눈짓을 주고받은 건 아닌지, 토요일 오후 모닝사이드공원에서 블레즈, 데데가 친구들과 축구하는 걸 구경한 후 그녀가 두 사람 사이에 누웠을 때 둘이 몰래 비웃은 건 아닌지 궁금해하지 않았을 것이다.

"새로운 소식이라도 있어?" 그녀가 물었다. 대화를 짧게 끝내고 싶었다.

"그 녀석들이 나한테 직접 전화했어." 그는 침을 꿀꺽 삼켰다. 그녀는 가스파르와 다른 환자들을 돌보면서 그런 식으로 힘겹게 침을 삼키는 소리에 익숙해져 있었다. "볼레 요." 도둑놈들.

"목소리가 어땠어?" 그녀는 그가 아는 모든 걸 알아내서 그의 머릿속에 있는 것과 똑같은 선명한 그림을 그려보려 했다.

"애들 같았어. 어린애들. 녹음은 못했어." 그가 짜증스럽게 말했다.

"올리비아하고 통화하고 싶다고 했어?"

"안 바꿔줬어." 그가 답했다.

"강하게 얘기해봤어?"

"내가 안 그랬을 거 같아? 목줄을 쥐고 있는 건 개네야. 알잖아."

"알지."

"모르는 것 같은데."

"나도 알아." 그녀는 인정하고 말았다. "그래도 올리비아랑 통화하기 전에는 돈 안 부치겠다고 말해봤어? 올리비아가 이젠 없을 수도 있잖아. 당신이 그렇게 말했잖아. 올리비아는 맞섰을 거라고. 벌써 도망쳤을 수도 있고."

"내가 내 여자 바꿔달라고 요구 안 했을 것 같아?" 그가 소리쳤다.

그가 내뱉은 말에 그녀는 짜증이 났다. 여자? 그의 여자? 그는 절대 어떤 여자도 자기 여자라고 부르는 사람이 아니었다. 적어도 입 밖으로 말하진 않았다. 그의 실체 없는 음악 경력이 어떤 여자든 그의 여자가 될 수 있다고 믿게 만들었는지도 몰랐다. 그는 엘시에게 소리친 적이 한 번도 없었다. 그들은 거의 싸우지 않았다. 둘 다 화가 나고 짜증이 나도 조용히 가슴속으로 삭였다. 그녀는 그가 소리치는 게 싫었다. 둘 다 싫었다.

"미안해." 그가 진정하며 말했다. "납치범들이 길게 이야기하진 않았어. 내일 오후까지 최소 만 달러를 보내지 않으면 올리비아의 장례식을 준비하는 게 좋을 거랬어."

바로 그때 가스파르의 딸이 다른 방에서 그녀를 부르는 소리가 들렸다. "엘시, 여기로 와줄래요?" 모나의 목소리에서 중환자를 사랑하는 사람 특유의 영원히 사라지지 않을 듯한 피로가 느껴졌다.

"나중에 전화해." 그녀는 블레즈에게 이렇게 말하곤 전화를 끊었다.

엘시가 가스파르의 방으로 들어갔을 때 모나는 아까 읽던 책을 무릎에 올린 채 아버지의 침대 가장자리에 앉아 있었다. 엘시가 자리를 뜰 때 읽고 있던 책이었다. 그녀는 점심 먹은 접시를 식기세척기에 넣으려 방을 나섰다가 결국 블레즈의 전화를 받게 된 것이었다.

"엘시." 가스파르가 베개 깊숙이 머리를 파묻자 모나가 말했다. 가스파르는 두 눈을 꼭 감고 극한의 고통을 견디는 듯 주먹을 쥐고 있었다. 얼굴은 땀에 젖어 있었고 계속 기침을 한 모양이었다. 모나는 아버지의 코 위로 산소마스크를 덮어주고 아침에 배달된 고압산소탱크를 작동시켰다. 그 웅웅거리는 소리에 엘시는 다른 소리를 듣기가 더욱 어려워졌다.

"엘시, 미안하지만 그래도 얘기해야겠어요." 모나가 크리올어로 말했다. "제가 항상 여기에 있는 건 아니잖아요. 평소엔 어떻게 일하는지 모르겠는데 통화를 너무 오래 하는 거 같아서 진짜 걱정되네요."

엘시는 자신이 왜 그렇게 통화를 많이 하는지 해명하고 싶지 않았지만, 그 즉시 해명해야겠다고 생각했다. 아버지에게 좀더 신경써달라는 모나의 말이 맞기도 했거니와 엘시에게는 이런 상황을 듣고 조언해줄 사람이 아무도 없기 때문이었다. 그녀가 항상 의지하던, 블레즈를 만나러 가는 밤마다 동행해주던 그 한 명의 친구는 애틀랜타로 이사갔다. 그래서 그녀는 가스파르와 모나에게 자신이 왜 이 전화를 계속 받고 있는지, 전화가 왜 이렇게 자주 오는지를 설명했다. 단, 몇 가지 중요한 세부 내용을 바꿔서. 그녀도 그 실제 사실들이 여전히 당황스럽게 느껴졌기 때문에. 그녀는 올리비아가 자신의 여동생이고 블레즈는 그 여동생의 남편이라고 했다.

"미안해요, 엘시." 모나의 목소리가 즉시 누그러졌다. 가스파르는 눈을 뜨고 엘시에게 손을 내밀었다. 엘시는 가끔 그가 일어서도록 도와줄 때처럼 그의 손가락을 꽉 붙들었다.

"자네, 집으로 돌아가고 싶은가?" 가스파르가 더욱 갈라진 목소리로 물었다. "우리는 에이전시에 연락해서 다른 사람을 구해도 돼."

"내가 엘시의 생각을 모두 다 알 순 없지만, 파파*." 크리올어

---

* 아이티 크리올어로 '아빠'.

를 말하는 모나의 목소리는 더욱 앳되었다. "지금으로서는 엘시가 일하는 게 최선이라고 생각해요. 납치범들한테 그만큼 몸값을 주고 나면 경제적으로 타격이 엄청날 텐데."

"서두르는 게 낫지." 가스파르가 여전히 숨을 고르며 말했다. "그 말페테*의 손아귀에서 조금이라도 빨리 빼내는 게 동생에게 좋을 거야."

가스파르는 딸을 바라보며 마지막 동의를 구했고 모나는 마지못해 고개를 끄덕이며 아버지의 뜻에 따랐다.

"여동생을 구하고 싶으면," 가스파르가 이제 더욱더 숨찬 목소리로 말했다. "놈들의 요구를 들어줘야 할지도 몰라."

"은행에 5000달러가 있어." 그날 오후 블레즈가 다시 전화를 걸었을 때 엘시가 말했다. 실제 가지고 있는 돈은 6900달러였다. 하지만 아이티나 마이애미에서 또다른 응급 상황이 생길 경우를 대비해 모은 돈 전부를 내놓을 순 없었다. 그는 이미 그 5000달러에 대해 알고 있었다. 둘이 함께 지내는 동안 모은 돈이 거의 그 정도였다. 엘시는 저축 금액을 두 배로 늘리고 싶었지만 둘이 살던 아파트에서 나와 노스마이애미에 있는 원룸으로 이사하고

---

* 아이티 크리올어로 '악당'.

나니 그럴 수 없었다. 거기다 매달 부모에게 보내는 용돈과 레카이*에 있는 남동생의 학비도 있었다. 그럼에도 블레즈가 그녀에게 말하려고 했던 것, 그리고 그녀가 지금까지 미처 알아차리지 못했던 것은, 그는 올리비아의 목숨을 구하기 위해 그녀의 돈이 필요하다는 것이었다.

엘시는 가끔 올리비아와 블레즈가 그녀를 빼놓고 만나기 시작한 대략적인 시점을 알 것 같았다. 올리비아가 그룹홈 일을 다른 조무사와 짝지어 나가고, 보통 때처럼 셋이 놀러가자는 엘시의 제안을 거절하기 시작하던 무렵이었을 것이다.

블레즈가 아파트를 완전히 떠나던 날 밤, 올리비아는 엘시의 집 일층 창문 밖, 블레즈의 빨간 4인승 픽업트럭 보조석에 앉아 있었다. 그가 공연에 쓸 스피커나 악기를 자주 싣고 다니던 트럭이었다. 픽업트럭은 가로등 아래 주차되어 있었고 엘시가 침실 블라인드 틈 사이로 트럭을 바라보는 내내, 올리비아의 동그란 얼굴 위로 가로등의 강렬하고 밝은 불빛이 넘실거렸다. 어느 순간 올리비아가 차 밖으로 나왔다가 뒤편으로 사라졌고, 엘시는 그녀가 차 뒤의 그늘진 곳에 쭈그려앉아 소변을 볼 거라 생각했

---

* 아이티 남서부의 항구도시.

다. 그녀는 다시 돌아와 보조석에 앉았다. 예전에 몇 번 함께 놀러갈 때면 엘시는 보조석에, 올리비아는 뒷좌석에 앉았고 엘시는 항상 보조석을 아내 자리라고 불렀다. 블레즈의 물건으로 꽉 들어찬 픽업트럭이 움직이기 시작하자 올리비아의 눈길이 아파트 창문으로 향했다. 엘시는 재빨리 어둠 속에 주저앉았다.

텅 비다시피 한 아파트 바닥에 앉아 블레즈의 물건에 가려 있던 먼지를 바라보던 엘시의 눈에, 문가에 떨어진 밸런타인데이 카드가 보였다. 작년에 그녀가 블레즈에게 준 카드였다. 떠나면서 떨어트리고 간 듯했다. 흰색 정사각형 카드에는 붉은 하트가 잔뜩 그려져 있었다. 앞면에는 "최고의 남편"이라는 글자가 대문자 필기체로 꽉 들어차 있었다. 안에는 엘시가 남긴 짤막한 글귀가 있었다. "주 템므*." 작년 밸런타인데이 아침, 그녀는 그가 잠든 틈을 타 그의 베개에 카드를 올려놓았다. 그녀는 이교대 근무가 있고 블레즈는 어느 개인이 여는 파티에서 솔로 공연이 있는 날이었다. 다음날 아침까지 서로 못 볼 터였다. 하지만 다음날 아침에도 그는 카드에 대해 말 한마디 없었다. 그가 떠난 밤, 엘시는 창문 아래에서 몸을 일으켜 카드를 집어들고 가슴에 꼭 끌어안았다. 그 아파트에서 나가야겠다는 생각이 들었다. 더는

---

* 프랑스어로 '사랑해'.

그곳에서 살 수 없었다.

노스마이애미의 은행에 줄을 선 엘시는 지갑 안에 손을 넣어 그가 떠난 후로 줄곧 간직해온 밸런타인데이 카드를 초조하게 쓰다듬었다. 바베이도스 억양이 묻어나는 창구의 젊은 여자 직원이 엘시에게 은행 서비스가 불만족스러웠는지, 관리자와 이야기하고 싶지는 않은지 물었다. 엘시는 급하게 돈이 필요해서라고 말했다.

"수표로 써드릴까요?" 젊은 여자 직원이 물었다.

"현금이 필요해요." 그녀가 말했다.

엘시는 환전소 유리 너머에 앉아 있는 아이티계 노인에게 두툼한 봉투를 건네며 땀을 흘렸다.

"아이티로 가는 돈인가 보네. 그렇죠?" 노인이 물었다. "거기에 건물이라도 지어요?"

그녀는 이 돈이 끝내 올리비아의 생명을 구해주기를 바랐다. 블레즈는 지금 마이애미 여기저기에서 돈을 구하느라 바쁠 것이므로 자신에게 직접 전해주지 말고 송금해달라고 했다.

엘시는 돈을 인출하고 송금하기 위해 오전근무를 비웠다. 그런데 돌아가보니 가스파르가 침대 옆 바닥에 쓰러져 있었다. 탁자 위의 물잔에 손을 뻗다가 떨어진 것이었다. 모나가 이미 아버지 옆에서 허리를 숙이고 자기 얼굴을 아버지 얼굴에 들이밀고 있었다. 엘시는 얼른 달려가서 모나와 함께 가스파르의 양팔을 붙잡고 그를 침대 가장자리로 끌어올렸다.

셋 다 숨을 헐떡였다. 엘시와 모나는 가스파르를 끌어올리느라, 가스파르는 끌어당겨지느라 숨이 찼다. 가스파르는 숨을 가쁘게 내쉬다가 이내 큰 소리로 껄껄 웃었다.

"임종이 가까워지면 자주 쓰러진다지." 그가 말했다.

"하느님 감사합니다. 카펫이 좋았기에 망정이지." 모나가 빙긋 웃으며 말했다.

그러고는 이내 다시 침울한 얼굴로 말했다. "파파, 내가 어떻게 파파를 이대로 내버려두겠어?"

"내버려둘 수 있지. 그래야지." 그가 말했다. "너한테는 네 인생이 있고 나한테는 남은 내 인생이 있고. 네가 후회하면서 사는 건 싫다."

"파파는 내 신장이 있어야 해." 그녀가 말했다. "왜 인정하지 않아?"

모나는 손을 뻗어 탁자 위에 있는 물잔을 들었다. 아버지가 물을 몇 모금 넘기는 동안 손으로 물잔을 받쳐주고는 그가 천천히 베개에 머리를 내려놓는 모습을 바라보았다. 모나는 입술의 떨림을 멈추려는 듯 입술을 꽉 깨물었다.

"가족에게 문제가 생겼다는 건 알아요." 엘시에게 관심을 돌린 모나가 언성을 높이지 않으려 자제하며 말했다. "그리고 급한 일을 처리하고 오라고 우리가 허락한 것도 알지만요, 중요한 건 아빠가 침대에서 떨어졌을 때 엘시가 여기 없었다는 거예요. 파파 말이 맞아요. 에이전시에 연락해서 다른 사람을 불러야겠어요."

가스파르는 두 눈을 꼭 감고 머리를 베개 속으로 더욱 깊이 파묻었다. 그는 반대하지 않았다. 엘시는 이곳에 있게 해달라고 애원하고 싶었다. 가스파르가 좋았고 그가 새로운 사람에게 적응하는 것도 원치 않았다. 게다가 그녀는 이제 어느 때보다도 일을 더 많이 해야 하는 처지였다. 하지만 떠나라고 하면 떠나야 했다. 이렇게 해고당하는 게 다른 직장을 구하는 데 방해가 되지 않기를 바랄 뿐이었다.

"알겠습니다." 그녀는 나직이 말했다. "이해해요. 다른 사람이 구해지면 일을 정리할게요."

어느 날 밤, 마이애미 중심가의 베이프런트공원에서 열린 야외 축제에서 블레즈의 공연을 본 뒤 셋이 함께 주차창으로 걸어가고 있었다. 블레즈가 마지막 순간에 갑자기 대타로 투입된 공연이었다. 올리비아는 자신과 함께 아이티로 갈 남자를 찾는다고 선언했다.

"사랑하는 남자? 아니면 아무나?" 엘시가 물었다.

오후 내내 맥주를 홀짝거린 탓에 올리비아는 혀 꼬부라진 소리를 냈다. "돈 있는 사람이면 아무나." 그녀가 답했다.

"아가씨, 사람이 사랑 없이 살 수 있나?" 블레즈가 이어 말했다. 엘시는 평소 들어보지 못한 정열적이고 번들거리는 말투였다. 무대 위에 올라 여자 관중에게 공연용으로 수작을 부릴 때만 쓰는 말투였다. ("피냐콜라다 같은 자기. 한 모금 마시게 해주겠어?") 식상하고 악의 없으며 반쯤 웃기기도 했지만, 적어도 엘시는 적응이 된 나머지 정말 웃음이 나오기도 했다.

"어머, 사랑 없이 살 수 있지." 올리비아가 말했다. "근데 돈 없인 못 살아. 내 나라를 떠나서도 못 살아. 이 나라가 지겨워. 여기에 살면 못된 짓만 하게 돼."

엘시는 올리비아가 그녀와 교대근무로 함께 돌봤던 한 환자를 두고 하는 말이라고 생각했다. 집에서 치료를 받는 팔십대 노인이었는데 그의 아들은 중년의 백인으로 은행의 대출 담당 직원이었다. 엘시와 올리비아가 근무를 교대하려는데, 그 아들이 노망난 아버지를 옆으로 눕히더니 손바닥으로 아버지의 쭈그러든 엉덩이를 여러 차례 찰싹찰싹 때렸다.

"아버지도 이렇게 맞아보니 어때요?" 아들이 말했다.

올리비아는 담당 관리자에게 전화를 걸었고 방금 본 광경을 설명할 말을 겨우 생각해냈다. 공연이 끝난 후 올리비아는 학대받던 환자들 생각에서 벗어나려, 엘시와 블레즈는 올리비아를 잃을 수 있다는 생각에서 벗어나려, 셋은 블레즈와 엘시의 아파트로 돌아와 최고급 바르반크르* 한 병을 말끔히 비웠다. 새벽에는 누가 요구하거나 나선 것도 아닌데, 함께 침대에 쓰러져서 누가 시작했는지도 모르고 알려고 하지도 않았던, 뒤죽박죽 섞인 말과 기나긴 키스와 애무를 나눴다. 그들은 이제 이런 자신들을 뭐라고 불러야 할지 몰랐다. 그들은 무엇이었을까, 정확히? 삼각관계? 메나주 아 트루아**? 아니다. 도사들. 그들은 도사였다. 셋 모두 짝이 없는, 외롭게, 홀로 모인.

다음날 정오 무렵에 일어났을 때 올리비아는 가고 없었다.

다음날 이른아침, 블레즈에게서 다시 전화가 왔다. 엘시는 아직 침대에서 일어나기 전이었지만 가스파르를 영원히 떠날 마음의 준비를 하고 있었다. 가스파르와 그의 딸은 아직 잠에서 깨지 않았다. 집안은 가스파르의 고압산소탱크에서 나는 소음 외에는

---

* 아이티의 사탕수수로 만든 럼.
** 아이티 크리올어로 '세 사람'.

조용했다.

"올리비아가 떠나도록 내버려두는 게 아니었어." 블레즈는 엘시가 인사말을 건네기도 전에 나직이 중얼거렸다.

블레즈가 밴드를 하던 시절, 그는 가끔 리허설을 하느라 며칠 내내 밤을 지새웠다. 그러다 정작 공연할 때가 다가오면 너무 지쳐서 모든 감정이 제거된 로봇이나 기계 같은 목소리를 냈다. 그가 무슨 말을 하는 건지 엘시가 이해하려고 노력하는 이 순간에도 그런 목소리였다.

"사이가 예전 같지 않았어." 그가 아주 빠르게 웅얼거렸다. "헤어지려고 했었어. 그래서 올리비아가 그렇게 갑작스럽게 떠난 거야. 그래서 내가—"

복도에 불이 켜졌다. 엘시는 발걸음소리를 들었다. 떡갈나무 마루 위로 그림자가 드리웠다. 엘시의 방문을 열고 얼굴을 내민 모나가 잠을 떨치려고 주먹 쥔 손으로 눈을 비볐다.

"별일 없죠?" 그녀가 엘시에게 물었다.

엘시는 고개를 끄덕였다.

"올리비아에게 가지 말라고 애원했어야 했어." 블레즈가 말을 이었다.

모나는 엘시의 방문을 꼭 닫고 아버지의 방을 향해 복도를 걸어갔다.

"왜 그래? 돈 보냈지? 그렇지? 그 사람들이 올리비아를 풀어 줬어?" 엘시가 물었다.

수화기에서 치직 하는 소리에 이어 몇 차례 쿵쿵거리는 소리 가 들렸다. 블레즈가 발을 구르는 걸까? 머리를 벽에 박고 있는 건가? 아니면 핸드폰을 이마에 찧는 소리인가?

"올리비아는 어디 있어?" 엘시는 목소리를 가라앉히려 애쓰 며 물었다.

"우린 싸웠어." 그가 말했다. "안 싸웠으면 올리비아가 떠나 지 않았을 거야."

모나가 엘시의 방문을 열고 다시 고개를 내밀었다.

"엘시, 통화가 끝나면 아빠가 보자고 하시네요." 그녀가 말을 마치고 다시 자리를 떴다.

"미안해. 가봐야 해." 엘시가 말했다. "환자가 불러. 빨리 올리 비아가 괜찮은지부터 알려줘."

그녀는 다른 어떤 말이 듣고 싶었던 건 아니었지만 그렇다고 전화를 끊을 수도 없었다.

"몸값을 보냈어." 그는 이렇게 말한 뒤 다음 말을 빠르게 내뱉 었다. "근데 그놈들이 올리비아를 풀어주지 않았어. 올리비아는 죽었어."

엘시는 침대로 걸어가 앉았다. 숨을 깊게 들이마신 뒤 핸드폰을 얼굴에서 떼고 무릎 위에 놓았다.

"여보세요?" 그는 이제 소리치고 있었다. "내 말 듣고 있어?"

"어디서 발견됐어?" 엘시는 다시 전화기를 귀로 가져갔다.

"올리비아 엄마 집 앞에 버려져 있었어." 블레즈가 차분한 목소리로 말했다. "한밤중에 버리고 갔어."

엘시는 손으로 두 뺨을 쓸어내렸다. 셋이서 함께 침대에서 뒹굴던 밤, 블레즈가 마지막으로 키스해주었던 뺨이었다. 그날 밤, 엘시는 자신의 벗은 몸에 닿은 손이 올리비아의 손인지 블레즈의 손인지 분간할 수 없었다. 그저 몽롱한 취기 속에서 모든 게 완벽하게 자연스러웠다. 그들은 서로를 너무 갈구했기에 자제할 수 없었다. 눈물이 왈칵 쏟아졌다. 그녀는 고개를 떨구고 팔 안쪽 깊숙이 얼굴을 묻었다.

"근데 또 말해줄 게 있어. 믿기지 않을 거야." 블레즈는 이제 제정신이 아닌 사람처럼 우물거리며 말했다.

"뭔데?" 엘시가 말했다. 그녀는 셋이 다시 한번 술에 취해 침대에서 함께할 수 있기를 바랐다. 두 사람에게서 연락이 끊긴 후로 처음도 아니었다.

"그 사람 엄마가 말해줬는데. 올리비아가 그날 아침 집을 나서기 전에 발바닥에 자기 이름을 써놓았대."

엘시는 올리비아의 모습을 그려볼 수 있었다. 그들이 함께하던 날 밤처럼 거칠게 엉클어진 머리를 하고, 역시나 거칠게 발을 얼굴 쪽으로 잡아당겨 발바닥에 이름을 휘갈기었을 그녀를. 어쩌면 그녀는 납치를 예상했고 머리가 잘려나가도 이런 식으로 자신의 신원을 밝힐 수 있을 거라 생각했는지도 모른다.

"설마 그런 건 아니지, 그치?" 엘시가 물었다.

"아니야." 그가 말했다. "올리비아 엄마가 말하길, 올리비아의 얼굴, 몸 전체가 온전했대."

블레즈가 "몸 전체"를 힘주어 말한 건 강간을 당하지도 않았다는 걸 암시하고 싶어서라고 엘시는 생각했다. 하지만 그가 그걸 어떻게 알 수 있지. 그래도 엘시는 굳이 물어보지 않았다. 대신 안도의 한숨을 내쉬었고, 너무 크게 내쉬었는지 블레즈도 따라 한숨을 쉬었다.

"마을 북쪽에 있는 가족묘에 묻을 거래." 그가 덧붙였다.

"당신도 가?" 그녀가 물었다.

"당연하지." 그가 말했다. "당신도―"

엘시는 그의 말을 끊어버렸다. 당연히 그녀는 가지 않을 것이다. 설사 가고 싶더라도 비행기 푯값을 감당할 수 없었다. 몇 달 뒤에 가족들을 보려고 이미 레카이행 비행기를 예약한데다 가족들에게 줄 돈을 마련하는 것은 물론이고 부모님에게는 작은 냉장고, 남동생에게는 노트북 등 각자 사달라고 부탁한 물건들을 부쳐야 했다.

바로 그때 소리가 잠깐 끊겼다.

"아이티에서 걸려온 전화야." 그가 말했다. "가봐야 해."

그는 엘시의 삶에 갑작스럽게 다시 나타났던 것처럼 갑작스럽게 전화를 끊었다.

"엘시, 괜찮은가?" 가스파르가 문가에 서 있었다. 그는 양팔을 벌려 문틀을 잡고 서서 숨을 거칠게 내쉬고 있었다. 딸은 아버지 뒤에서 이동식 산소탱크를 들고 있었다.

엘시는 그들이 그곳에서 얼마나 오래 서 있었는지 알 수 없었다. 그녀도 모르게 입 밖으로 낸 모든 소리, 한탄하고 신음하고 훌쩍이는 소리가 둘을 여기로 부른 것이었다. 그녀는 테리직물 가운의 허리띠를 조여 매고 그들에게 다가갔다. 가스파르는 끙끙대며 엘시 너머의 작은 방안을 훑고 소박한 나무 단상 침대와 서랍장을 바라보았다.

"엘시, 딸이 당신이 울고 있다고 하던데." 가스파르는 추웠는지 핏기 없는 입술을 떨면서도 자신보다 엘시가 더 걱정된다는 듯 물었다. "여동생은 괜찮은가?"

가스파르의 몸이 딸 쪽으로 휘청거렸다. 모나는 한 손을 뻗어 아버지를 부축하면서 다른 손으로는 들고 있던 휴대용 산소탱크가 기울어지지 않게 중심을 잡았다. 엘시가 빠르게 앞으로 나와 가스파르를 붙들고 말했다. "절 내보내겠다고 결정하신 거 다시 한번만 생각해주세요, 므셰 가스파르. 다시는 이 전화를 받지 않을게요."

그녀의 말이 맞았다. 블레즈는 다시는 전화하지 않았다.

딸의 간청을 못 이긴 가스파르가 그녀의 신장을 이식받고 며칠이 지났고 엘시는 주말에 쉴 수 있었다. 딱히 할일이 없었으므로 토요일 밤에 버스를 타고 데데스로 향했다. 블레즈가 아이티에서 올리비아의 장례식을 치르고 돌아와 거길 들를지도 모른다고 기대하면서.

아직 초저녁이었다. 데데가 대학생 아이들이 신분증 없이 술을 마시도록 내어준 자리 빼고는 거의 비어 있었다. 데데는 바 뒤쪽에 있었다. 엘시는 그 맞은편에 앉았다. 종업원 여자가 데데에게 소리쳐 주문을 전했다.

"요즘 어떻게 지내?" 종업원이 술을 들고 사라지자 데데가 물었다.

"열심히 일하면서," 그녀가 말했다. "근근이 살고 있어."

"아직 노인들 돌보면서?" 그가 물었다.

"꼭 늙은 사람만 있는 건 아니야." 그녀가 말했다. "가끔 교통사고를 당했거나 암 투병중인 젊은 환자도 있어."

그들은 마침내 블레즈의 이야기로 넘어갔다.

두 사람의 결혼은 블레즈의 생각이다. 시청에서 삼 분 만에 마친 결혼식에는 데데와 조무사 에이전시 사장이었던 친구가 증인으로 와주었다. 식이 끝나고 데데는 그의 클럽에서 점심 피로연을 열어주었다.

"나랑 결혼했어야지." 데데가 바 너머로 손을 뻗어 엘시의 어깨를 장난스럽게 쓰다듬었다. 데데는 결혼한 적이 없었고, 블레즈 말에 따르면 결혼할 생각도 없었다.

"그때나 지금이나 결혼하자고 한 적 없잖아." 그녀가 말했다.

"다른 걸 해달라고 하면?" 데데의 손가락이 엘시의 쇄골을 쓸고 블라우스의 첫 단추 쪽으로 내려가 몇 초간 머물렀다. 그의 단호한 눈빛에서 사랑을 가장한 안정감과 동지애의 가능성이 보이는 듯했다.

한심하게도 엘시는 무대에 선 블레즈를 가장 사랑했다고 생각했다. 심지어 그녀가 생각하기에 블레즈가 잘하지 못하는 부분에 이끌렸다. 변변치도 않은 재능에 전념하는 모습이 그녀의 마음을 녹였다. 노래를 부르면서 관객 한 명, 한 명의 얼굴을 뚫어질 듯 바라보는 눈빛은 물론, 다른 여자들이 나긋나긋하고 유연한 그의 몸을 선망하는 걸 보면 자극을 받았다. 그녀는 블레즈에 대해 환상의 나래를 펼치는 그 여자들의 상상력이 부러웠다. 그들은 그와 함께하는 인생이 영원히 열리는 음악회 같을 거라 생각하는 듯했다. 그러나 아주 가끔은 그런 음악회 이상이기도 했다. 훈제 청어가 들어간 짭짤한 오믈렛을 만드는 그를 바라보는 일상적인 순간들이 그랬다. 그들은 늘 식사를 하는 부엌 구석의 간이 테이블에서 오믈렛을 먹곤 했다. 그때가 아기 이야기를 가장 많이 하는 시간이었다. 아파트를 얻었고 결혼도 했는데, 아기는 왜 안 돼? 그는 이런 말을 쉽게 했다. 하지만 그녀는 아기를 갖는 건 아무리 작더라도 집을 산 다음의 일이라고 생각했다.

"블레즈에게 기별이 있었어?" 데데가 이제야 엘시에게 물었다. 그녀는 그의 손을 천천히 브래지어 끈에서 떼어냈다.

"한동안은 없었어." 그녀가 말했다.

"소문을 들어보니 아이티에 아주 눌러앉았다던데." 그녀가 그의 손길을 거부하자 데데가 윙크를 하며 말했다. 그는 바의 아래에서 유리컵을 몇 개 꺼내 작은 흰 수건으로 컵 안을 닦기 시작했다. 이건 그녀의 거절에 대한 복수일지도 몰랐고, 아니면 이 말을 꺼내려고 그는 계속 기다려왔는지도 몰랐다. 그러나 그는 유리컵 하나를 내려놓고 또다른 컵을 쥐면서 이렇게 말했다. "그 자식은 옛날 밴드 사람들 돈이랑 당신 친구 올리비아와 함께 자작한 납치극으로 뜯어낸 엄청난 현금으로 아이티에서 살고 있지. 내가 이걸 해결하려고 사람들을 풀어놨어. 그 둘을 찾기라도 하면 그땐—"

다른 사람에게 이런 일이 일어났다면 엘시는 그 사람이 왜 충격으로 쓰러지지 않았는지 의아해했을 것이다. 그렇지만 엘시도 쓰러지지 않았다. 오히려 자신을 줄곧 괴롭혀왔던 일말의 의심과, 자신을 여기로 몰고 온 일말의 의혹이 드디어 확인되는 것같았다.

"그럼 올리비아가 살아 있어?" 그녀가 물었다.

"아, 그 자식이 올리비아가 죽었다고 말했어?" 데데가 쥐고 있던 유리잔을 내려놓으며 말했다.

"죽은 게 아니야?" 그녀는 믿을 수 없어 한번 더 물었다.

그녀는 웃고 싶었지만 몇 마디 말만이 겨우 나왔다. 어떻게 그렇게 쉽게 속고 돈을 뜯겼던 걸까? 어떻게 그렇게 순진하고 멍청했을까? 가스파르가 그 주에 너무 아팠고 딸이 그곳에 내내 머물며 지켜보고 있어서 더 그랬을 수도 있었다. 너무 정신이 없어서 한때 자신이 사랑했다 생각한 사람을 믿어버린 것이었다. 블레즈와 올리비아는 그녀에게서 돈을 조금이라도 더 뜯어내기 위해 분명 몇 주 동안 계획하고 연습했을 터였다. 돈도 뜯고 그녀의 자존심도 뜯어가고. 아무도 그들을 의심할 수 없을 정도로 설득력을 갖췄다. 데데도 그 둘에게 당했다.

"우리 둘 다 부키*인가봐." 마침내 그녀가 말했다. "바보 천치."

"머저리에 등신이지." 그는 유리잔 안을 더 세게 닦으며 말했다. "차라리 둘 다 배를 곯고 다른 돈벌이가 없어서 그랬다면 이해할 수 있어. 근데 아이티로 돌아가서 호의호식하겠다고 범죄자가 되기로 결심한 거잖아."

"이건 옳지 않아." 그녀가 말했다. 더이상 옳은 건 아무것도 없는 것처럼 느껴지긴 했지만.

서빙 직원이 술 주문 몇 개를 알려주면서 둘의 대화가 끊겼다. 데데는 조용히 주문받은 술을 내온 뒤 다시 말했다. "장담하는데, 나한테 훔쳐간 돈으로는 절대 즐길 수 없을 거야."

"어떻게 할 건데?" 엘시는 자기 목소리가 애원조로 들린다는 걸 알아차렸고, 마치 둘을 처단해달라고 부탁하는 것 같아 부끄러웠다.

"당신은 뭔가 해야지." 그가 말했다. "적어도 블레즈가 나랑 결혼한 적은 없으니까."

"당신이 올리비아랑 결혼했을 수도 있잖아." 엘시가 말했다.

"내가 그 여자 타입이 아닌 건 분명했어. 난 그 여자 성에 안 찼지. 당신 남편은 성에 찼고."

지금 그녀는 블레즈가 왜 자신과 결혼했던 건지 스스로에게

---

* 아이티 민담에 등장하는 바보 같은 인물.

묻고 있었다. 그녀보다 돈 많은 여자들이 있었는데. 그는 그녀가 그를 위해서 더 부유한 환자가 평생 모은 돈을 훔치기를, 범죄를 저지르기를 바랐던 걸까. 그 주에 가스파르의 딸이 있었기에 다행이었지, 그러지 않았다면 그녀더러 가스파르의 돈을 훔치라고 했을지도 모르는 일이었다.

"아이티에 가서 그 둘을 찾으면 어떻게 할 거야?" 엘시는 자신은 어떻게 할지 생각하며 물었다.

"먼저 돈을 갚을 기회를 주겠지." 그는 등뒤에 놓인 유리 탁자에서 화이트럼 한 병을 가져오더니 자신이 닦던 유리잔 하나를 그녀에게 밀었다. 그녀는 처음엔 거절의 의미로 손을 내저었다가 이내 그와 계속 대화하고 싶다는 걸 깨달았다. 올리비아와 블레즈 이야기도 계속하고 싶었다. 그는 바로 그 순간에 둘에 관한 이야기를 들어줄 수 있는 유일한 사람이었다.

"그 여자에게 제일 먼저 뭘 할 거야?" 그가 물었다.

"머리를 싹 다 밀어버리겠어." 그녀가 말했다. "그렇게 젤을 처바르고 다니던 머리카락을 싹 다."

"그게 다야?" 그가 웃으며 물었다.

그녀는 럼을 한 모금 더 들이켜고 말했다. "난 사람을 도우라고 훈련받았지만, 그 둘은, 그 둘의 머리통을 큰 돌로 내려치겠어. 뇌가 아스러져 물이 될 때까지. 지금 손에 쥔 이 술처럼."

"이야! 그건 너무 심하다." 그가 자기 잔에 술을 따르며 말했다. "절대 나한텐 화내면 안 돼. 알았지?"

"당신이라면 어떻게 할 건데?" 그녀가 그에게 물었다.

"테러리스트들한테 하는 짓을 하겠어. 밤에 봤던 영화에 나왔는데 물로 하는 거야. 그 둘의 머리에 설탕 포대 같은 걸 뒤집어 씌우고 코에 물을 부어서 물에 빠져죽는 기분이 들게 할 거야. 그 둘한테만 하는 게 아니라, 사람들을 등쳐먹는 도둑놈들한테다. 우리처럼—"

"순진한 사람들을. 부키들을."

"다시 말하지만, 그놈이 돈이 바닥났다거나 그 여자가 배를 주리고 있었으면 이해할 거야." 그가 말했다.

"돈이 생기면 생길수록 욕심도 더 커진 거지." 그녀가 말했다. 그녀는 블레즈와 올리비아에 대한 이야기에서 점점 더 커다란 주제로, 정의와 면책에 관한 이야기로 넘어가고 있음을 느꼈다.

"당신이 생각한 복수가 내 것보다 훨씬 더 나은 것 같아." 그녀가 올리비아와 블레즈의 이야기로 돌아오며 말했다. "당신의 방식이 그 둘에게 훨씬 더 고통스럽겠어."

그가 속은 건 그게 처음이 아니었다. 한번은 임신한 것처럼 보이는 여자가 대낮에 그의 가게에 들어왔다. 그 여자는 곧 진통이 올 것처럼 굴다가, 그가 구급차를 부르려고 핸드폰을 찾자 총을 꺼내들고 금전등록기에 든 돈을 다 내놓으라고 했다. 데데는 지금 그 강도 사건 이야기를 꺼내면서, 등뒤에서 돈을 뜯기느니 그냥 정면으로 맞서는 편이 더 좋다고 말했다.

"이번 일은 그때처럼 끝나진 않을 거야." 그가 말했다. 그의 목소리가 점점 커지고 말하는 속도도 더 빨라졌다. "이 사건을 경찰한테 넘겨서 그냥 불기소되게 만들진 않겠어. 그리고 어느 경찰한테 맡기겠어? 아이티 경찰한테?"

그녀는 블레즈와 올리비아가 언제라도 마이애미로 다시 돌아올 경우를 대비해 근처 경찰서에 가서 신고를 해둘까도 생각해봤지만 그건 별로 소용이 없을 것 같았다. 블레즈가 그녀에게 직접 총을 겨눈 게 아니었다. 그녀가 자처해서 돈을 내준 거였다. 게다가 그는 그녀에게 직접 돈을 받을 배짱도 없어서 이체해달라고 했다.

"잡을 거야." 데데가 말하고 있었다. "당신을 위해서, 날 위해서, 그리고 그 둘에게 이 짓거리를 당한 모든 사람을 위해서라도. 이 일이 내가 죽기 전에 해결해야 할 마지막 숙제가 되더라도. 그냥 내버려두지 않을 거야. 당신도 그냥 넘어가선 안 돼."

그건 둘을 평생 미워하면서 매일 복수를 꿈꾸며 살라는 뜻이었다. 엘시는 그런 걸 바라진 않았다. 앞날을 생각하고 싶었다. 그 앞에 뭐가 있을지는 모르지만. 가스파르가 여전히 살아 있어서, 지금까지 그녀가 마지막 날을 목격한 사람들에 그가 추가되지 않아서 다행이었다. 그녀는 계속 움직이고 계속 일하고 싶었다. 살았든 죽었든 블레즈와 올리비아는 더이상 그녀의 인생에 없을 것이었다.

세부 사항. 둘은 세부 사항까지도 몹시 훌륭했다. 가령 올리비아가 발바닥에 이름을 썼다고 말하기로 한 건 누구의 생각이었을까? 올리비아가 기독교식 장례를 치러달라는 표시로 거기에 십자가를 그렸다고 말했을 수도 있었을 것이다. 그 마지막 전화는 엘시가 장례식에 오지 않는 걸 확인하려는 것이었음을, 그녀는 깨달았다.

데데가 엘시의 유리잔에 럼을 한 잔 더 따랐다. 그리고 한 잔 더. 올리비아가 살아 있다는 소식이 현실로 와닿기 시작하자, 놀랍게도 아주 잠시나마 느꼈던 깊은 슬픔이 걷혔다. 가슴 속의 희미한 아픔은 안도감으로 바뀌었다. 그녀는 그 안도감에 맞서 싸우고 싶었다. 죽었다고 생각한 누군가가 살아 있다는 소식을 듣고 느껴지는 집행유예를 반기거나 받아들이고 싶지 않았다. 마치 올리비아가 땅에 묻혔다가 며칠 만에 부활한 것 같았다.

눈물이 얼굴을 타고 흘러내렸다. 그녀는 눈물을 멈출 수 없었다. 기쁨의 눈물이 아니길 바랐지만, 그중 몇 방울은 그랬다. 이제 그녀의 고향은 좀더 안전해 보였다. 더 주기적으로 연락을 하며 지내는 고향의 부모님과 형제가 납치당할 위험도 적어 보였다. 하지만 눈물은 계속 흘렀다. 분노의 눈물도 흘렀다. 모으는 데 몇 년이 걸렸던 돈을 빼앗겼고, 집을 사려던 꿈도, 그녀와 블레즈 사이에서 결코 생기지 않을 아이도 다 사라졌다. 블레즈나 올리비아를 알던 때보다 더 외로웠다. 친구라곤 한 명뿐이던, 이 나라에 도착했던 때보다도 더 외로웠다.

데데는 계속 그녀를 지켜보았다. 욕망보다 걱정이 앞선 눈빛이었다. 그녀의 눈물은 깊은 신음이 되었다가 탄식으로 바뀌었고 그다음엔 별안간 복수에 대한 새로운 환상이 튀어나왔다. 그녀는 이제 데데의 가게를 모조리 박살내고 모든 걸 다 불살라버리고 싶었다. 그녀는 지갑으로 손을 뻗어 계속 지니고 다니던 밸런타인데이 카드를 꺼내 그걸 갈기갈기 찢었다. 공중으로 날려보낸 종잇조각이 깃털처럼 사뿐히 떠올랐다가 돌처럼, 유릿조각처럼 떨어지며 그녀의 몸을 때렸다.

"집에 데려다줄게." 데데가 말했다. 어느새 그녀는 그가 오랫동안 타고 다닌 바로 그 낡은 검정 도요타 뒷좌석에서 몸을 공처럼 말고 있었다. 그는 어찌어찌 겨우 그녀의 주소를 알아냈다.

"혼자 살고 있었네." 그가 말하는 게 들렸다.

"환자 집에서 지내지 않을 땐 그래." 그녀가 말했다.

그 시간 동안 거의 내내, 그녀는 머릿속으로 그에게 말을 걸었다. 입 밖으로 말을 뱉을 수 없었다. 입안에 토사물이 반쯤 들어차 있었다. 그랬다. 그녀는 노스마이애미의 원룸에서 혼자 살고 있었다. 앞의 본채에는 자메이카인 노부부 주인이 살았다. 노부부는 엘시를 저녁식사에 초대하는 메모를 자주 남겼는데 그녀가 항상 일하러 나가 있던 탓에 서로 마주칠 일이 거의 없었다. 기댈 곳 없어 보이는 그녀가 딱해서 친절하게 대해준다는 것이 느껴졌다. 그녀는 그들과 친해지고 싶지 않았다. 더는 친구를 만들고 싶지 않았다.

집에 다다르자 그녀는 데데에게 열쇠를 넘겼다. 그는 한 손으로 그녀가 쓰러지지 않게 부축하면서 원룸의 좁은 철문을 열려고 했다. 문에는 가슴 중앙에 표적 표시가 있는 한 남자의 어두운 실루엣이 그려진, 접시 크기만한 정지 신호판 모양 스티커가 붙어 있었다. 머리와 상체 실루엣 위에는 이렇게 적혀 있었다. **안에 있는 모든 것은 목숨보다 못함**. 문 안쪽에도 똑같은 스티커가 붙어 있었지만, **못함**이라는 부분이 손으로 긁혀 있었고, **값짐**으로 바뀌어, 이렇게 읽혔다. **안에 있는 모든 것은 목숨보다 값짐**. 그 옆의 다른 흑백 스티커에는 이렇게 쓰여 있었다. **넌 훔쳐, 난 쏜다**.

그녀는 스티커가 거기에 붙어 있다는 걸 이사올 때부터 알았다. 그녀 이전에 잠깐 세 들어 살았던 젊은 남자는 시간이 흐르면서 말썽이 잦아졌고 주인 부부는 결국 그에게 떠나줄 것을 요구했다. 주인 부부가 대략 그렇게 말했던 것 같다. 그들은 스티커를 뜯어내고 그 자리에 다시 페인트칠을 하려 했지만, 당장 입주해야 했던 엘시는 신경쓰지 말라고 했다. 문에 쓰인 문구가 불청객을 막는 또하나의 보호막이 될지도 모른다고 생각했다.

이제 이 스티커들이 더 깊은 진실을 공표해주는 것 같기도 했다. 갑자기 이 원룸이 그녀의 전부가 된 것이다. 그녀의 온 세상이었다.

"들어가면 죽는 건 아니겠지? 그렇지?" 데데가 물었다. "누가 안에서 복면을 쓰고 기다리고 있는 건 아니지? 그렇지?"

그녀는 걱정하지 말라며 손사래를 치려고 했지만 동작이 제때 나오지 않았다. 어쨌든 그는 문을 열고 들어갔다. 그녀가 화장실로 향하고 변기에다 입과 속을 게워내는 내내 그가 그녀를 부축했다. 그가 그녀를 안아서 문을 지나 트윈 침대로 옮겨줄 때는 마치 공중을 나는 것 같았다. 기분좋은 비행이 아니라 공중제비를 넘다가 바닥에 쾅 부딪힐 것 같은 무서운 비행.

침대에서 옆으로 누운 그녀는 안개 속을 배회했다. 올리비아와 블레즈가 그곳에서 기다리고 있었다. 함께 잤던 그날 밤을 기다려왔다는 듯. 그녀는 그날 밤 자신이 했던 행동과 말이 이제 자세히 기억나지 않았다. 둘이 함께해도 좋다고 허락했었던가?

아마 그래서 둘이 그녀를 버린 것 같기도 했다.

엘시는 셋이 있는 안개어린 풍경과 사투를 벌이며 손가락으로 침대 시트를 북북 긁고 눈을 뜨려 애를 썼다. 한편으로는 둘에게 가버리라고, 둘이서 잘 지내라고 말하면서. 두 사람이 바라는 것이 너무나 분명했으니까. 이제 남겨진 아이는 그녀였다.

축축한 수건이 이마에 살며시 놓이는 게 느껴졌다. 데데가 그녀를 다독이며 머리 위에서 안심시키는 말을 속삭이고 있었다. 그녀는 무슨 말인지 거의 알아들을 수는 없었지만 한참 조용히 있던 그가 말했다. "집에 왔어."

그녀는 수긍하며 고개를 끄덕였다.

"그래. 집이야." 그녀가 중얼거렸다.

"같이 있어줄까?" 그가 물었다.

그가 방 저편 바닥에 앉아서 그녀가 자는 걸 봐주기만 해도 안심이 될 것 같았다. 하지만 아침에 눈을 뜨면 상실감이 더욱 깊어질 것 같았다.

"가도 돼." 그녀가 말했다. 말이 제대로 나와서 한결 자신감이 생겼다.

"괜찮겠어?" 그녀의 뺨을 쓰다듬으며 그가 물었다. 그의 젖은 손가락에서 흘러내린 따뜻한 물줄기가 그녀의 뺨을 적셨다. 그녀의 몸 전체를 적셨다.

"내가 먼저 당신을 만났다면 좋았을 텐데." 그가 말했다. 이제 손가락으로 그녀의 얼굴에 원을 그리고 있었다. "내가 당신을 먼저 보았더라면. 먼저 알았더라면. 먼저 사랑했더라면."

"그 사람이 불렀던 말도 안 되는 노랫말 같다." 그녀가 떠듬떠듬 말했다. 이 말을 그가 웃으며 넘길지 기분 나빠할지 확신이 서지 않았다.

"그 노래들은 정말 말도 안됐지." 그는 더 크게 웃으려다 참으려는 듯 두 손으로 입을 막고 낄낄댔다. "그 자식이 보석 같은 노래를 망친 거지. 본인이 망치는 줄도 모르고. 아니면 신경도 안 썼거나."

"그 사람을 왜 받아준 거야?" 그녀가 물었다.

"그러는 당신은 왜?" 그가 되물었다.

"매력적인 점들이 있었어." 그녀가 말했다. 정말 그랬다. 그중 하나는 섹스하기 전에 굉장히 수다스러워진다는 점이었다. 그에게 전희란 곧 대화였다. 그는 그녀에게 하루가 어땠는지 들려달라고 하곤 했다. 그녀의 환자들, 그들 때문에 힘든 점, 그녀의 생각, 그녀의 꿈에 대해 듣고 싶어했다. 마치 그게 그와 사랑을 나누는 사람의 몸을 준비시키거나 새롭게 만드는 데 도움이 된다는 듯.

"친구니까 참았어." 그가 말했다. "나한테 그 녀석은 친형제

같은 사람이었지."

"그럼 그 사람이 아직도 조금은 좋다는 거야?" 그녀가 물었다.

"우리에게 상처를 줄 수 있는 사람은 우리가 마음을 준 사람들뿐이지. 블레즈가 우리한테 그랬던 것처럼 말이야." 그는 예전보다 더 덥수룩해진 수염을 쓰다듬었다. 이마 부근의 회색빛 머리카락도 더 늘어 있었다.

"우리가 사랑하는 사람들." 그녀가 말했다.

그녀는 자신의 속 안에 이렇게 많은 말들이 쌓여 있는 줄은, 그리고 모든 사람 중에서 데데에게 이런 이야기를 하게 될 줄 몰랐다. 그녀가 쌓인 말을 꺼내도록 이끄는 건 그였다. 그는 그녀가 말하고 싶게 만들었다.

"그 사람을 왜 그렇게 많이 도와줬어?" 그녀가 물었다.

"우린 동갑이잖아." 그가 말했다. "둘 다 아버지가 림베의 기계공이셨고. 난 블레즈가 그런 삶을 살고 싶어하지 않는 걸 알았지. 근데 지금 보니까 음악가로도 살고 싶지 않았던 것 같네."

"나처럼 살고 싶어하지도 않았어." 그녀가 말했다.

"처음엔 블레즈도 그렇게 살고 싶어했어." 그가 말했다. "그러다 올리비아가 온 거지."

하지만 단지 올리비아 때문만은 아니었을지 모른다. 엘시에게 부족한 게 있었을지도 모른다. 아니면 블레즈 자신에게 부족한

게 있었을 수도 있었다. 어쩌면 블레즈는 그저 집으로 돌아가고 싶었는지도 모른다. 어떤 이들은 무슨 대가를 치르고서라도 그냥 집에 가고 싶어하니까. 어떤 이들은 집에 가기 위해서라면 무엇이든 하니까.

"내가 비밀을 알려줄까?" 그가 물었다.

"이제 비밀은 지긋지긋해." 그녀가 말했다.

"별거 아니야." 그가 말했다.

그녀는 대단하든 별것이 아니든 비밀이라면 더이상 듣고 싶지 않았지만 데데의 말을 막진 않았다.

"블레즈가 당신을 만났던 날 밤에 나도 당신한테 말 걸고 싶었어. 근데 쑥스러웠지." 그는 그렇게 말하곤 긴장되는 듯 웃었다. "여자들은 음악하는 사람을 좋아하잖아. 그런 사람들이 더 재밌으니까."

"더 건방지다는 말이겠지."

"블레즈가 먼저 나섰고 난 그를 내버려뒀어." 그가 말했다. "그러고는 계속 후회했지."

그녀는 그랬다면 모든 게 어떻게 바뀌었을지 상상해보았다. 남편도 돈도 잃은 이 서러움을 겪지 않았을 테고, 블레즈와 보냈던 그 모든 세월을 헛되이 보내지 않았겠지. 하지만 그녀와 데데가 잘 풀렸을 거라고 상상하기도 어려웠다. 그럼에도 자신이 이렇게 말하는 소리가 들렸다. "때론 가야 할 곳에 우회로를 통해 가기도 하잖아."

그 말이 무슨 말인지 이해하려는 듯 그의 눈이 가늘어졌다. 그녀는 그게 무슨 말인지 확실하게 전달하고 싶었지만 어떻게 말해야 할지 몰랐다. 그녀는 예전에 가스파르가 딸에게, 아내와의 실패한 결혼에 대해 해주었던 말을 떠올리고 있었다.

세상에는 행복한 결혼생활을 하는 부부가 있다고, 가스파르는 딸에게 말했다. 둘 다 정말 서로 사랑하고 좋은 친구처럼 보이는 진정으로 행복한 결혼생활이 있다고 했다. 하지만 그런 종류의 결혼생활만 있는 건 아니다. 완전히 감정이 사라진 결혼생활도 있다. 때로 이런 결혼생활이 몇 년을, 평생을, 둘 중 한 사람이 죽을 때까지 이어지기도 한다. 하지만 가끔은 행복한 결혼도, 불행한 결혼도 끝이 날 때가 있는데 그러면 모든 걸 바꿀 기회가 생기는 거다. 훗날 돌이켜보면 어떤 결혼은 우회로처럼, 가야 할 곳으로 데려다주는 정말 멋진 우회로처럼 보이기도 한다고 했다.

엘시는 이제야 깨달았다. 가스파르는 딸에게 어느 순간 그에 대한 사랑이 식어버린 아내가 두 사람의 결혼생활을 우회로로 여기게 된 것이라고 말해주려 했는지도 모른다고.

"이봐, 엘시." 그녀가 생각에 빠져 있는데 데데가 말했다. "자는 거야?"

"깨어 있어." 그녀가 말했다.

"자는 것 같기도 해서." 그가 말했다. "또다른 거 하나 말해줄까?"

"말해봐." 그녀가 말했다. "어차피 고백하는 시간인 거 같으니까."

"공원에서 축구를 했던 어느 오후 잔디밭에서 블레즈가 당신과 올리비아 사이에 누워 있는 걸 봤어. 내 인생에서 그렇게 질투가 난 적이 없었지. 너무나도 분명해 보였어. 블레즈가 당신과 올리비아 둘 다를 가졌다는 게."

"블레즈가 우리 둘 다를 가진 건 아니었어." 엘시는 블레즈가 두 사람을 다 갖게 하려던 의도는 없었다고 생각하면서 말했다.

"블레즈가 둘의 마음을 빼앗았지." 그가 말했다.

"다시는 그런 일은 없을 거야." 그녀는 다시는 블레즈나 올리비아를 생각할 필요가 없기를 바라며 말했다.

"꼭 블레즈가 아니더라도," 그가 말했다. "숨을 쉬는 한 상처받을 일이 있겠지."

"이제 가." 그녀가 말했다. "당신 입에서 또 노래 가사가 튀어나오기 전에."

"가게 문 닫으러 가야 되긴 해." 그가 말했다. "하나 더 말할게 있는데 기분 나쁘게 듣지 않았으면 좋겠어."

"뭔데?" 눈꺼풀 위에 닿는 그의 뜨거운 숨을 느끼며 그녀가 말했다.

"난 당신이 이렇게 럼에 약한지 몰랐어."

그가 웃었다. 이번에는 크고 깊은 웃음이었다. 그리고 이 웃음은 그녀가 잠들지 못하게 할 뿐만 아니라 그녀의 머릿속을 꽉 채웠다. 그녀도 웃으려고 했지만 웃음이 나왔는지는 알 수 없었다. 그 대신 그녀는 블라우스의 단추를 하나씩 풀기 시작했다.

"원래 이렇게 약하진 않아." 그녀가 말했다.

"오늘밤만?" 그녀가 물었다.

"오늘밤만." 그가 말했다.

옛날에는

전화가 걸려온 건 내가 침대에 누워 학생들의 에세이 점수를 매기고 있던 금요일 저녁이었다.

"남편이 임종을 앞두고 있어요." 전화기 저편에서 그 여자가 코를 훌쩍이며 말했다. "그이의 마지막 소원이 당신과 조금이라도 시간을 보내는 거예요."

그 여자는 일단 이런 말로 시작하더니 목소리가 점점 단호해지면서 갑자기 계획을 세우기 시작했다. "물론 시간이 관건이에요. 우리가 뉴욕에서 마이애미로 오는 가장 빠른 비행기편을 예약해줄게요. 리틀아이티에서 우리가 머무는 곳 근처에 호텔방을 잡아줄 수 있어요. 집이 작긴 하지만 원한다면 당신이랑 같이 지낼 정도는 돼요."

그 여자의 남편은 나의 아버지였다. 하지만 난 그를 단 한 번도 만난 적이 없었다. 내가 아는 건 반쪽짜리 이야기, 엄마에게서 들은 이야기뿐이었다.

아버지는 아이티의 미래가 밝아온다고 생각하던 시기에 브루클린을 떠나 아이티로 돌아갔다. 삼십 년간 지속되던 부자간의 세습 독재는 종말을 맞았고, 그는 미국에서 교육받아 얻은 학위를 포르토프랭스의 가난한 아이들을 위한 학교를 세우는 데 쓰고 싶어했다. 엄마는 스물두 살에 홀로 미국으로 건너온 이후로 아이티로 되돌아갈 마음이 전혀 없었다. 아버지는 떠났고 엄마는 브루클린에 남았다. 그녀는 나를 임신했다는 걸 알고 나서 아버지에게 이혼서류를 보냈다. 두 사람은 그후 다시는 만나지 않았다.

처음에는 아버지가 우릴 버리고 떠난 거라고 말했던 엄마가, 나의 존재를 아버지에게 알리지 못했다고 최근에 들어서야 고백했다. 그러니까 그걸, 그 사람이 아프고 죽어가고 있다는 걸 듣고 나서야 나에게 말해줬다.

"항공후송으로 온 거예요?" 내가 아버지의 아내한테 물었다.

"포르토프랭스에서 일반 항공편으로 왔어요." 그녀가 말했다. "여기 처음 왔을 때만 해도 상태가 훨씬 괜찮았어요. 부탁인데 여기로 와줄 수 있어요? 우리에게 정말 뜻깊은 일이 될 거예요."

"일을 다 제쳐두고 곧바로 마이애미로 갈 수 있을진 잘 모르겠어요." 내가 아버지의 아내에게 말했다. 내 말이 기분파 십대처럼 들렸겠다는 생각이 들긴 했지만. "수업이 있어서요."

"주말에도요?" 그녀가 물었다.

"보통 그렇죠." 내가 대답했다.

"그럼, 지금 학생이에요?"

"그분처럼 선생님이에요."

"어디서 가르쳐요?"

"고등학교요."

"무슨 과목?"

"책이요." 내가 말했다. "그러니까, 영어요. 영어가 낯선 애들에게요."

"제2외국어 영어?"

"맞아요."

그쯤 되자 둘 다 대화를 끝내고 싶어한다는 게 분명해졌다.

"부디 여기 와서 그 사람을 만나줘요." 그녀가 말했다.

"글쎄요." 내가 말했다.

하지만 난 이미 내가 그렇게 하리라는 걸 알았다.

나는 별달리 할일이 없는 사람처럼, 또는 평생토록 이런 전화를 기다려왔던 사람처럼 내달려가 바로 다음 편 비행기에 몸을 싣지는 않았다. 대신 학생들의 에세이를 계속해서 채점했다. 에세이라기보다는 지정된 문학작품을 읽고 쓴 단상으로 끝나버린 글들이었다. 나는 학생들에게 학교에서 선정한 도서—윌리엄 골딩의『파리대왕』과 알베르 카뮈의『이인』—중에 하나를 골라 읽으라고 했는데, 학생들은 그들 자신이 영어에 대해서나 브루클린에서나 이인인데다 책 길이도 짧은 탓에, 대부분이『이인』의 영어 번역본을 골랐다.

"뭐라고?" 한 남학생이 쓴 감상문은 그렇게 시작했다. "엄마가 주었다면 마음이 펴난할 것 가찌 안타."

그 전화가 걸려오기 전에 나는 행간 여백 없이, 손으로, 의식의 흐름 기법을 따라 적어내려간 그 명작의 여백에 빨간색 펜으로 "아멘, 형제여!"라고 휘갈겨써주었다. 하지만 아버지의 아내와의 통화를 끊내고선, 글이 너무 단순하고 철자에도 주의를 기울이지 않았다고 꾸짖는 내용의 메모를 길게 써내려갔다. 그러고는 그 학생에게 C를 줬다.

"그래서 그 여자가 너한테 연락을 했구나." 나디아스에서 만난 엄마가 말했다. 내 이름을 따서 만든 이곳은 그녀가 날 낳고 일 년 뒤에 차린 아이티 음식점이었다. 우리는 구석에 놓인 우리만의 테이블에 앉아 있었다. 이 자리에 앉으면 그녀는 손님용 출입문에서 기다란 바를 지나 주방까지, 식당 전체를 한눈에 살필 수 있었다. 우리 머리 위로는 벽에 직접 그린 그림들이 군데군데 있었다. 우리 테이블 위, 우리가 앉은 자리 바로 위의 벽화는 식당을 대표하는 그림이었다. 통통한 갈색 여자 아기가 호박수프가 흘러넘칠 듯한 둥그런 대접에서 수영을 하고 있었는데, 둥그런 대접은 트롱프뢰유* 액자 역할도 겸했다.

식당에는 사람들이 가득했다. 식당 옆 회관에서 인기 있는 라신** 밴드의 공연이 아홉시에 열리는데, 공연을 보러 가는 사람들이 미리 저녁식사를 하러 온 것이었다. 보통 엄마는 냉동고에서 고기를 꺼내고 와인 저장고에서 술을 꺼내느라 식당 안과 사무실 사이를 왔다갔다 뛰어다녔다. 그녀는 필요에 따라 메트르*** 나 식당 주인이 되었다가, 종업원이나 바텐더가 되기도 했다. 하지만 내가 그 통화에 대한 얘기를 꺼내자, 엄마는 나를 우리 테이블로 데려가서는 앉으라고 말했다.

---

* 실물로 착각할 정도로 세밀하게 묘사한 그림.
** 아이티 부두교 종교음악에 로큰롤, 재즈, 전자음악을 접목한 음악으로, 세습 독재 시기인 1970년대에 생겨났으며 종교적, 사회적, 정치적 의미를 내포하기도 한다.
*** 프랑스어로 '지배인'.

이 구석 테이블은 내가 기억하는 한 나와 한평생을 함께해왔다. 이곳은 엄마가 일하는 동안 내가 유아차에서 낮잠을 자던 곳이자, 색칠 공부를 하던 곳이자, 숙제를 하고 수많은 책을 읽던 곳이었다. 엄마가 식당 어디에서건 나를 볼 수 있는 유일한 자리였다. 시간이 흐르면서 이곳에 대한 나의 애정도 점점 커져갔다.

나는 나디아스에 배경음악이 없다는 사실이 좋았다. 테이블에 앉아 있노라면 읽고 있던 책 속의 극적인 사건을 훨씬 뛰어넘는 대화를 들을 수 있기 때문이었다. 나는 세례식 파티를, 첫 영성체와 결혼식 점심식사, 졸업식 저녁식사, 경야經夜, 장례식 식사를 목격했고 또 가끔은 초대를 받기도 했다. 남자와 여자가—그리고 나중에는 여자와 여자 또는 남자와 남자가—서로에게 사랑을 맹세하는가 하면, 바로 옆에서는 다른 커플이 사랑이 식었다고 털어놓았다. 부모가 자기 아이들에게 새와 벌이 뭔지 설명해주는가 하면, 또다른 테이블에서는 어느 여자애가 부모에게 임신 사실을 고백하거나, 어느 남자애가 부모에게 어느 집의 딸을 임신시켰다고 공표하는 걸 듣기도 했다. 이런 손님들, 그리고 식당 직원들이 나와 엄마의 유일한 가족이었다.

사람들은 대체 왜 인생을 송두리째 바꿔놓는 소식을 식사 자리에서 밝혀야 한다고 생각했을까? 상대가 공공장소에 앉은 채 음식이 입안에 꽉 차서 소리를 지를 수 없는 순간을 기다리며 시

간을 벌려는 걸까? 가끔은 여자가 남자한테 둘이 함께 키우고 있
는 아이가 남자의 친자식이 아니라고 말하는 걸 듣기도 했다. 노
부모가 다 큰 아들이나 딸을 앉혀놓고 유언장에 그들 이름을 남
겨놓지 않았다거나, 서로 연을 끊자고 말하는 것도 들어보았다.
하지만 엄마가 지난주 내게 그랬던 것처럼, 스물다섯 살 된 딸에
게 얼굴 한 번 본 적 없는 아버지, 므슈* 모리스 드장께서 위독하
며 죽어가고 있다고 말해주는 건 결코 들어본 적 없었다.

　엄마는 언제나 말이 빠른 편이었다. 갈 길이 남은 사람처럼 말
을 할 때가 많았다. 후한 칭찬과 함께 음식에 대한 자잘한 정보
를 물어보는 식당 손님조차도 그녀를 대화에 붙들어놓지는 못했
다. 그녀가 유일하게 서두르지 않았던 건 정성스럽게 옷을 고를
때였다. 그녀는 몸에 딱 달라붙고 네크라인이 깊게 파인, 검은
색 실크와 레이스로 된 슬립을 좋아했는데, 너무 고급스러워 보
이는 나머지 내가 가끔 외출복으로 빌려 입고 나가기도 했다. 그
전화가 걸려왔을 때 나는 그 슬립 중 하나를 입고 있었고, 식당
에 그 슬립을 입고 나가기로 했다. 바깥은 아직 초봄이라 사람들
이 거의 긴팔을 입고 다니긴 했지만. 손님들이 엄마의 미모를 칭

---

* 프랑스어에서 남성 존칭.

찬할 때면 난 항상 나 자신도 덩달아 예쁘게 느껴졌다. 그 말을 끝내자마자 나더러 엄마를 닮았다고 할 테니까.

엄마는 지난주에 우리가 나누던 대화 끄트머리에 이렇게 말했다. "내 옛친구가 그러는데 그 사람이 많이 아프대. 친구한테 네 전화번호를 그 사람 아내에게 전해주라고 했어." 정확히 어떻게 이런 대화가 이뤄진 걸까? 난 궁금해졌다. 엄만 뭐라고 말했을까? 그 친구한테 그냥 "아, 그런데 말이지, 그 사람한테 딸이 하나 있는데 이게 그 딸 번호야"라고 했을까?

식당 안을 둘러보는 건 엄마의 두번째 천성이었다. 엄마는 어느 하나에도 시선을 오래 두지 않는 사람이었지만, 이번에는 깔끔하게 손질된 손톱으로 팔꿈치를 긁어대면서 말 그대로 내 눈을 피하고 싶어 안달이었다.

"그 사람을 보러 가줘." 그녀가 앞문으로 들어오는 사람에게 손짓으로 인사하면서 내게 말했다.

나는 어린 시절의 내가 되어 이 활인화活人畫를 관찰하고 있다고 상상해봤다. 거의 똑같이 생긴 두 여자가 등을 꼿꼿이 편 채 화려한 쿠션 의자에 딱 붙어 앉아 있는 모습을. 그들은 아마도 누군가 언제라도 의자에 있는 전기 스위치를 켜서 자신들을 고통에서 해방시켜주기를 바라고 있을 것이다. 아니, 죽음에 대해 이런 농담을 하는 건 부적절할까? 정작 그 전기 스위치를—적어

도 엄마 쪽 스위치라도—켜고 싶어할지도 모르는 사람은 지금
정말 죽어가고 있으니 말이다.

남자 종업원이 물방울이 맺힌 차가운 프레스티지 맥주 두 병에
냅킨을 둘러 가져왔다. 그가 맥주를 내려놓자 엄마는 고갯짓을
하며 우리끼리 있고 싶으니 저쪽으로 가달라는 신호를 보냈다.

"지난주에 말했듯이 말이야." 엄마가 맥주병을 잡으며 말했
다. "옛날에는, 아이티 독재정권이 무너졌던 그때는 여기서 헤어
진 부부가 많았어. 미국에 영영 남고 싶어하는 사람들과 고향으
로 돌아가서, 스와 디장*, 조국을 재건하고 싶어하는 사람들로 완
전히 갈렸단다. 네 아버지는 돌아가자는 쪽이었고 난 여기에 남
겠다는 쪽이었지."

그녀는 맥주를 내려놓고 두 손으로 얼굴을 감쌌다. 그녀가 손
을 떼자 나는 그녀가 울고 있다는 걸 알아차렸다.

"그 사람은 나를, 우리를 두고 조국을 택한 거야." 엄마가 어깨
까지 늘어진 머리카락을 손톱으로 깊숙이 파고들며 빗어넘겼다.

"내가 있었다는 걸 알았다면 그 사람이 다른 선택을 했을 수도
있잖아." 나는 가게 영업에 방해가 될 정도로 소리를 지르기 직
전이었다. 이것이 우리가 엄마 사무실이 아니라 식당에서 얘기

---

* 아이티 크리올어로 '아마도'.

하고 있는 이유다. 그녀는 공공장소에서라면 내가 소리를 지르거나 고성을 내지 못할 거라는 걸 알고 있었다.

"그 사람 안 보고 싶어?" 내가 엄마에게 물었다.

"그 사람이 인생에서 가장 중요한 시절을 보내는 것도 못 봤는데," 그녀가 테이블에서 일어서며 말했다. "죽어가는 모습을 보고 싶진 않아."

엄마가 주방으로 사라지고 나서, 나는 핸드폰으로 다음날 오후에 출발하는 항공편을 예약했다. 그리고 아버지의 아내에게 전화를 걸어 그쪽으로 가겠다고 말했다.

"정말 좋은 소식이네요!" 그녀가 말했다. "내가 마이애미 공항으로 데리러 갈게요."

다음날 오후, 아버지의 아내는 나를 데리러 공항에 나오지 않았다.

"택시를 타고 와줄 수 있나요." 그녀는 내게 문자메시지로 주소를 남긴 뒤에 곧바로 전화를 걸어 그렇게 말했다.

나는 대학교 3학년 봄방학 때 친구 여러 명과 마이애미에 온 적이 있었다. 그 당시도 후덥지근했다. 우린 마이애미비치에 있는 호텔에 묵으면서 바다에서 대부분의 시간을 보냈다. 나에게 마이애미란 해변이었다. 이제 이곳은 임종을 앞둔 아버지를 만나는 장소가 되었다.

집은 리틀아이티 중심가에 있었다. 더이상 기차가 다니지 않는 녹슨 철로와 길게 늘어선 나이 많은 떡갈나무 사이의 어느 모퉁이였다. 집을 에워싼 하얀 벽 한쪽에 조그마한 철문이 있었다. 문 옆에 달린 초인종을 몇 차례 누르니 소리가 나며 문이 열렸고, 나는 그 문을 밀고 들어갔다.

집과 뜰은 밖에서 짐작했던 것보다 작았다. 오솔길을 따라 늘어선 여인목 무리를 지나니 현관문에서 아버지의 아내가 기다리고 있었다. 그녀가 내게 인사하려고 양팔을 들자 입고 있던 보라색 카프탄*이 활짝 펼쳐져 문간을 꽉 채웠다. 양쪽 맨발에 개오지조개 껍데기와 작은 종이 줄줄이 달린 발찌를 차고 있어서 그녀가 나를 향해 발걸음을 내디딜 때마다 딸랑딸랑 소리가 났다. 그녀는 안경을 짧은 아프로 머리** 위로 올리더니 내가 입은 핑크색 요가 바지와 요가 티셔츠 그리고 실밥이 터질 것처럼 꽉 찬 손가방을 쳐다보곤 물었다. "짐이 이게 다인가요?"

그녀를 따라 어두운 현관 입구를 지나 거실로 들어서는 내내

---

* 터키, 아랍권에서 입는 로브 스타일의 상의.
** 곱슬머리를 빗어 세우고 크고 둥근 모양으로 다듬은 헤어스타일.

종이 딸랑거렸다. 실내에는 가구가 많지 않았다. 갈색 벨벳 소파, 소파와 세트인 오토만의자*, TV 거실장. 거실장에는 TV 대신 성인용 기저귀 팩이 쌓여 있었다.

아버지의 아내는 내게 소파에 앉으라고 손짓을 하고 자신은 반대편 끝에 미끄러지듯 앉았다.

자신의 발을 내려다보며 그녀가 말했다. "종소리요? 이 종소리가 신기한가봐요. 이건 그이가 날 들을 수 있게 만든, 일종의 뭐 그런 거죠. 내가 집안 어디에 있더라도요."

카프탄, 종, 아프로. 그러니까 이 사람이 나의 엄마를 대신했던 '대지의 어머니'였구나.

"궁금한 게 분명 많을 거예요." 그녀가 말했다.

"그분을 만나도 되나요?" 내가 물었다.

"그래요." 그녀가 말했다. "그런데 나랑 먼저 얘기하고 싶을 텐데요. 마음의 준비를 하려면."

그녀가 자리에서 일어났고 종이 다시 생기를 띠었다. "둘 다 마실 게 좀 필요한데." 그녀가 말했다. "여기서 기다려요."

그녀가 집의 나머지 부분과 연결되는 좁다란 복도로 사라졌다. 나는 머리가 몽롱했다. 전날 밤부터 아무것도 먹지 않은 터

---

* 상자 모양 의자로, 발받침으로도 쓰인다.

라—비행기에서 마신 와인 한 잔을 빼곤—이제는 뱃속이 허기와 불안으로 울렁거렸다. 딸랑이는 소리는 희미해지면서 전혀 안 들렸다가, 다시 들렸다가 멈추고, 또다시 들려오기 시작했다. 만약 내가 죽어가고 있는 중이라면 온종일 듣고 싶은 소리는 아니었다. 하지만 어디까지나 내 생각이었다.

아버지의 아내는 자리로 돌아와 내게 엄청나게 단 레모네이드 한 잔을 건네주었다. 대화를 더 나누고 싶지 않았던 나는 레모네이드를 벌컥벌컥 들이켰다. 그녀도 내 옆의 협탁에 내려놓았던 유리병을 들어 자신의 잔을 채우더니 똑같이 벌컥벌컥 마셨다. 나도 한 잔을 더 따랐다. 바로 그때 멀리서 속삭이는 소리가 들렸다.

"여기 다른 사람이 더 있나요?" 내가 주위를 둘러보며 물었다.

나는 아버지가 밖으로 걸어나와 내게 인사를 하고, 왜 그리 오랫동안 오지 않았느냐며 나무라는 모습을 상상했다.

"네." 그녀가 말했다. "이 집 주인들이에요."

한참 후에 우리의 침묵이 너무 무겁게 느껴지자, 내가 물었다. "그럼 두 분은 어디서 처음 만나신 거예요?"

"나랑 모리스요?"

"네, 당신과 모리스요." 내가 말했다. "모리스"를 조금 힘주어 말하면 혹시 아버지를 밖으로 불러낼 수 있지 않을까 기대했지만, 나조차도 그런 내 목소리가 낯설게 느껴졌다. 그녀는 내가 걱정되는 듯 눈을 가늘게 뜨고 내 쪽으로 고개를 기울였다.

"우린 포르토프랭스에서 지인들을 통해 만났어요." 목소리를 가라앉힌 그녀는 금방이라도 눈물을 왈칵 쏟을 듯했다.

"당신도 고국으로 돌아간 사람 중 하나였나요?"

"난 열 살에 가족들과 함께 아이티를 떠나 보스턴에서 이십 년 동안 형법을 다루는 일을 하다가 아이티로 돌아왔어요." 그녀는 말을 하고는 잠시 숨을 골랐다. "독재가 끝나고 돌아가서 내가 할 만한 일을 찾았죠. 사법제도 재건을 도우려는 아이티계 미국인 변호사 단체와 일했는데, 우린 프랑스 민법전을 계승한 압제적인 법과 독재체제에서 전승된 법 사이에서 손발이 묶여 있었어요. 그 변호사 단체 대표가 포르토프랭스에서 열린 내 송별회 자리에서 모리스를 소개해줬어요. 나는 보스턴으로 되돌아갈 계획이었는데, 남아서 학교 운영을 도와달라고 모리스가 설득했죠."

모리스. 난 천천히 그 이름에 익숙해지고 있었다. 사람들을 설득해 인생의 행로를 바꿔놓는 모리스. 나와 성이 다른 모리스.

"아이가 있으세요?" 내가 그녀에게 물었다.

"나랑 모리스 사이에?"

난 고개를 끄덕였다. 다른 사람과의 사이를 물어본 것이었지만,

"아이는 없어요." 그녀가 말했다. "그렇지만 보스턴에서 첫 남편과 헤어지고 아이티로 건너왔지요."

"모르고 있는 아이가 있을 수도 있어요." 난 이 말을 하고 그녀의 발목에 달린 종들이 딸랑거리는 소리도 들리지 않을 만큼 크게 깔깔 웃었다.

"아버지의 유머감각을 쏙 빼닮았네요." 그녀가 말했다. "당신이 그걸 볼 기회가 없다는 게 아쉽네요. 그이의 많은 것들이 사라져서."

"그게 무슨 뜻이에요?" 내가 물었다. "그분이 말을 못하시나요?"

"원하면 말을 걸 수 있어요." 그녀가 말했다. "아직도 난 그에게 말을 걸어요. 언제나 그럴 거고."

그녀는 어떻게 대화를 나누는지 보여주겠다는 듯 잠시 눈을 감았다. 둘이 텔레파시로 이야기한다는 건가? 아니면 꿈속에서?

"그분은—두 분은—언제 미국에 돌아왔나요?" 내가 물었다.

"몇 주 전에요." 그녀가 말했다. "그후로 모리스 상태가 악화됐어요. 친구 몇 명이 이 집을 쓸 수 있게 해줘서 다행이었죠."

"정확히 어디가 아픈 거예요?" 내가 물었다.

"지금 단계에선, 그건 중요하지 않아요." 그녀가 말했다. "돌이킬 수 없으니까."

지난주 고백의 저녁식사 자리에서, 나는 엄마에게 아버지의 무엇이 가장 기억에 남는지 물었다.

"진지함." 엄마가 내게 말했다. "그 사람은 항상 진지하게 말했지."

진지한 모리스. 유머감각이 넘치는 모리스. 그게 진짜 아버지의 모습일 것이다.

"거기서 두 분이 변화를 이루었다고 생각하세요?" 내가 아버지의 아내에게 물었다. "그러니까, 아이티에서요."

"그렇게 많은 걸 버리고 갈 가치가 있었느냐는 뜻이죠?" 그녀는 잠깐 생각에 잠기더니 깊게 숨을 들이쉬고는 입을 열었다. "아직도 해야 할 일이 많지요."

"두 분은 아이를 갖고 싶진 않았나요?" 나는 이어지는 긴 침묵을 메우기 위해 질문을 던졌다. 내가 그곳에 있는 이유를 그녀에게 상기시켜주고 싶었던 거였지만, 그녀는 자신이 준비가 되어야만 아버지를 보여줄 작정인 듯했다.

"'아이를 한 명 키우는 것과 수백 명을 키우는 것, 둘 중 당신은 뭘 선택하겠어?' 내가 아이를 갖자고 하면, 혹은 한 명 입양하는 건 어떠냐고 제안하면 모리스는 항상 나한테 그렇게 물었어요."

잔이 마법처럼 저절로 채워지기라도 하는 것처럼 내가 계속

빈 잔에 손을 뻗는 걸 알아챈 그녀가 말했다. "미안하지만, 그래도 난 아이 문제에 관해서는 모리스와 생각이 달랐어요. 모리스가 당신에게 취한 행동에도 동의하지 않았고요. 어머니가 당신을 키우느라 정말 대단한 일을 했어요. 그런데 모리스가 도우던 아이들은 우리 말고는 의지할 데가 없었죠."

그러니까 그는 나에 대해 알고 있었다. 그놈은 알고 있었던 거다. 그러고도 연락하지 않기로 마음먹었던 거다. 엄마 말대로 우리를 등지고 국가를 선택한 것이다. 수백 명의 아이들을 돌보는 게 더 고귀해서? 이제 그 사람의 어린 고아들은 누가 돌보나? 이 '대지의 어머니'가 돌아가서 돌보겠지.

"나디아의 어머니는 당신의 존재를 그이한테 최대한 비밀로 부치려고 했어요." 내가 받은 충격을 덜어주려는 듯 아버지의 아내가 말했다. "당신 어머니는 양육권을 공유해야 하는 상황을 면하고 싶어했어요. 그것도 이유 중 하나였죠."

"그분이 저에 대해 언제 알았나요?" 난 이 말을 하면서 이가 갈렸다. 자리를 뜨고 싶었다. 그의 얼굴을 보지 않고 그냥 가버리고 싶기도 했지만, 한편으로는 그 어느 때보다도 그가 보고 싶기도 했다.

"당신이 십대였을 때예요. 그이는 이미 시간이 너무 많이 흘러서 당신이 자신을 용서하지 않을 거라고 생각했어요."

다시 목이 말랐다. 바닷물을 한 양동이쯤 들이켠 것 같았다. 입안이 바싹 말라왔지만 힘겹게 말을 꺼냈다. "그분이 정말 절 여기로 오라고 했어요?"

"아니요." 그녀가 말했다. "내가 그랬어요. 내가 모리스의 친구와 당신 어머니한테서 당신의 연락처를 받았을 땐 이미 그의 상태가 너무 안 좋았거든요."

"지금 그를 보고 싶어요." 나도 모르게 말이 나왔다.

"보게 될 거예요." 그녀가 말했다.

그녀가 내 쪽으로 더 가까이 다가오면서 발목의 종들이 딸랑거렸다. 난 그녀와 간격을 두려고 몸을 뒤로 젖혔다. 그때 갑자기 내가 C를 매긴 학생의 과제가 기억났다. 그 남학생은 책 읽기를 시킨 나에게도 화가 났지만, 작가 카뮈와 이방인 뫼르소가 솔직히 서른에 죽으나 일흔에 죽으나 중요하지 않다고 말하는 것에 더 화가 나 있었다.

그 남학생은 과제를 이렇게 마무리했다. "그거는 중요하다. 매 순간이 중요하다."

나는 돌아가면 그 학생의 점수를 올려줘야겠다고 다짐했다.

"그이를 보기 전에 우리 친구들을 좀 만나봐요." 아버지의 아내가 말했다.

나는 소파 옆에 놓인 오토만 의자를 짚고 일어났다. 다리가 지

푸라기처럼 느껴졌다. 나는 그녀를 따라 비틀거리며 복도를 걸어갔다. 벽에는 집주인의 가족사진이 줄지어 걸려 있었다. 주방으로 가니 남자 둘과 여자 셋이 사각 탁자에 둘러앉아 있었다.

아버지의 아내가 식탁에 앉아 있는 사람들을 향해 말했다. "이분이 모리스의 딸, 나디아예요. 뉴욕에서 왔어요."

모리스에게 딸이 있다는 사실이 충격이었는지는 모르겠지만, 다들 티를 내지 않았다.

"나디아, 이분들은 나와 모리스의 친구들이에요." 그녀가 말했다.

그중에는 의사가 한 명 있었는데 그녀는 손을 흔들고는 다시 핸드폰을 두드리기 시작했다. 그 의사와 내가 거기서 제일 어렸다. 그 여자는 의사 가운도 수술복도 아닌 민소매 노란색 원피스를 입고 있었지만 목에는 청진기가 걸려 있었다.

그러고 나서 아버지의 아내는 나머지 네 명 중에 로만칼라 셔츠를 입은 목사를 가리키며 말했다. "소렐 목사와 그의 아내는 우리가 오래 알고 지낸 친구예요."

나는 내게 자리를 비켜주려 일어서는 소렐 목사에게 한번 더 고개 숙여 인사하고 그 자리에 앉았다. 그가 나를 위해 의자를 뒤로 빼주면서 말했다. "이번 일이 정말 충격이었겠어요."

"모리스와 나디아는 시간을 거의 같이 보내지 못했어요." 아버지의 아내가 말했다.

"전혀 못 보냈죠." 내가 말했다.

집에 이렇게 오래 있으면서 정작 그를 못 만나고 있다니 이상했다.

"이제 그분을 볼 수 있을까요?" 내가 다시 한번 물었다.

"브레드수프 좀 들어봐요." 아버지의 아내가 말했다.

그녀는 소박한 하얀 국물에 흠뻑 젖은 빵과 감자 조각, 소량의 하얀 면이 담긴 수프 한 그릇을 내게 떠주었다.

"여기 더 있으니까 필요하면 말해요." 식탁에 있던 다른 여자가 말했다. 어쩐지 소렐 목사의 아내인 것 같았다.

내가 후루룩거리며 수프를 다 먹고 나자 소렐 목사가 내 어깨에 양손을 올렸다. 의사를 제외한 모두가 서로 손을 잡고는 고개를 숙였다.

"나디아를 위해 기도합시다." 소렐 목사가 말했다.

왜 아버지가 아니라 나를 위해서 기도하나 의아했지만, 기도는 수프만큼이나 내 속을 편안하게 해주었다.

모두가 기도하는 동안 난 고개를 돌려 낮은 창문을 바라보았다. 유리창에는 반사된 우리의 모습과 여인목 한 그루의 흔들리는 그림자가 겹쳐 보였고, 창을 통해 늦은 오후 해질녘의 오렌지빛 햇살이 들어오고 있었다. 주방 벽에는 소렐 목사와 그의 가족

사진을 넣은 액자가 몇 점 더 걸려 있었다. 사진에서 소렐 목사는 항상 딸, 그러니까 의사의 왼쪽에 있었고, 수프를 만든 듯한 여자는 항상 오른쪽에 있었다. 복도에 걸린 사진까지 종합해보면 의사 딸이 걸음마를 떼는 아기였을 때부터, 학사모와 졸업 가운으로 시작해서 신부 들러리 드레스, 웨딩드레스, 그리고 마지막으로 의사 가운을 입을 때까지 이들 가족은 늘 이렇게 사진을 찍은 듯했다.

"이제 안으로 들어가도 돼요." 내가 수프를 다 먹자 아버지의 아내가 말했다.

그녀를 따라 복도를 걸어가자 목사와 그의 아내가 애도가를 부르기 시작했다. 죽어가는 자를 위한 자장가를.

우리 강에서 모일까요?
그 아름다운, 아름다운 강에서

거즈와 연고, 의약품이 잔뜩 놓인 침실 탁자 위의 램프 불빛을 제외하면 방안은 어둑했다. 방 한가운데에 병원 침대가 있었고, 그 옆의 벽 앞에는 흰색 아일릿 자수 이불이 덮인 간이침대가 있었다. 침대 바로 위 천장에 달린 선풍기가 측면 창문가의 스탠드형 에어컨에서 나오는 시원한 공기를 순환시켜주고 있었다. 난 아버지의 아내를 따라 침대로 갔다.

엄마는 아버지의 사진 한 장 가지고 있지 않았다. 그리고 아버지와 '대지의 어머니'는 다른 사람들처럼 온라인에 그들 자신에 대한 글을 올리거나 기금을 모으는 활동을 하지 않았다. 그래서 나에게는 뼈만 앙상하게 남은 채 병원 침상에 누워 있는 저 남자와 비교할 그 어떤 이미지도 없었다. 딱 하나, 나 자신을 빼고. 얇은 담요 밑에서 잠옷을 입고 뻣뻣하게 누워 있는 형체로 짐작건대, 병환으로 키가 줄었을지는 몰라도 그는 나보다 작았다. 나를 찾을 수 있는 유일한 영역은 그의 얼굴뿐이었다. 축 처진 구리색 피부, 고르지 않은 이마, 꽉 감은 두 눈, 거의 사라진 눈썹, 깊게 꺼진 뺨, 굳게 다문 턱과 희끗한 턱수염에서 나 자신을 찾아야 했다.

나는 병원 침대의 싸늘한 난간에서 아버지의 얼굴로 손을 뻗었다. 손가락이 가닿은 얼굴은 보이는 것처럼 거칠고 야윈 것이, 딱 죽은 사람 같았다. 손바닥을 이마에 댔더니 잘 닦은 가면처럼 미끈거렸다. 나는 설명을 해달라는 듯 아버지의 아내를 돌아보았다. 그녀는 조용히 흐느끼기 시작했다. 그녀의 흐느낌은 엄마가 눈물 흘리던 모습을 떠올리게 했다. 비록 그들이 서로 다른 남자를 두고 울고 있긴 했지만, 나는 그 두 남자 중 누구도 알지 못했다.

"그이가 세상을 떠났어요." 그녀가 말했다. "자유를 얻은 거죠. 우린 그이가 자유로워져서 기뻐요." 이 말을 하는 그녀의 얼굴이 공포와 고통으로 일그러졌다. "당신이 탄 비행기가 착륙하기 직전에 눈을 감았어요." 그녀는 이제야 사실을 인정했다.

고통으로 상기된 그녀의 얼굴에서, 아버지가 남기고 간 빈자리가 보였다. 상처, 부상, 흉터처럼 또렷했다. 그녀가 느끼는 걸 나도 절실히 느끼고 싶었다. 부러웠다. 탐이 났다.

"왜 좀더 일찍 얘기해주지 않았어요?" 내가 물었다.

"서두를 이유도, 위급한 상황도 없었어요." 그녀는 전혀 울지 않은 것처럼 자세를 가다듬고 말했다. "나디아가 그러라고 하면 의사가 그이의 사망 선고를 할 거예요. 당신이 준비되면 언제든. 그이는 하루이틀 전부터 의식을 점점 잃기 시작했어요. 그래도 숨이 멎기 전까지는 우리가 하는 말을 들을 수 있었다고 해요."

그러니까 아직 의사가 선고를 내리지 않았으므로 공식적으로, 적어도 서류상으로는, 아버지는 여전히 죽은 게 아니었다.

"언젠가 아이가 생기면," 아버지의 아내가 말했다. "적어도 아이에게 아버지를 봤다고 말할 수는 있을 거예요. 이런 모습으로라도요."

나중에 아이가 생기면 아이에게 이 상황을 어떻게 설명하란 말인가? 아버지와는 현재 연관된 게 아무것도 없으며 연관된 건 모두 과거이자 옛날이라고 생각하는 엄마에게는 이 상황을 어떻게 설명하지?

아버지의 아내는 옛날에 대한 그녀만의 이야기가 있었다. 그녀가 말해주기를, 옛날에는 누가 죽으면 소라껍데기를 울렸다고 한다. 옛날에는 아기가 태어나면 산파가 아기를 땅에 내려놓았고, 그 아기를 들어올려 자기 자식이라고 선언하는 건 아버지의 일이었다. 옛날에는 죽은 사람을 일단 그대로 집에 모셨다. 조문기도를 하러 온 사람들은 찬송가를 부르고 애도의 춤을 추며 기쁨의 경야를 치렀다. 망자를 집밖으로 내보내야 할 때면 앞문이 아니라 뒷문을 통해 발부터 내보냈다. 그래야 망자가 돌아와서는 안 된다는 걸 깨닫는다고 했다. 망자의 아기나 어린아이들이 관 위로 지나가게 해서 아이가 죽은 자의 영혼을 떨쳐내고 남은 일생 동안 그 영혼에 쫓기지 않게 했다. 그다음에는 마을의 연장자가 무덤에 럼을 부으며 마지막 이별을 고했다. 옛날이었다면 마을 사람들, 집에 온 문상객들은 물론 멀리 있는 사람들에게까지 통곡을 하며 아버지의 죽음을 알렸을 거라고, 그녀는 말해주었다.

나의 흔적은 찾아볼 수 없는 아버지의 죽은 얼굴을 내려다보며, 그를 붙잡고 흔들고 억지로 깨워서 그의 옛날이야기를 들려달라고 하고 싶었다.

"그이는 좋은 사람이었어요. 참 좋은 사람." 아버지의 아내는 말을 이어갔다. "그이는 당신이 자신의 마지막 의식에 참여해주길 바랐을 거예요."

내 인생의 첫 의식 때부터 부재했던 그가 어떻게 내겐 자신의 마지막 의식에 함께해주길 바랄 수 있었을까?

"그 사람을 용서해줘요." 그녀가 말했다. "우리를 용서해줘요. 지금 서두를 필요는 없어요. 여기서 충분히 시간을 갖고, 그러고 나면 우리 젊은 의사 친구가 선고를 내려 아버지의……"

아버지의 아내의 목소리가 차츰 사그라들었고, 그녀는 이내 방밖으로 나갔다. 그녀가 방문을 열 때 복도의 불빛이 흘러들어 방안이 한결 밝아졌다. 나는 그녀가 썼을 간이침대에 앉았다. 그녀는 여기서 밤낮으로 간호하며 임종을 지켰을 것이다. 에어컨에서 찬 공기가 훅 불어와 몸이 떨렸다. 몸을 뒤로 젖혀 자수 이불에 등을 붙였다. 눈을 감고 싶었지만 머리 위에서 빙글빙글 돌아가는 천장 선풍기에서 눈을 뗄 수 없었다. 어린 시절 엄마의 경고처럼 선풍기에 진짜 손가락이 잘리는지 궁금해서 엄마 식당에 있던 다른 종류의 선풍기에 손가락을 넣어보고 싶어했던 기억이 떠올랐다. 아빠에 대해 물어볼 때마다 엄마가 쉿, 하며 조용히 시키던 것도 떠올랐다. 그러다 내가 열두 살이던 어느 날 그녀는 불쑥, 아빠는 내가 태어나기 전에 그녀를 떠났고 우리와 인연을 끊고 싶어한다고 말해주었다. 그래서 나는 그를 찾지 않았다. 그래서 나는 그가 죽기를 바랐다.

바깥의 복도에서 아버지의 아내와 그녀의 친구들이 말하는 소리가 들렸다. 자신들이 속삭인다고 생각했겠지만 그렇지 않았다.

소렐 목사가 말했다. "모리스가 부탁한 대로 장례식은 조촐하게 하고, 화장을 합시다."

"포르토프랭스의 학교 부지에 유골을 뿌려달라고 하네요." 아버지의 아내가 말했다.

그녀는 아버지가 지금도 살아 있기라도 한 것처럼 현재형을 써서 말하고 있었다.

소렐 목사의 인도로 그들은 또다시 함께 노래를 불렀다. 천사들이 수정처럼 맑은 물결 위를 딛고 있는 강에서 모이자는 노래였다. 그들은 이 강에다 세상의 짐을 내려놓고 힘들게 얻은 예복과 하느님이 내려주는 면류관을 받으라는 노래를 불렀다.

네, 우리는 강에서 모일 거예요.
그 아름다운, 그 아름다운 강에서.

그리고 기도도 노래도 멈춘 정적의 순간에 의사가 물었다.

"따님이 방에서 얼마나 더 있을까요?"

따님? 의사는 "따님"이라고 말했다. 그리고 그 따님은 바로 나였다. 그 따님은 옛날처럼—아버지의 아내의 말대로—아버지의 영혼이 또다른 종류의 강에서 떠올라 그림자로, 꿈으로, 혹은 바람을 타고 날아오는 속삭임으로 다시 태어나는 그날까지 일 년 하고도 하루를 더 그곳에 있을 것이다. 그 따님은 평생토록, 아버지를 그리워했던 바로 그 시간만큼 더 그곳에 있을 것이다. 그 따님이 그냥 이곳에 영원히 머무는 건 어떨까?

그러나 그 따님이 완전한 이방인이 아니었다 할지라도, 아버지와 내가 평생을 함께 살았다 할지라도, 그 방에 더 머무를 수는 없었다. 나는 일어나서 병원 침대 난간에 몸을 기대어 아버지의 싸늘한 이마에 입을 맞췄다. 내가 이렇게 한 건 아버지가 내게 이런 걸 기대했을 것 같아서였다. 내가 도착했을 때 아버지가 살아서 깨어 있었다면, 이렇게 했을 것이었다.

아버지는 더이상 자고 있는 것 같지 않았다. 반쯤 열린 왼쪽 눈꺼풀 아래로 흰자가 살짝 보였다. 그 작은 틈 뒤편에 장막을 드리운 세상이 숨어 있었다. 내게는 허락되지 않았던 세상, 내가 결코 알 수 없을 세상. 옛날에는, 그의 두 눈 위에 동전이 놓여 있어서 그의 영혼의 창을 이만큼 들여다볼 기회조차 없었을지도 몰랐다.

차라리 우는 것이, 울고 싶은 마음이 드는 것이, 무엇을 잃었는지도 모른 채 슬퍼하는 것이, 아버지 없이 어떻게 살아갈지 막막해하는 것이 더 간단하고 쉬웠을 것이다.

"오 르부아르*. 파파." 딱 한 번 "파파"라는 말을 소리내 불러보았다. 누군가를 파파라고 부르는 게 어떤 것일지 나는 늘 궁금했다. 단지 누군가를 파파라고 불러보고 싶어서 엄마가 가볍게 데이트중인 남자 중 하나와 결혼하는 모습을 상상해보기도 했다. 이것은 진짜 나의 아버지였던 사람에게 "파파"라는 말을 해볼 수 있는 처음이자 마지막 순간이었다.

난 이 모든 것을, 그를 뒤로하고 문 쪽으로 걷기 시작했다. 무언가가 나를 멈춰 세워주길 계속 바랐다. 내 어깨를 잡는 손이나 속삭임처럼 내 인생 전체는 아니더라도, 이 불완전한 순간을 뒤바꿔놓을 만한 무언가를. 하지만 아버지는 깨어나지도, 죽음 저편에서 돌아와 자신이 나의 아버지라고 선언하지도 않았다.

오주르뒤 파파 에 모르

오늘 아빠가 죽었다.**

---

* 프랑스어로 '안녕히 가세요'.
** 『이인』의 첫 문장을 차용했다.

하지만 난 이미 그를 내 마음속에서 수없이 죽였다. 강도로, 결투로, 테러리스트 공격으로, 총으로, 수류탄으로, 지뢰로, 익사로, 약물 과다복용으로, 자동차 충돌로, 기차 충돌로, 비행기 충돌로, 화산 폭발로, 쓰나미로, 번개로, 지진으로, 수면중 자연사로, 말기 암으로. 이번에는 누가 봐도 내가 성공한 셈이다. 그는 죽었다. 진짜 죽었다.

아버지의 아내와 친구들이 기다리고 있는 주방은 아까보다 더 어두웠다. 창에는 가리개가 내려져 있었고 액자는 검은색 침대보로 덮여 있었다.

"아버지의 영혼이 나가다가 멈추고 창문 안을 들여다볼까봐 해놓은 거예요." 아버지의 아내가 거실에서 내게 외쳤다. "그러면 그이가 떠나기 힘들어지니까요."

나는 죽은 아버지가 있는 방과 가장 가까운 욕실에 들어서서야 눈물을 터트렸고, 거기서 엄마에게 전화를 걸었다.

"그가 세상을 떠났구나, 그렇지?" 엄마는 전화를 받자마자 물었다.

나는 바로 내 앞에 엄마가 서 있는 것처럼 고개를 끄덕였다.

"안됐네." 그녀가 말했다. "그 사람 곁에 있는 사람 모두."

"아버지에게 아내가 있었어." 나는 흐느끼면서 말했다. "아버지를 사랑해주던 좋은 친구들도 있었고."

"우리에겐 서로가 있지." 그녀가 말했다. 나는 엄마가 과거와 단절하고 사는 것에 대해 일말의 죄책감이나 아쉬움을 느끼지 않는다는 걸 깨달았다. 식당에서 파는 음식을 제외하고 말이다. 그리고 나도 제외하고.

"장례식에 갈 거니?" 엄마가 물었다.

그럴 수 없을 것 같았다. 아버지가 살아 있을 때도 죽을 때도 본 적이 없었으니, 난 좋게 생각해봐야 고인의 명복을 빌어주는 사람 정도에 불과했고, 나쁘게 보면 침입자였다. 게다가 일하러 돌아가야 했다. 나의 아이들에게로.

"집으로 얼른 오렴." 엄마가 말했다.

난 그러겠다고 말했다.

욕실에서 나오자 아버지의 아내의 발목에 걸린 종들이 또다시 딸랑거리기 시작했다. 처음에는 부드럽게 울려퍼지다가 나중에는 그녀가 현관문 쪽으로 걸어가는 게 아니라 춤이라도 추고 있는 듯 딸랑거렸다.

"그이는 암으로 죽었어요. 뇌세포가 별 모양으로 보이기 시작하는 암이었죠." 시신을 닦거나 무엇이든 그다음 절차를 진행하려고 이제 막 도착한 사람 혹은 사람들에게 그녀가 말하는 소리가 들렸다.

"그의 뼛속의 칼슘이 우주진*이 되었어요." 그녀가 누군가에게 말했다.

그리고 거실에서 오래된 레코드판이 축음기 바늘에 지지직 긁히는 소리가 들렸다. 니나 시몬**이 관능적이면서도 슬픔이 넘치는 목소리로, 자신을 강가로 데려가 세례를 베풀어달라고 울부짖었다. 그 슬픔은 금세 환희로 바뀌었고, 니나가 세례를 베풀어달라고 부탁하고 애원하는 동안 피아노 소리는 드럼으로 넘어갔다.

나는 순간 아버지의 아내를 안아주고 싶었다. 엄마는 할 수 없는 방식으로, 그녀가 나를 껴안게 하고 싶었다. 아버지의 아내를 향해 발걸음을 내디디면서 나는 귓가에서 고동치는 니나의 드럼소리를 들었고, 경야에 와준 마을 사람 모두와 함께 왕의 장례 행렬 선두에서 행진하는 기분을 느꼈다.

---

* 우주 공간에 흩어져 있는 고체입자의 총칭. 인간의 뼈가 우주진으로 만들어졌다는 설이 있다.
** 미국의 재즈 가수(1933~2003). 인종차별을 반대하는 노래들로 흑인 인권운동에 영향을 미쳤다.

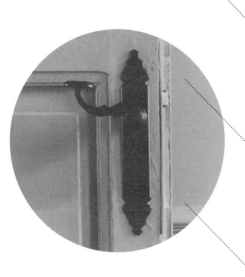

포르토프랭스
결혼 스페셜

"마담*, 그 사람들이 제가 죽을 거래요."

멜리상드는 시내의 한 병원에서 혈액검사를 받았다. 잠재적
사형선고를 위해 받은 것이나 다름없었다. 처음 한동안은 잔잔
하고 미미하던 그녀의 기침이 점점 우레처럼 심해져서, 나는 그
녀에게서 십일 개월 된 내 아들 웨슬레를 떼어놓을 수밖에 없었
다. 그녀는 열이 심해지고 몸이 무거워져 결국 거동이 거의 불가
능한 상태가 돼서야 의술의 도움을 찾기로 결심했다.

그녀는 문틀처럼 마른 몸으로 내 침실 문 앞에 서서 흐느끼고
있었다. 꽃무늬 실크 치마를 끌어올려 흐르는 눈물을 훔쳐냈다.

_____

* 프랑스어에서 여성 경칭.

나는 즉시 그 치마가 원래 내 것이었다는 걸 알아차렸다. 대학원생이었을 때 마이애미의 어느 상점에서 60달러를 주고 산 치마였다. 나는 마이애미에서 아이티 동포였던 남편 그자비에를 만났고, 우리는 지금 포르토프랭스에서 작은 호텔을 운영하고 있었다. 그곳은 우리의 집이기도 했다.

"엄마한테 얘기했니?" 내가 멜리상드에게 물었다.

멜리상드는 스물한 살, 많아야 스물두 살이었다. 그녀의 어머니 바베트는 우리 호텔에서 요리사로 일했다. 멜리상드는 우리 아들의 보모였고, 그녀와 바베트는 호텔 주방 뒤편에 있는 직원용 방 하나를 같이 썼다.

내가 웨슬레를 믿고 맡기는 사람이 많진 않았지만 웨슬레가 멜리상드를 좋아하는 건 분명했다. 멜리상드는 내가 웨슬레를 넘겨주는 즉시 아이가 지금껏 시도해본 적 없는 커다란 웃음을 터뜨리게 만들 줄 알았다. 아이가 그녀를 좋아하는 이유나 내가 그녀에게 이끌린 이유는 비슷했을 것이다. 요정 같은 얼굴, 가늘고 높은 목소리, 땅에 발을 내디뎌도 안전할지 확신이 서지 않는다는 듯한 머뭇거리는 걸음걸이 같은 것들.

그자비에는 멜리상드가 웨슬레를 돌보지 않을 때는 다른 기술을 배우러 직업학교를 다녀야 한다고 생각했지만 우린 그녀에게 그걸 강요하거나 고집하지는 않았다. 시간이 나면 그녀는 엄마가 요리하는 걸 도왔다. 가끔은 호텔 객실 청소부 두 명과 함께 콘퍼런스룸과 열두 개 객실을 전부 청소하면서 농담을 주고받는 모습도 보였다. 언제든 그녀가 청소를 도운 방에서 나온 것은 뭐든지 셋이서 나눠 갖는다는 조건이었다.

가끔 그 셋은 팁 말고도 금이나 은 액세서리─주로 은귀걸이 한 짝이나 가느다란 팔찌─를 발견하곤 했다. 남편은 그것을 주인에게 돌려주려 갖은 애를 썼지만, 몇 달 동안 전화도 없고 물건을 찾는 사람도 없으면 청소부들에게 거리의 보석상에 팔아도 괜찮다고 했다. 보석상 주인은 그걸 녹여 여러 개의 액세서리로 만든 다음 다른 손님에게 팔았다. 멜리상드가 학교에 다니고 호텔에서 일하지 않았더라면 벌지 못했을 돈이겠지만, 학교는 그녀의 미래에 도움이 될 수도 있었다. 하지만 이제 그녀에게는 미래가 없을지도 몰랐다.

"이리 와서 앉아봐." 내가 그녀에게 말했다.

나는 침대에서 일어나 문간으로 걸어갔다. 아직 잠옷 차림이었다. 웨슬레는 호텔 본관에 남편과 같이 있었고, 남편은 사무실에서 봄방학을 맞아 여행을 오는 대학생 다섯 명을 맞을 준비를 하던 중이었다. 남편은 호텔에서 여행 사업도 함께 운영했다. 우리 호텔의 가이드 투어 고객들은 대개 외국에서 태어난, 아이티 이민자의 자녀들이었다. 낮에는 그자비에의 안내를 받으며 아이티 명소와 유적지를 들렀고 밤에는 우리가 아는 작가, 화가, 음악가들이 마련한 자리를 즐기거나 근처 고아원의 아이들과 함께 식사하기도 했다. 호텔의 다른 직원이 수도 밖으로 데려가 한때 아이티의 리비에라*라고 알려진 해안 도시 자크멜, 1804년 아이티가 프랑스로부터의 독립을 공식 선언한 곳인 고나이브, 독립 후에 세워진 숨막히게 멋진 요새 라페리에르 성채를 차례로 들르기도 했다. 그자비에의 여행 패키지는 어찌 보면 인력 채용의 수단이기도 했다. 그는 이 젊은이들이 고국 아이티로 돌아와 그들이 닦은 기량을 이 나라에 쏟도록 격려하고 싶어했다.

멜리상드를 내 침대 옆 흔들의자로 안내하면서 잠시 스친 그녀의 몸이 너무나도 가볍게—종잇조각이나 옷자락, 아니 공기처럼—느껴졌다. 그녀는 미끄러지듯 의자에 앉았고, 나는 쿠션 몇 개를 그녀 주변에 둘러주었다. 그녀의 어깨에 두 팔을 얹자 그녀의 단조로운 흰색 티셔츠를 통해 열감이 전해졌다.

"의사가 뭐라고 했어, 정확히?" 내가 물었다.

"의사가요," 얼굴을 두 손에 묻고 그녀가 대답했다. "제가 시다SIDA에 걸렸대요. 에이즈AIDS요."

---

* 프랑스 남동부에서 이탈리아 북서부에 이르는 지중해 연안 지역. 휴양지로 유명하다.

처음에 내가 생각한 건 기관지염, 폐렴이었지 이건 아니었다. 그녀가 의사를 만나고 돌아오면 다음부터는 검사를 그렇게 미루지 말라고 일러줘야겠다고 마음먹고 있었다. 기껏해야 항생제 정도가 필요할 거라 생각했다.

"시다에 걸려도 말이야," 내가 그녀에게 말했다. "약은 다 있어. 약을 먹으면 계속 살 수 있어."

이 말에 멜리상드는 거센 울음을 쏟아냈다. 어깨가 위아래로 들썩였다. 나도 점차 공포에 휩싸였다. 웨슬레. 아이의 몸 곳곳에 멜리상드의 손이 닿았을 텐데. 씻기고, 닦아주고, 입을 맞추고 껴안고. 어쩌다 피라도 섞였다면? 난 멜리상드를 거기에 내버려두고 달려나가고 싶었다. 수영장을 지나 히비스커스 정원과 화려하게 가꾼 초목들을 거쳐, 호텔 구내 저편의 진저브레드 하우스*에 있는 내 아기를 보러. 웨슬레는 보통 때처럼 우리보다 일찍 일어났고 남편이 아이를 자기 사무실로 데려갔다. 아이는 통화중인 남편 책상 밑에서 기어다니거나 놀고 있을 터였다.

멜리상드는 계속 울고 있었다. 웨슬레도 검사가 필요했다. 만약 아이가 감염됐다면 나는 대체 어떻게 살아야 할까?

나는 멜리상드가 울도록 내버려두기로 결심했다. 우선은 지금

---

* 알록달록하게 장식한 과자 집을 닮은 집.

의 상태에서 벗어나도록 내버려두기로 했다. 그런 다음에 우리
는 해결책을 찾기로 했다. 몇몇 병원이 레트로바이러스* 치료에
능했다. 어떤 곳은 무료로 치료해주었고 또 어떤 곳은 환자가 연
구나 실험에 참여해주기를 원했다. 멜리상드가 검사한 진료소는
상담은 해주지만 장기 치료는 제공하지 않았다.

그녀가 살이 빠지기 시작할 때부터 병원에 가라고 강하게 밀
어붙였어야 했다. 그녀가 호텔의 남자 손님 몇몇과 그다지 숨기
려는 기색도 없이 시시덕거릴 때 말렸어야 했다. 야간근무를 하
는 호텔 안내원이 멜리상드가 대화를 나눌 만한 특정 손님들을
찾아다닌다고 우리에게 귀띔해준 적이 있었다. 그 특정 손님이
란 비정부기관에서 일하는 살찐 백인 손님들이었다. 그녀 딴에
는, 평생 끼니 한 번 거르지 않았을 것처럼 생긴 그들이 부자일
거라 생각했다. 그들이 하는 말을 거의 이해할 수 없어도 상관없
었다. 그들의 모국어를 이해하려는 것 자체가 그녀에게는 신나
는 놀이였다. 그들의 말을 조금씩 따라 해보면서, 그녀는 자신이
영어, 스페인어, 포르투갈어, 프랑스어, 독일어 등등 그들이 쓰
는 언어를 배우고 있다고 생각했다. 야간 안내원은 손님들의 즐
거운 기분을 망치지 않으려고 그녀를 말리지 않았다. 그의 생각

---

* 에이즈를 포함한 바이러스군.

에는, 멜리상드가 남자들과 보내는 시간이 섹스로 이어질 정도로 충분해 보이지도 않았다. 게다가 그녀는 엄마와 살고 있지 않은가. 그녀를 항상 지켜보는 엄마와.

멜리상드는 더 나올 눈물이 없었는지 울음을 그쳤다. 이제는 딸꾹질을 하느라 내가 있는 쪽으로 머리를 쑥 내밀었다가 다시 뒤로 빠지기를 반복했다.

"다른 의사의 소견을 들어볼 수 있는 곳을 찾아봐줄게." 내가 그녀에게 말했다.

그녀는 고개를 들어 나를 빤히 쳐다보다가 갑자기 내 머리 위에 벌집이나 새 둥지가 나타나기라도 한 것마냥 눈을 휘둥그레 떴다. 모세혈관이 붉거져 두 눈이 온통 새빨갰다.

"치료할 수 없대요." 그녀가 말했다.

"므세 그자비에랑 얘기 좀 해볼게." 내가 말했다. "치료를 받을 수 있는 곳을 찾아줄게."

나는 포르토프랭스에서 어디가 가장 치료를 잘해주는지는 몰랐지만 그자비에라면 분명히 찾아낼 수 있을 것이었다. 그는 거의 모든 것, 특히 가장 끔찍한 상황으로 치달을 수 있는 문제에 대해 잘 알았다. 그것이 가이드와 호텔 경영자가 하는 일이었다. 손님이 배고프다며 나타나면 먹이고, 술을 원하면 술을 주는 것. 혼자 있고 싶다 하면 자취를 감춰주고, 말동무가 필요하다고 하면 기분좋게 놀아주고, 외로워하면 사랑을 찾아주고. 그리고 아픈 모습으로 나타나면 그의 소관에 있는 동안 잘못되지 않게 재빨리 약을 찾아주는 일 말이다.

웨슬레는 HIV 검사에서 음성이 나왔다. 페시옹빌*의 캐나다인 의사는 웨슬레를 검사하고 멜리상드에게 두번째 검사를 해줬으며 그녀에게 필요한 레트로바이러스 약을 구해줬다. 의사가 말하길 가장 좋은 치료법은 환자들이 그워 블랑, 크고 하얀 것이라고 부르는 알약 한 알이라고 말했다. 그 약이 환자들을 순응하게 만든다고 했다. 이미 그 의사는 멜리상드가 순순히 치료에 응하지 않을 것을 알아차렸다. 무엇보다 그녀는 누구와도 섹스하지 않았다고 주장했고, 스스로에게 피하주사를 놓은 적도, 혈액이 섞일 일도 없었다고 했다. 의사는 멜리상드가 지독히 사실을 부인하고 있다고 결론지을 수밖에 없었다.

"질병에 감염된 경로를 인정하지도 않으면서 어떻게 적극적으로 병을 치료하겠다는 건가요?" 그가 멜리상드에게 프랑스어 억양이 섞인 크리올어로 말했다. 그녀는 그의 책상 맞은편에 앉아서 눈꺼풀을 끔뻑거리며 학위증으로 빼곡히 채워진 벽을 바라

---

* 포르토프랭스의 교외 마을.

보고 있었다.

하지만 의사가 일단 따로 보관해두었던 두 달치의 약—한 알에 2달러짜리—을 꺼내주자, 그녀는 우리의 예상 이상으로 순순히 응했다. 나는 치료의 시작을 도와주려 그녀에게 매일 아침마다 나를 찾아오라고 했다. 함께 아침식사를 하며 그녀가 약 먹는 걸 확인할 수 있도록. 멜리상드는 아침으로 청어 스파게티나 계란을 곁들인 바나나처럼 든든한 것을 먹었고, 나는 커피와 토스트처럼 간단한 걸 먹었다. 우리는 내 방에 딸린 테라스에서 식사를 할 때가 많았는데 그곳에서는 호텔 손님 몇몇이 아침 수영을 즐기는 수영장이 내려다보였다. 때로는 호텔 식당에서 웨슬레를 내 옆의 유아용 의자에 앉히고 같이 식사할 때도 있었다.

멜리상드는 몸무게가 늘기 시작해 이제는 내가 예전에 입던 옷이 전보다 잘 맞았다. 우는 횟수도 줄었는데, 내 생각에는 관리인과 경비원을 포함한 모든 직원이 우리를 지켜보고 있다는 걸 아는 것도 한몫한 듯했다. 그렇지만 그녀가 두 번 다시 하지 않게 된 건 내 아들을 만지는 일이었다. 아이는 포동포동한 작은 팔을 그녀에게 뻗곤 했고 그녀가 이를 못 본 체하거나 뿌리치면, 얼굴을 찡그리며 으앙 하고 소리를 지르다가 이내 눈물을 흘렸다.

나는 그후로 그녀와의 아침식사 자리에 웨슬레를 데려가는 일을 관두었다. 그건 멜리상드와 웨슬레 둘 다에게 견디기 힘든 일이었다. 분명 새로운 보모가 필요하긴 했지만, 이미 가라앉은 그녀의 기분을 더욱 가라앉게 만들고 싶지 않아서 다른 보모를 고용하진 않았다. 대신 그자비에에게 투어가 없을 때 좀더 시간을 내서 나와 웨슬레를 어디든 데려가달라고 했고, 아이가 안기 힘들 만큼 몸무게가 늘자 유아차에 태워 다녔다.

바로 그 주의 골칫거리 손님 중에는 허니문 스위트룸을 이틀만 예약해놓고 나흘 밤이 지나도록 꼼짝도 않는 젊은 현지인 신혼부부가 있었다. 그리고 보안상의 이유로 집을 나온 상원의원도 있었는데, 지금 정원 정자 옆에 있는 방에 투숙중이었다.

멜리상드와 아침식사를 하기 전에 웨슬레를 데리고 서둘러 호텔 구내를 둘러보던 나는 그 상원의원과 우연히 마주쳤다. 그는 수영복 바지만 입은 채로 수영장 옆에서 신문을 읽고 있었다. 내가 미납된 숙박비를 알려줄 때 언제나 그러듯 그는 씨익 미소를 짓고 윙크를 날렸다. 또한 등이 구부정한 나이든 프랑스인 철학자도 있었다. 그는 아이티에 관한 책을 쓴다고 했지만, 온종일 담배를 피우고 술을 진창 마시는 것 외에 다른 일은 하지 않는 듯했다. 신문사에서 송금했다는 돈이 들어오지 않았다고 알려줘야 하는 여자 특파원 한 명은 물론이고, 손님들에겐 하나같이 슬쩍 일러줄 것들이 있었다. 멜리상드보다 일러줄 게 훨씬 많았다. 멜리상드는 이제 혼자서도 약을 곧잘 먹어서 마음이 놓인 터였다.

얼마 후 나는 멜리상드와의 아침식사를 중단하고 그녀의 엄마에게 그녀가 약을 잘 복용하는지 살펴봐달라고 했다. 그녀의 엄마는 딸이 아픈 걸 안 날부터 딸을 부장, 즉 창녀라고 불렀는데, 아침마다 뭐든 하던 일을 멈추고 아침식사를 마친 딸이 약을 삼켰는지 확인할 때도 어김없이 그랬다.

가끔 테라스에 있는 그들을 보곤 했다. 바베트는 딸보다 키가 더 크진 않았지만 몸이 다부지고 두툼했다. 바베트는 짤막한 목에 핏대를 세우며 멜리상드를 계속 나무랐고, 이런 상황을 끝내고 싶었던 멜리상드는 약을 꿀꺽 삼키고서 재빨리 자리를 피했다.

"므셰랑 마담이 네 그 수백 구르드*짜리 약에 돈을 안 대주시면 어떻게 하려고 그래?" 바베트는 신병을 닦달하는 교관처럼 호통쳤다. 바베트가 느끼는 공포가 뚜렷하게 다가왔다. 딸의 생명줄이 이제 나와 내 남편에게 달려 있었다. 우리가 호텔을 팔고 다른 데로 이사라도 가면 딸의 병이 더 심해질 수 있는 것이었다. 제약회사가 그 약의 생산을 중단하거나 아이티로의 수출을 중단하게 되면? 약의 제조부터 우리의 구매력까지 이어지는 사슬에서 어느 한 고리라도 끊긴다면, 그녀는 자기 아이를 잃게 될 수도 있었다.

---

*아이티 화폐단위.

어느 날 아침, 약을 먹는 멜리상드에게 바베트가 말하는 소리가 들렸다. "그 외국 놈들, 그 블랑*들이 메디카망**을 자기들끼리만 챙기려고 하면 어쩔 거야? 또 므셰와 마담이 아이티를 떠나버리면?"

"넌 평생 건강한 아기는 못 낳는다." 또다른 날은 이렇게 말했다. "평생 남편도 못 얻을 거야."

"당신이 바베트한테 얘기 좀 해야겠어." 바베트의 말을 우연히 들은 그자비에가 내게 말했다.

그는 종종 회의 때문에 호텔 콘퍼런스룸을 대여하곤 하는 현지인 사업가들의 저녁식사를 준비하고 있었다. 그는 전화로 와인을 주문하고, 호텔 셰프에게 주의사항을 알리고, 메뉴를 구상하면서 메모를 하고 있었다.

"불쌍한 애를 그렇게 대한다고 좋을 게 있나." 그가 말했다.

"어디에 묻힐래?" 곧이어 바베트가 말했다. "괜찮은 관에 묻히고 싶으면 돈을 모아두는 게 좋을 거야."

다른 사람들과 달리 바베트는 이 약이 주는 조건부 낙관론을 누릴 형편이 아니었다. 만약 멜리상드가 내 딸이고 내가 약을 살

＊아이티 크리올어로 '백인'.

＊＊아이티 크리올어로 '약'.

형편이 안 됐더라면 나 역시 똑같은 공포를 느꼈을지도 몰랐다.

다음날 아침, 나는 바베트에게 잠깐 이야기 좀 하자고 했다. 내가 남편의 사무실 문을 닫자마자 그녀는 내 손을 부여잡고 이렇게 말했다. "메시, 메시. 고맙습니다, 마담, 제 딸을 내치지 않아주셔서요. 죽게 내버려두지 않아주셔서 고맙습니다."

"이 세상에 멜리상드만 이 약을 먹는 건 아니에요." 내가 그녀에게 잡힌 손을 부드럽게 빼며 말했다. "그리고 아주머니는 지금 딸과 보내는 소중한 시간을 허비하고 있어요. 딸과 옛날처럼 지낼 수 있는 시간인데 말이죠. 악담을 퍼붓는 것보다는 사랑해주는 게 딸에게 가장 도움이 될 거예요."

"딸을 사랑해주라고요?" 그녀가 눈살을 찌푸리며 내게서 몇 걸음 물러났다.

"네, 사랑해주세요." 내가 말했다. 마치 명령처럼 들렸을 터였다. "딸을 사랑해줘야죠." 나는 힘주어 말했다.

나는 그녀가 무슨 생각일지 알았다. 이 반쪽짜리 외지 인간들은, 백 퍼센트 아이티인도 아니고 거의 블랑이나 다름없는 이 외국인 같은 인간들은, 감상에 절은 이 디아스포라*들은, 왜 사람을

---

* 아이티 크리올어로 '디아스포라' '떠돌이'.

갈갈이 찢어놓는 사랑이 아닌, 말로 늘어놓는 사랑 하나밖에 생각하지 못하는 거지? 이 망할 불쌍한 인간들, 이 디아스포라 왕과 여왕, 이 외국식 사고방식에 찌든 왕과 여왕은 말을 늘어놓는 것 외에는 사랑을 보여주는 방식을 모르나?

"당연히 제 딸을 사랑하죠." 자신이 딸을 얼마만큼 사랑하는지 보여주려는 듯 그녀는 두 팔을 널따랗게 펼쳐 보이며 말했다. "그러니까 제가 그애에게 그렇게 가혹하게 굴죠."

그녀는 시선을 내리깔고 고개를 숙였다. 무엇보다도 내게 그녀를 꾸짖을 만한 이유가 있다는 것이, 그녀는 거기에 서서 그걸 듣고 있을 수밖에 없다는 것이 수치스러운 듯했다.

"에스키즈 음. 미안해요." 내가 말했다. "우리 둘 다 엄마잖아요. 나는 이해해요."

그녀는 방을 둘러보더니 벽에 걸린 액자 속 사진을, 아이티와 다른 먼 곳에 사는, 그자비에와 나의 가족사진을 응시했다. 그리고 이 땅에 태어난 지 일 년도 안 된 웨슬레의 사진 열 장 남짓을 바라보았다. 그녀는 사진 속 인물이 그녀 혹은 멜리상드이길 바라는 듯 벽을 응시했지만, 그녀가 그러지 않았다 하더라도 놀라운 일은 아니었다.

"마담은 자신의 아이 말고도 제 아이까지 먹여살릴 수 있는 엄마죠." 그녀가 하얀 천장으로 시선을 돌리며 말했다. "우린 같지 않아요."

나는 멜리상드가 건강하길 바란다고, 바베트도 그렇다고 말했다. 그런 면에서 우리는 같았다. 나는 그녀가 여전히 동의하지 않는다는 걸 알았다. 또한 이 대화 뒤에도 그녀와 멜리상드 사이에 사과나 모녀간 화해의 포옹이 오가는 일은 없을 것임을 알았다.

다음날 아침 나는 테라스 너머로 그녀가 멜리상드에게 말없이 물 한 잔을 건네는 모습을 보았다. 내 옆에는 웨슬레가 놀이울에서 통통 뛰며 놀고 있었다.

"바베트에게 뭐라고 말했어?" 그자비에가 웨슬레를 들여다보면서 물었다.

"그냥……" 내가 말했다. 그러자 그자비에는 내가 더이상 이야기하고 싶지 않아한다는 걸 알아차렸다.

멜리상드가 약을 다시 받아야 했던 두번째 달 말에 담당 의사가 아이티를 떠나 몬트리올로 돌아가버렸다. 멜리상드는 다른 의사를 찾아야 했고 이번 의사는 쿠바인이었다. 그는 일련의 검사들을 새로 받으라고 했다. 멜리상드가 약초로 만든 알약과 비타민을 포함한 약병들을 가지고 돌아왔을 때, 나는 더 나아지는 것에 대해 그녀가 품은 어떤 환상이 영영 사라져버렸음을 느꼈다.

새로운 처방은 그녀에게 맞지 않았다. 복통, 메스꺼움, 설사가 동반된 탓에 매일을 침대에 누워서 보냈다. 쿠바인 의사는 몸이 약과 보충제에 적응하려면 시간이 필요할 거라며, 멜리상드는 레트로바이러스 약뿐 아니라 천연 약품도 함께 복용해야 한다고 했다. 그자비에는 멜리상드가 제대로 된 치료를 받고 있는 건지 확인하고자 전화를 여러 통 걸어 또다른 의사를 찾아냈다. 이번에는 아이티인 여자 의사였다.

멜리상드와 그녀의 엄마가 함께 쓰는 방으로 찾아온 의사가 검진을 마치자마자, 멜리상드는 예전의 알약 한 알짜리 처방을 다시 받고 싶다고 했다. 그러고는 캐나다인 의사한테 처방받았던 약병을 아이티인 여자 의사에게 건넸다. 아이티인 의사는 캐나다인 의사의 이름을 본 순간 큰 소리로 혀를 차면서 소리쳤다. "세상에! 예수님, 마리아, 요셉!"

"뭐가 잘못됐어요?" 내가 방문 옆에 서서 물었다.

알고 보니, 아이티인 의사의 자세한 설명에 따르면, 멜리상드가 캐나다인 의사한테 받은 약은 아스피린보다도 효능이 떨어지는 것이었다. 플라세보였던 것이다. 그 약은 그녀에게 전혀 도움이 되지 않았다. 어쩌면 그녀의 면역 체계를 더 악화시켰을지도 몰랐다. 첫번째 약을 우리에게 처방하고 판매했던 캐나다인 의사는 아이티에서 도주했다. 그가 도시 전역의 무고한 환자 수십 명에게 쓸모없는 약을 팔았다는 사실을 안 동료 의사들이 보건부에 신고를 했기 때문이었다. 심지어 그가 의사가 맞는지에 대한 의혹도 있었다.

"정말 주의하셔야 합니다." 의사가 멜리상드에게 말했다. 의사는 그위 블랑을 다시 처방해줬지만, 약을 받을 때 진짜인지 꼭 확인하라고 주의를 주었다. 이 소식을 들은 멜리상드는 이불 속으로 더욱 깊게 몸을 묻었다. 소중한 시간을 잃은 것이었다.

"그 의사가 이 환자 목숨을 갖고 논 거나 마찬가지죠." 의사는 나와 함께 방에서 나오면서 말했다. 내가 방문을 닫는 사이에 멜리상드는 우리에게서 고개를 돌려 베개에 얼굴을 파묻었다.

첫번째 의사를 그렇게 믿어선 안 되는 일이었다. 그의 하얀 피부와 벽에 걸린 그 모든 학위에 홀려 눈이 멀었던 것 같았다. 멜리상드가 내 딸이었더라면 그 의사를 그리 쉽사리 믿었을까?

"우린 해야 할 것 이상으로 넘치게 해준 거야." 그자비에는 며칠 뒤에 있을 아이티계 미국인 예술학도 단체의 MUPANAH*, 국립박물관 방문과 관련해 운전기사한테 문자메시지를 보내며 말했다.

"어떻게 했는데?" 내가 물었다. "그애를 돌팔이 의사한테 데

---

*Musée du Panthéon National Haitien의 약자.

려다준 거?"

"우린 노력했어." 그가 말했다.

"우린 실패했지." 내가 외쳤다.

"웨슬레가 아팠더라면 해줬을 모든 걸 다 해줬어." 그가 말했다.

"정말 그랬을까?"

난 곧장 우리 아기의 두번째 검사를 예약했다.

웨슬레를 데리고 의사를 만나러 가기 전 오후, 멜리상드의 엄마는 정자에 그자비에와 나의 점심식사를 차리고 있었고 웨슬레는 유아차에서 자고 있었다. 하늘색 유니폼을 입은 그녀는 땀을 흘리고 있었다. 머리에는 검은색 스카프를 두르고 있었는데 거의 매일 두르고 다니던 그 스카프가 갑자기 상복처럼 느껴졌다.

"미안해요." 그자비에가 그녀에게 말했다. "그렇지만 멜리상드는 우리한테 오기 전부터 아팠을지도 몰라요. 더 어렸을 때부터 그랬을 수도 있고."

그녀는 음식을 얼른 내려놓고는 말 한마디 없이 등을 돌려 걸어가버렸다. 우리나 돌팔이 의사나 똑같이 자신을 기만했다고 생각할지도 모르는데, 이제 우리가 그 딸을 모욕하기까지 한 것이었다.

바베트가 자리를 뜨고 난 뒤에 내가 그자비에에게 말했다. 그녀에게 사과해야겠다고, 우린 멜리상드를 도우려고 했던 것임을 알려줘야 한다고. 우린 우리의 돈뿐만이 아니라 희망도 사기당했다고.

나는 멜리상드의 엄마를 찾으러 일어섰지만, 그자비에가 내 손을 잡고 나를 자리에 앉혔다.

"그냥 내버려둬." 그가 말했다. 이제 정말 화가 난 목소리였다. 사기를 친, 어쩌면 가짜 의사였을지도 모를 그 사람과 이 모든 상황뿐만 아니라 멜리상드의 엄마에게도 화가 난 것이었다.

며칠 뒤, 나는 멜리상드에게 웨슬레의 두번째 검사도 음성으로 나왔다고 말해주려고 모녀의 방으로 갔다. 침대에 누운 그녀는 깊은 잠에 빠져 내가 들어가도 미동이 없었다. 허리까지 내려오는 길이의 새로 땋은 박스 브레이즈*는 얼굴에 비해 너무 무거워 보였고 머리 주변으로 가닥가닥 펼쳐진 모습이 꼭 도망가는 뱀 무리 같았다. 그녀의 부서질 듯한 몸이, 검은색 브래지어와 물방울무늬 팬티만 걸친 벌거벗은 몸이 결국 약에 완전히 적응

* 머리 다발을 여러 갈래로 가늘게 땋은 머리 모양의 일종으로, 머리카락을 나눈 구획의 모양이 사각형이고 인조 머리카락을 덧붙이는 것이 특징이다.

하게 될 거라고, 의사는 말했다.

너무도 조용하고 무방비하게, 입까지 벌린 채 자는 그녀를 보면서 나는 그녀가 지녔던 의지를 생각했다. 그 아무 효과 없는 약을 먹던 두 달가량은 증세가 말끔히 사라졌었다. 효과가 있을 거라고 일단 믿으면 도움이 되는 듯했다. 그래도 그녀의 얼굴은 어딘가 달라져 있었다. 더는 어려 보이지 않았다. 체중이 일정치 않게 오르내린 탓이겠지만 미간과 입 주변에 조금씩 주름이 생겼기 때문이기도 했다.

일주일 뒤, 멜리상드는 다시 침대에서 나왔다. 어느 날 아침 웨슬레와 함께 테라스에서 아침을 먹고 있는데 멜리상드가 옷을 제대로 차려입고 수영장 옆에 놓인 안락의자에 앉아 물을 응시하는 것이 보였다. 그녀는 치마 주머니에 손을 넣어 조그마한 액세서리 하나를 꺼내더니 손바닥 생명선 손금을 따라 굴렸다. 그러고는 주먹으로 감싸 쥐었다가 다시 주머니에 넣었다. 그녀는 물건을 주머니에서 꺼내 바라보다가 도로 집어넣기를 두어 번 반복했다. 어느 순간에 나는 그게 반지라는 걸 알아차렸다. 작긴 해도 반짝이는 보석이 주변보다 빛을 더 끌어당기고 있었다.

난 웨슬레를 데리고 그녀를 보러 수영장으로 내려왔다. 그녀는 두 눈을 감고 있어서 우리가 거기에 있다는 걸 알리려면 이름을 불러야 했다. 그녀는 우리를 보더니 놀란 표정을 지었다.

"안녕?" 내가 그녀 옆의 안락의자에 앉으며 말했다.

아들이 멜리상드 왼손에 놓인 그 반짝이는 싸구려 장신구를 잡으려 달려들었지만, 그녀는 두 손을 홱 치우며 그걸 주머니에 도로 집어넣었다.

"그게 뭐야?" 내가 물었다.

멜리상드는 내가 언제부터 그걸 주머니에 넣었다 꺼냈다 하는 그녀를 지켜보고 있었는지 궁금할 터였다. 그녀는 천천히 손을 주머니 깊숙이 넣더니 반지를 한번 더 꺼냈다. 스파게티 면처럼 가느다란 금반지였지만 추측했던 대로, 빛을 끌어모으는 작은 유리알이 달려 있었다. 유리알이 반짝거리자 웨슬레가 한번 더 손을 뻗었지만, 멜리상드는 아기의 손아귀에서 그것을 보호하려는 듯 다시 손을 홱 치웠다.

"손님이 두고 간 거야?" 내가 그녀에게 물었다.

그녀는 고개를 가로저었다.

"누가 준 거야?"

그녀는 고개를 끄덕였다.

"남자가?"

다시 고개를 끄덕였다.

"네가 아프기 전에 준 거였어?"

"아마도요." 그녀는 반지를 꼭 말아쥔 주먹을 쳐다보며 부드럽게 대답했다.

"그 사람이 너랑 결혼할 거라고 말했어?"

그녀는 아무 말도 하지 않았다.

분명 그녀와 결혼할 거라고 말했겠지, 나는 추측했다. 그리고 여길 떠나 집으로 돌아가서는 자신의 삶, 아니면 자기 아내, 아니면 자기가 진정으로 매여 있는 이에게 가서 다시는 돌아오지 않았을 것이다.

그건 길거리 보석상에서 당연히 크리조칼, 가짜 금으로 만든 싸구려 반지였다. 이런 반지는 외국인 혹은 현지인 손님과 술을 마시고 성관계로 무언가를 얻어보려 호텔에 오는 젊은 여자애들 손가락에서 수도 없이 봤다. 그 손님들은 그녀들을 사랑한다고 말하고 굳은 서약의 징표로 이런 반지를 주면서, 여자애들의 마음을 허망한 약속에 묶어두고는 한번 돌아보지도 않고 떠났다. 호텔 주변 사람들이 그런 반지를 두고 붙인 이름도 있었다. 포르토프랭스 결혼 스페셜, 랑망 음 키트 음―날 사랑하고 날 떠났네―반지.

"멜리상드." 내가 입을 뗐다. 이 반지는 멜리상드가 처음에 먹었던 약과 똑같은 거라는 사실을 그녀에게 어떻게 말해야 할지, 어떻게 상기시켜줄지 고민하면서. 거기엔 진실도 마법도 치료도 없었다. 그녀의 침울한 얼굴과 붉어진 눈시울이 그녀도 이미 알고 있다고 말해주었다.

"음 코낭." 더 이야기하고 싶지 않다는 표시로 앙상한 두 손을 휘이 내저으며 그녀가 말했다. "알아요."

선물

아니카는 토마에게 전해줄 선물이 있다고 했다. 그래서 두 사람은 7월 4일 독립기념일에 저녁식사를 함께하기로 했다. 그들이 마지막으로 본 지 칠 개월이 넘었으니 지진이 일어난 후로 한 번도 만나지 않은 셈이었다. 유리벽 너머로 비스케인만*이 내려다보이는 레스토랑에서 만나자고 한 건 그녀였다. 그전까지 두 사람은 그곳에서 자주 식사를 했고, 훨씬 행복했던 시절에는 그 어슴푸레한 조명과 검은색 가죽소파가 매혹적이다 못해 낭만적으로 느껴지기도 했다. 나무상자 스타일의 커피 테이블을 식탁으로 써야 한다는 게 언제나 골치 아픈 일이었지만, 숨이 멎을 만큼

---

* 마이애미 동쪽에 있는 만.

아름다운 마이애미 시내의 스카이라인 때문에 계속해서 이곳을 찾았다. 7월 4일 불꽃놀이를 구경하기에 적당한 장소였다. 나중에 사람들로 북적이게 되더라도 두 사람이 늘 앉는 구석자리는 대화를 나누기에 충분히 조용했다.

아니카는 이 만남을 위해 특별히 드레스를 사두었다. 허벅지를 살짝 가리는 검은색 홀터넥 미니 드레스였다. 곧 레스토랑에 도착한 토마는 그녀가 한때 사랑했던 말끔한 남자가 아니었다. 마이애미 시내를 굽어보는 펜트하우스 스위트룸에 있는 그의 부동산 사무실에서 처음 만난 그 순간부터 그녀의 마음을 사로잡았던 남자, 그의 부동산 사무실 벽을 그녀가 판매중인 그림으로 꾸며줄 테니 부동산 임대인이나 구매자, 실내 장식가 같은 그의 고객들에게 그림을 팔 수 있게 도와달라고 그녀가 부탁했던 그 남자가.

"그림은 아는 게 없어요." 그는 금발의 여자 비서가 그의 책상 건너편, 아니카 옆에 앉아서 메모를 하고 있는데도 피식대며 말했다. "그나저나 손이 많이 갈 거예요. 여기 항상 있어야 할걸요. 그림도 보살피고. 또 나도 보살피고."

그 당시 그는 마이애미에 온 지 얼마 되지 않은 상태였다. 그는 아이티 파코 출신이자 미국 파크슬로프 출신으로 이중 디아스포라였다. 그 무렵의 그는 헬스장에서 보내는 시간이 많았다.

테이블을 향해 다가오고 있는 그는 덜 건장하고 더 말랐으며 키가 몇 센티는 작아 보였다.

미끄러지듯 소파에 앉은 그는 두 팔을 그녀의 목에 감았다. 그가 번갈아가며 쓰는 여러 애프터셰이브 중 하나의 향이 났다. 그녀가 애프터셰이브를 딱 하나만 정해놓고 쓰면 언제 어디서든 우연히 그 향을 맡았을 때 그를 떠올리게 될 거라고 했지만, 그는 듣지 않았다.

"사람들은 냄새를 기억하지 못해." 그녀는 예전에 이렇게 말했다. "무언가나 누군가와 관련된 냄새가 아니면—"

그녀가 그때 하고 싶었던 말은 이것이었다. 사랑하는 무언가나 누군가와 관련된 것이 아니라면. 하지만 이게 항상 맞지는 않다는 걸 그녀도 알았다. 사람들은 어떤 냄새를 싫어하거나 잊고 싶은 것들과 관련짓기도 했다.

그는 인사를 하고도 계속 두 팔을 그녀의 목에 감고 있었다. 너무 오래 감고 있어서 그녀는 그의 등을 쓰다듬을 수밖에 없었다. 마치 그가 울고 있기라도 한 듯 그의 등 한가운데를 토닥였다. 과거였다면 그는 디자이너 청바지에 짙은 색 티셔츠를 입었겠지만, 지금은 흰색 긴팔 셔츠에 평범한 짙은 색 정장바지 차림이었다. 오른쪽 귀에는 여자아이가 할 법한 조그마한 다이아몬드 귀걸이가 달려 있었다.

"처음 보는 거네." 그녀가 귀걸이를 가리키며 말했다.

"그런 게 많을 거야." 그는 그녀에게서 몸을 떼고 소파에 등을 기댔다. 뭔가 잘못하다 걸린 사람처럼 등을 꼿꼿이, 지나치다 싶을 정도로 꼿꼿이 펴고 앉았다.

그를 쫓아다닌 건 그녀였다. 시간이 지나자 그는 그녀가 판매 중인 그림을 자기 고객에게 줄 집들이용 선물로 사겠다고 했다. 그가 그림을 한 점씩 사줄 때마다 그녀는 이 레스토랑에서 기념 식사를 대접했다. 그에게서 묻어나오는 자신감과 거만함이 그녀의 마음을 사로잡았다. 다른 여자와 함께 있는 자리에서, 심지어 그의 사무실 여자 직원이 있을 때도 추파를 던지는 그가 섹시하다고 생각했다. 민머리에 마호가니색 피부의 그는 빛이 날 만큼 매력적이었다. 목소리는 라디오에서 나올 법한 중저음이라 그가 입을 열면 방송을 듣는 것 같았다.

"이번에는 다시 전화해줘서 놀랐어." 그녀가 말했다.

"휴일이잖아. 할일도 없었고." 그가 답했다.

"휴일은 계속 있었지."

"중요한 날이라도 있었나?"

"오늘은 당신한테 중요한 날이었어?"

"우리가 지금 여기 있으면 된 거지. 안 그래?"

"내가 뭔가 주겠다고 약속하니까 온 거잖아."

"우린 항상 서로에게 무언가를 약속했지." 그가 말했다. "뭐, 항상 물건만은 아니었지만."

그는 레스토랑 안을 둘러보았다. 점점 사람들로 붐비고 있었다. 소곤거리던 목소리는 보통의 대화하는 수준으로, 어느새 상대에게 들리게 하려면 가끔 목소리를 크게 높여야 하는 수준으로 바뀌어갔다. 벌써 많은 손님들이 저 아래 교통이 정체된 브리켈애비뉴 다리가 내려다보이는 유리벽 쪽의 빈자리를 바라보며 몸을 틀고 있었다. 둘은 늘 앉던 자리를 얻기 위해 레스토랑 매니저를 설득하고, 그들이 그곳에 얼마나 많은 돈을 썼는지도 상기시켜야 했다.

"난 7월 4일을 정말 좋아해." 그가 말했다. "작년에 우리가 뭐 했는지는 잘 기억 안 나지만."

"나랑 내 아파트에서 즐거운 한낮을 보냈지. 저녁엔 그녀와 베이프런트공원에서 불꽃놀이를 봤고."

"그게 실수였어." 그가 말했다. "딸이 불꽃놀이를 너무 무서워했거든."

그는 그녀 앞에서 아내의 이름도, 딸의 이름도 꺼낸 적이 없었다. 그들을 흐릿하고 추상적이고 희미하게 남겨두고 싶어하는 것 같았다.

그에게 아내와 아기가 있다는 걸 알게 된 건 그를 만나고 몇 주가 지난 뒤였다. 그가 수백만 달러짜리 저택을 마이애미 히트*의 새로운 인기 선수에게 팔고 나자 그의 프로필이 〈마이애미 타임스〉 비즈니스면에 실렸다. 토마는 아홉 살에 가족과 뉴욕으로 이민을 왔다. 아내는 아이티의 부유한 집안에서 태어나 성인이 되어 마이애미로 이주했다. 아내의 가족은 아이티에서 건설업에 종사했고 그는 아이티 부동산 시장에 뛰어들고 싶어했다. 그야 말로 완벽한 조합이었다.

신문 웹사이트에 세 사람의 사진이 실렸다. 토마, 아내, 갓난 아기인 딸아이가 호화로운 마이애미 펜트하우스 거실에 앉아 있는 사진은 그녀에게 모욕처럼 다가왔다. 거기 그들이 있었다. 성스러운 삼위일체. 완벽한 가족. 적갈색 피부와 숱 많은 클레오파트라 스타일의 머리로 보아 아내는 레바논과 아이티계 혼혈인 것 같았다. 한 살쯤 되어 보이는 딸은 말랑말랑하니 탐스러웠고 장신구로 치장한 아내의 목을 통통한 두 팔로 감싸고 있었다.

토마는 이제 더는 가까이 갈 수 없을 정도로 그녀에게 바짝 붙어 앉았다. 그가 머리를 그녀의 어깨에 기대자 그녀는 지갑에서

---

* 미국의 프로농구 팀.

핸드폰을 찾았다. 여자 친구에게 전화를 걸어, 그녀의 마음이 다시 약해지거나 바뀌거나 혹은 식사가 끝나고 옛날 방식대로 흘러가지 않게, 여기서 꺼내달라고 말하려고 했다. 그녀가 손에 쥔 핸드폰을 핸드백에 다시 넣어두는 걸 보고 그가 말했다. "한번은 포르토프랭스에서 캐리비언 시장에 간 적이 있었어. 장을 보러 나온 가정부들이 다들 자신의 정부*와 통화하더라고. 표현을 달리 해야겠군, 자신의 고용인들과 말이야. 그리고 그 가정부들은 다시 그들의 가정부들한테 전화를 걸어서 아이들 점심식사를 뭘 만들어줄지 말해주더라고."

아니카가 이해가 안 된다는 듯 눈을 가늘게 뜨자 그는 이렇게 덧붙였다. "지진이 나고 나서 그 사람들 얘기 못 들어봤어? 집, 학교, 캐리비언 시장의 무너진 건물더미 밑에 깔린 채로 몇 시간 동안 문자메시지로 구조를 요청한 사람들 얘기?"

"집이 무너졌을 때 핸드폰을 갖고 있었어?" 그녀가 물었다.

그가 그녀의 어깨에서 고개를 들었다. 아니카는 예전보다 훨씬 가벼워진 토마의 무게가 빠져나가는 걸 느꼈다.

"그때는 없었어." 그가 말했다. "가족한테만 집중하고 싶었거든. 근데 그때 그 자리에선 핸드폰을 가지고 있기를 얼마나 간절

---

* 원문 'mistress'는 '여자 주인'이라는 뜻도 있지만 '정부(情婦)'를 뜻하기도 한다.

히 바랐는지 몰라."

"좋아 보여." 그가 더이상 말을 잇지 못하자 그녀가 말했다. 그녀는 거짓말을 하고 있었다. 화장에 능숙했더라면 가릴 수도 있었겠지만, 그의 수척한 얼굴은 팬 자국과 상처로 가득했다.

보조 종업원이 물을 가지고 왔고 뒤이어 종업원이 은식기와 메뉴판을 갖다줬지만, 다들 그림자 혹은 유령처럼 느껴졌다. 종업원이 특선 메뉴와 다른 메뉴들을 설명해줬으나 주의가 산만해진 그녀의 귀에는 잘 들어오지 않았다. 어차피 그곳의 메뉴는 외우고 있었다.

"이따가 주문할게요." 음료를 주문하겠냐는 질문에 그가 대답했다.

"차라리 바닥에서 먹는 게 낫겠어." 그는 나무상자 테이블을 손바닥으로 탁탁 두드리며 예전과 똑같이 말했다.

종업원이 돌아오자 토마는 후추맛이 감돌고 흙냄새가 풍기는, 항상 마시던 칠레산 피노누아르 와인을 주문했다. 그들이 가장 좋아하는 와인이었다. 그리고 참새우 요리와 게살 완자도 주문했다.

"일은 계속하고 있어?" 종업원이 떠나자 그가 물었다. "아직도 그림은 많이 팔고 있고?"

"난 최고의 고객을 잃었잖아. 기억나지?" 그녀가 말했다.

"그래. 나." 그가 자신의 어깨를 툭툭 치면서 말했다.

"실내 장식가 몇 명이랑 일하고 있어." 그녀가 말했다. "한 걸음 물러나 있긴 하지만, 혼자 스케치 작업도 조금씩 하고 있어. 간단한 라인드로잉 정도."

그가 그동안 놓친 이야기를 메우려 최선을 다하고 있다는 걸, 그녀는 알았다. 그녀는 그가 찾아오곤 하던 근처의 콘도에서 여전히 살고 있으며, 침실은 여전히 작고, 그녀가 수집한 알록달록한 실외용 의자가 가득한 테라스에서는 여전히 맥아더커즈웨이 다리와 비스케인만이 내려다보인다고 말해주고 싶었다. 여전히 마이애미데이드칼리지에서 일주일에 두 번 '미술사 입문'을 가르치고 있으며, 요즘은 공책 크기의 드로잉패드에 사진을 보며 연달아 새를 스케치중이라고 말해주고 싶었다. 그녀가 가장 좋아하는 새는 뒤로 날 수 있는 유일한 새로 알려진 앤틸리언망고벌새라는 것도. 도미니카공화국의 2500만 년 된 호박 속에서 깃털이 발견된, 배에 줄무늬가 있는 꼬마딱따구리를 자주 스케치하고 있다는 것도.

종업원이 와인을 가지고 왔고, 토마는 과시하듯 와인의 향을 맡고 맛을 보았다. 그가 와인을 가득 채운 잔을 그녀의 잔에 부딪히며 말했다. "상테*."

"더 나은 날들을 위하여." 그녀는 와인을 한 모금 꿀꺽 삼키고 잔을 내려놓았다.

애피타이저가 하나씩 나왔지만 둘 다 관심없는 듯 내려다보기만 했다. 그녀는 이 새로운 버전의 그와 침대에 있으면 어떨지 궁금해졌다. 왼쪽 무릎 아래를 잃은 그와. 그래도 어느 쪽이 의족인지 분간이 어렵긴 했다. 그녀는 그들이 그만둔 곳에서부터 다시 시작하면 쉬울 거라고 믿고 싶었다. 관리가 잘된 그의 강한 육체에서 한때 느꼈던 갈망, 그 허기가 그대로 남아 있을 거라 믿고 싶었다. 하지만 그녀는 확신할 수 없었다. 그의 자신감 일부가 사라진 것 같았다. 아마 그 사라진 자신감은 다리 때문이라기보다 그가 잃은 모든 것과 모든 이에게서 비롯됐을 터였다. 그녀는 그의 몸에서 이제 없어진 부위, 그 다리를 눈으로 보고 느끼고 싶었다. 그녀의 침대로 걸어오고 걸어나가던, 그녀의 몸을 단단하게 감싸던 다리를 보고 느낀 것처럼. 그녀는 토마가 어느 순간 상체를 숙여 바짓가랑이 한쪽을 걷어올리고 의족을 보여줄지도 모른다고 생각했다. 하지만 그는 작은 접시에서 게살 완자 하나를 집어 입안으로 밀어넣었다. 그는 찬찬히 완자를 우적거렸고 그녀는 이제 더 지저분하고 나이들어 보이는 그의 얼굴을 가만히 들여다보았다.

---

* 아이티 크리올어로 '건배'.

"그뒤로 아이티에 간 적이……" 그녀가 물었다.

그는 바로 대답하지 않았다. 대답을 목안으로 욱여넣으려는 듯 게살 완자를 하나 더 집어 입안에 넣고는 와인 한 잔으로 씻어내렸다.

"농*." 그가 입안을 완전히 비우고 마침내 대답한 말은 이게 다였다.

지진이 발생했던 그날 오후, 그녀는 마이애미데이드 칼리지에서 강의를 하고 있었다. 그녀는 그 학기에 친해진 몇몇 학생들로부터 아이티 학생 협회가 주최하는 저녁 만찬에 초대받았다. 분위기를 돋우기 위해 아이티의 인기 가수 로로도 초대되었다.

그녀는 강의실을 나오면서 만찬에 가지 말까 생각하던 중이었다. 그리고 이내 전화벨이 울렸다. 그녀가 사랑하는 사람들은 모두 멀리 있었다. 브루클린에 사는 부모님과 파리, 산토도밍고, 몬트리올에 사는 친척들을 걱정했지만 다행히 모두 소재가 파악되었다. 그리고 아내와 딸과 함께 아이티로 기나긴 새해 연휴 휴가를 떠난 토마는 전화를 받지 않았다. 결국 그녀는 학생 만찬회에 가야겠다고 마음먹었다. 다른 사람들과 같이 보내기에 이보

---

* 아이티 크리올어로 '아니'.

다 나은 때가 있을까? 아직 지진에 대한 자세한 보도는 나오지 않은 상황이었다.

학교 연회장은 사람들로 가득했다. 아니카가 들어갔을 땐 수백 명의 학생들과 교수들이 평소 무도장으로 쓰였을 법한 넓은 공간에 커다란 원을 만들고 앉아 있었다. 영적 지도자 역할을 맡은 듯한 가수 로로가 원의 한가운데 서 있었다. 사람들 위로 우뚝 솟은 그는 두 손을 꽉 쥔 채 일그러진 얼굴로, 충격받은 사람처럼 멍하게 서 있었다. 학생 협회 회장인 젊은 여자가 불안한 얼굴을 하고서 로로에게 다가갔다. 그녀는 울면서 그에게 의식을 계속해달라고 부탁했다.

의식만으로 그 즉시 우리가 치유될 수 있다면 얼마나 좋을까, 그때 아니카는 생각했다. 로로가 무엇을 생각해낼지 보려고 기다리면서 그녀는 토마와 그의 아내의 소셜미디어를, 두 사람의 친구들과 그 친구들의 친구들 소셜미디어 페이지를 확인했다. 새로 올라온 글은 없었다. 우려와 걱정하는 말들만 이어질 뿐이었다.

그로부터 일주일 뒤 토마의 동료가 그의 마이애미 부동산 사무실을 다시 열었다. 그때 그의 비서가 아니카에게 그의 아내와 딸이 세상을 떠났으며 그는 왼쪽 무릎 아래를 절단했다는 소식을 전해주었다. 그는 미국으로 돌아왔지만 아무도 그의 행방을 몰랐다. 핸드폰도 정지 상태였다. 그는 불과 며칠 전에 사무실로 돌아왔고, 그제야 그녀의 전화를 받았다.

종업원이 다시 돌아오자 토마는 손으로 하나씩 계속 집어먹던 한입거리 음식, 엠파나다*와 버팔로윙을 더 주문했다. 그녀는 바짝 긴장해 음식을 먹지 못했는데 그는 이를 알아차리지 못하는 듯했다.

"난 아크라**를 정말 좋아해." 그녀가 요리해주던 토란 튀김이 생각난 듯 그가 말했다.

"만들어줄 수 있어." 그녀는 자신이 이렇게 말할 줄 알았지만, 그러지 않았다. 그를 집으로 초대하고 싶은 욕망에 넘어가고 싶지 않았다. 게다가 그도 가고 싶어한다고 누가 말했던가? 그녀의 전화를 받기까지 몇 달이 걸린 사람이었다.

"이런 음식이 그리웠어." 그가 말했다.

"전에는 식단에 정말 신경을 많이 썼지." 그녀가 말했다.

"신경쓴 것들도 있었고 신경쓰지 않은 것들도 있었지." 그가 말했다. "그런데 여기로 오고 싶어했던 건 당신이야. 우리 가끔

---

* 남미식 만두.
** 아이티식 토란 튀김.

여기서 이런 걸 먹었잖아. 샐러드만 먹진 않았어."

"이렇게 한번에 다 주문해서 먹진 않았어." 그녀가 말했다.

"당신은 안 먹고 있었네." 그는 그제야 알아차렸다. "좀더 마셔. 행복해질 거야."

"지금 나한테 행복해지는 건 중요하지 않아." 그녀가 말했다.

"중요할 텐데," 그가 말했다. "이 불꽃놀이도 다 그런 거 아닌가? 미국인의 행복권 같은 거."

그녀가 수백만 년의 역사를 지닌 새들을 스케치하기 시작한 이유는 정작 그리고 싶은 것, 지진을 어떻게 스케치하거나 그려야 할지 몰랐기 때문이었다. 스케치는 그림을 그리기 위한 습작이었지만 그 이상의 진전은 없었다. 지진을 그린다면 땅을 파먹는 흙 괴물을 그려야 할까? 산산이 부서진 집들? 피 흘리는 죽은 몸? 건물 잔해 위로 여기저기 널려 있는 티셔츠, 원피스, 신발, 머리빗, 칫솔 같은 이런저런 개인 물건들? 묘지와 묘지 표석, 그 위로 정신을 잃고 울부짖는 조문객들을 그려야 할까? 십자가와 먼지 쌓여 시들어가는 꽃을 그려야 할까? 아니면 희망의 상징으로 싱싱한 새빨간 꽃을 그려야 할까? 그림을 이해하지 못할 수 있으니 캔버스에 메시지를 남겨야 할까? 아니면 애인과 그의 죽은 아내, 죽은 딸아이를 스케치할 것인가? 온라인 속 그들의 사진을 그대로 본뜬 작품. 그들의 고급 디자이너 옷은 깃털이 되고 그들이 얼굴과 다리를 제외하고 새가 되었다는 점만 빼면, 원본에 너무 충실해서 실제와 혼동할 법한 스케치.

그녀는 이제 쉬지 않고 입에 음식을 집어넣으며 저녁을 먹으러 나온 걸 후회하고 있는 이 남자도 그릴 수 있을 것이다.

"그동안 어디에 있었어?" 그날 저녁 언제라도 그가, 아니면 자신이 먼저 자리를 획 떠나버릴지 모른다는 생각에 아니카가 마침내 질문을 던졌다. "오늘밤에 얘기해주기로 했잖아."

며칠 전의 첫 통화에서 그는 저녁식사 자리에서 궁금한 건 다 물어보라고 했었다. 그는 우물거리던 음식을 입 한쪽으로 밀어넣고 긴장한 듯 피식 웃더니 이렇게 말했다. "물리치료실. 지금도 다니고 있지. 그리고 하얀 집. 하얀 집에도 좀 있었어."

"정신병원?"

"걸렸네." 그는 두 손을 들어 비아냥거리듯 환호했다.

"미안해." 그녀가 말했다. "몰랐어."

그녀는 그의 등으로 손을 뻗었지만 그는 몸을 피했다.

"당신이 몰랐으면 했어." 그가 말했다. "아무도 모르게 하고 싶었지."

그가 어디선가 치료를 받고 있고 사람들과 이야기하고 싶어하지 않는다고 비서가 말해주었을 때, 그녀는 그 인공 다리, 의족만 떠올렸다. 그의 마음은 생각하지 못했다. 너무나 불안정해서 그런 종류의 도움이 필요했으리라는 걸.

"포르토프랭스에서 알게 된 어떤 남자들은," 그가 음식에 손을 뻗으며 말했다. "호텔방에서 정부와 함께 으스러진 채 발견되었어. 내 아내와 아이는 친정집에 깔려서 조각난 채로 꺼내졌고, 난 산 채로 구출됐지. 그런데 내가 당신과 이 관계를 계속 유지하면 대체 어떻게 보이겠어?"

그가 말하길, 구조되길 기다리는 몇 시간 동안 그는 옆에서 점점 옅어져가는 아내와 아이의 숨소리를 듣고 있을 신과 협상을 했다. 밤이 찾아오고 여진이 계속되고 어둠 속에서 아내와 딸의 숨소리가 침묵에 빠지자 그는 맹세했다. 아내와 딸이 목숨을 부지하고 자신도 죽지 않는다면 다시는 아니카에게 연락하지 않겠다고.

그녀는 와인 잔을 들어올렸다. 그리고 스산하고 어둑한 그 장면을 그려보았다. 토마의 다리는 집 기둥 밑에 깔려 으스러져 있고, 처음엔 도와달라고 소리를 지르던 아내와 딸이 피도 기력도 희망도 숨도 잃어가는 모습을. 그리고 잔해를 파헤치던 사람들이 세 명 모두를 발견했지만 그만 숨이 붙어 있는 장면도 그려보았다. 간신히 숨이 붙어 있는 상태였다고, 그의 비서가 아니카에게 이야기해주었다.

"그런 걸 다 겪고도 당신과 계속 잔다면 대체 어떻게 보이겠어?" 그는 되뇌었다.

"어떻게 보일 것 같으냐고?" 그녀는 이 말을 하고 더이상 말하지 않기 위해 자제했다. 그는 둘의 사랑이 한 번이라도 도덕적이었던 적이 있었다고 생각한 걸까? 만일 이게 도덕적 관계였다면, 그의 아내와 딸이 죽었다는 사실을 알게 된 순간 그녀가 느낀 그 자릿한 기쁨은 어떻게 설명할 것인가? 그녀가 느낀 건 정말 환희였을까? 아니면 아내와 아이가 사라졌으니 이제 그 자리를 차지해도 되겠다는, 거의 일 년간 품어온 환상의 또다른 모습이었을까?

"당신 때문에 아내와 딸아이를 버릴 생각은 결코 없었어." 그녀의 생각에 답이라도 하는 것처럼 그가 말했다. 그러고는 고개를 돌려 브리켈애비뉴 다리와 유리 건물들, 그리고 마천루를 바라보았다. 하늘이 어둑해지면서 물 위에 비친 반사상으로 평행 도시가 생겨났다. "그리고 당신만 만났던 건 아니었어." 그가 덧붙였다. 그가 말을 이어갈수록 목소리는 점점 차가워졌다. "다른 여자들도 있었다는 걸 당신도 알아야 할 것 같아서."

그녀는 뭐라 말을 하려 했지만 목소리가 갈라지며 목 안으로 잠겨들어갔다. 그를 놓아주고 싶은 욕구 외에 그녀가 가장 강하게 느낀 감정은 수치심이었다. 그는 직설적이고 때로는 잔인하기까지 했지만 그래도 부드러웠다는 사실이 떠올랐다. 그는 아니카의 집에서 정말 더 머무르고 싶을 때면 집안을 뛰어다니며 서둘러 옷을 찾아 입곤 했다.

"오 분만 더." 그는 침대 이불 밑으로 들어오며 말했다. 오 분이 때로 다섯 시간이 되기도 했고 시간이 지나면 지날수록 아내에게 그의 부재를 설명할 거짓말도 점점 불어났다. 이런 순간들속에서 그녀는 둘의 불륜이 실제로 어떤 일을 불러올 것 같진 않다고 느꼈다. 그런데 그녀에게 아기를 갖고 싶다는 바람이 생겨나면서 문제가 복잡해졌다. 그도 분명 아기를 원했을 거라고, 그녀는 생각했다. 성의 없는 피임 노력에도 불구하고 어쨌든 그녀가 임신을 했으니까.

"또 알고 싶은 거 없어?" 그가 물었다.

그는 알고 싶은 게 없을까? 그녀는 궁금했다.

그는 안절부절못하며 두 손을 비벼댔다. 긴장돼 보이기도 했고 화가 난 것처럼 보이기도 했다. 그의 갑작스러운 기분 변화에 그녀는 두려워졌다. 어쩌면 그의 정신이 아직 온전치 않아서 그럴지도 몰랐다. 혹은 아직 그 모든 걸 말할 준비가 되어 있지 않아서 그럴 수도 있었다. 그래서 그렇게 거리를 두었던 걸지도 몰랐다.

"아내를 사랑했느냐고 묻지는 말아줘." 그가 말했다. "내 대답을 듣고 싶지 않을 거야."

"당연히 당신은 아내를 사랑했겠지." 그녀가 말했다.

"그럼 난 당신과 뭘 했던 거지?"

"아마 나도 사랑했겠지. 날 사랑하지 않을 사람이 세상에 어디 있겠어?" 그녀가 말했다. 그녀는 지금 같은 상황에서도 그에게 장난을 치고 싶어했다. 자신의 말에 그녀도 웃음이 나왔다.

그녀를 사랑하지 않았던 남자는 많았고, 그녀도 그들을 사랑하지 않았다. 사랑에는 시간이 너무 많이 들었고 신경쓸 일이 너무 많았다. 그들이 영원을 갈구하면 그녀의 마음은 멀어졌다. 그들이 그녀와 같이 살고, 동거하고, 결혼하고 싶어하기라도 하면 그녀는 흥미를 잃었다. 이번만은 제외하고. 이 남자, 토마는 예외였다. 그녀는 여전히 그에게 끌렸다.

지진이 일어났던 그날 밤, 대학교 연회장에서 가수 로로는 혹시 밧줄을 가지고 있는 사람이 있느냐고 물었다. 아무도 갖고 있지 않았다. 대신 남자 몇 명이 자기 넥타이를, 여자 몇 명이 자기 스카프를 건넸다. 로로는 넥타이와 스카프를 서로 묶는 걸 도와달라고 했다. 이내 연회장 한가운데에 식탁 크기의 원이 만들어졌다.

"지금부터 이게 지진의 진앙지입니다." 로로가 말했다. "우리가 이곳을 사랑으로 채웁시다."

그녀가 기대하고 필요로 했던 건 이게 아니었다. 거의 모두가 그녀처럼 실망하는 눈치였다. 사람들은 로로가 독특하고 특별한 기도나 성가, 성시 암송, 위로의 구호 외치기를 통해 좀더 의미 있는 의식을 행해줄 것을 기대했으나 로로는 그러지 않았다. 그 원이 아마도 자연히 생겨난 포르타 피데이, 일시적인 믿음의 문, 갑자기 솟아난 성전인 듯했다. 넥타이와 스카프로 엮은 신앙지라니, 그녀에게는 진부하고 공허하고 가짜처럼 느껴졌다. 하지만 더 오래된 의식이 자세히 떠오르거나 새로운 의식이 고안될 때까지는 그것이 그들의 주문이었다. 다른 목사, 신부, 성가대 선창자나 평신도가 있었더라면 다른 방식으로 의식을 치렀겠지만, 기본적인 개념은 똑같을 터였다. 의지와 열망만으로 영향을 끼칠 수 없는 어떤 것에 영향을 끼치고자 하는 그것.

학생 중 한 명이 밖으로 나가더니 아이티산 럼 한 병을 들고 들어왔다. 로로는 럼을 원 한가운데에 부으면서 모두에게 이 말을 반복해서 외치라고 했다. "푸 사 은 파 웨 요."

아니카도 정말 내키지는 않았지만, 입 모양으로 동참했다. "푸 사 은 파 웨 요. 보이지 않는 자들을 위해. 이곳에 없는 자들을 위해."

레스토랑은 만석이었고 종업원이 그들의 테이블로 오는 횟수도 점점 줄어들었다. 이제 둘은 먹는 것보다 마시는 게 더 많았다. 와인병은 비어 있었다.

그의 비서가 말해준 바에 따르면, 그의 처가가 있는 동네에는 어째선지 지진에도 무사했던 술 보관장이 하나 있었다. 동네 사람들은 가지고 있던 술 전부를 야전병원으로 가져갔다. 그의 무릎 아래를 절단한 그 병원이었다. 그는 30년산 스카치 한 병을 벌컥벌컥 들이켰고 그의 친구인 외과의사가 그의 으스러진 왼쪽 다리를 잘라냈다. 당시 그의 다리는 아무 가망이 없었고 그를 항공으로 이송할 시간적 여유도 없는데다 더 위생적인 수술을 위해 아이티를 떠나 다른 병원으로 갈 수도 없었다.

"전화했을 때 나한테 줄 선물이 있다고 했잖아." 그가 아니카를 다시 쳐다보았다. 두 눈에 장난기와 욕망이 서려 아까보다는 친숙하게 느껴졌다. 그는 아내를 떠날 마음도 없었고 다른 여자들도 만나고 있었다는 좀전의 발언은 별거 아니라는 듯이 행동했다. 그리고 선물을 달라는 듯 양손을 내밀고 기다렸다. 그녀가 아무것도 건네지 않자 그는 손을 거둬 바지 주머니 속에 푹 찔러넣었다.

예전에 그와 함께 이 레스토랑에 있을 때면, 그녀는 그가 아내를 만나기 전에 자신과 먼저 만났으면 좋았겠다는 생각을 하곤 했다. 하지만 그랬다면 그녀는 그의 아내가 되었을 거고, 그는 바람을 피웠을 것이었다. 아까 그가 얘기해준 것처럼 한 명이 아니라 여러 명의 여자와. 그래도 아니카는 그에게 자신과 아내 말고 또다른 여자가 있었다는 말을 믿지 않았다. 그게 사실이었다면 그가 그렇게 불쑥 털어놓을 리가 없었다.

"정말로 날 보자고 한 이유가 뭐야?" 그가 이제야 물었다.

그녀는 그럴싸한 대답을 만들어내고 싶었다. "당신에게 선물을 주고 싶었어. 우리 아기에 대해서도 얘기하고 싶었고. 태어나진 않았지만. 우리 영혼의 아기 말이야. 당신을 보고 나면, 두 사람이 죽기를 바라선 안 됐다는 걸 내가 깨달을 줄 알았어."

선물은 그녀의 아파트에 있었다. 그녀가 생각해둔 각본은 마지막 작별인사를 나누기 전에 그에게 그의 차 안에서 기다리라고 한 다음 선물을 가지고 내려오는 것이었다. 그가 선물을 보고 어떤 반응을 보일지는 보고 싶지 않았다. 그것에 대한 그의 생각을 듣고 싶지 않았다. 그가 그걸 간직할지 버릴지도 알고 싶지 않았다.

"이렇게 서로 얼굴 보는 건 그만해야겠다는 생각이 들어서 보자고 했어." 그녀가 말했다.

"아내와 아이가 죽은 순간 우리도 이미 끝난 거야." 그가 말했다. "당신은 그걸 알아야 해. 그게 이유였다면 서로 볼 필요가 없었지."

그는 고개를 뒤로 젖히고 베어도 좋다는 듯 목을 내보이더니 이내 양손으로 목을 보호하듯 어루만졌다. 그녀를 보는 일이 그를 또다시 산산조각내리라는 것을, 그녀도 알았다. 그녀는 그가 스스로를 용서하기 어렵게 하는, 그가 저지른 여러 죄목 중 하나였다. 그녀는 이 사실을 이미 몇 달 전에 느꼈다. 애도의 뜻을 표하고 두 사람의 아기에 대해서 말하려고 계속 전화를 걸던 그때.

하지만 그건 유산을 한 것만큼 끔찍하진 않았다. 그날 비스케인만에 석양이 내려앉던 무렵, 그녀는 수업을 마치고 피곤한 상태로 잠자리에 들었다. 그러나 몇 시간 뒤 골반에 엄청난 경련이 느껴져 잠에서 깼다. 마치 골반뼈로 망치질을 하는 듯했다. 처음에는 피가 살짝 비치다가 이내 약간의 핏덩어리가 나왔고, 그러고는 하혈을 했다. 자정에 혼자 운전을 해서 근처 응급실에 도착했다. 그리고 몇 시간 뒤 그녀는 "불가피한" 유산이었다는 말을 들었다.

"뭐가 불가피했다는 거죠?" 그녀는 당직근무중인 젊고 지쳐 보이는 산부인과 인턴에게 물었다.

"의학 용어예요." 그가 말했다. "환자분의 자궁경부가 열려 있었고 태아의 심장이 뛰질 않았어요. 다른 결과가 나올 수 없었다는 뜻입니다."

독립기념일 불꽃놀이가 이제 시작하려는 참이었다. 손님 몇몇
이 유리벽으로 다가갔다. 옥상 라운지로 올라간 사람들도 있었
다. 그녀는 그가 일어서는 걸 도와주려 손을 내밀었다. 그는 생
각보다 금방 일어섰다. 그는 나무상자 테이블 옆으로 나와 앞장
서 걸었다. 유리벽에 다다른 그는 유리벽과 콘크리트벽이 만나
는 구석에 등을 기댔다. 사람들이 점점 몰려들고 있었지만 그는
옆으로 한 걸음 비켜선 뒤 그녀를 품에 안았다.

빨간 불꽃 하나가 하늘로 올라가 펑 터지고 빨간색, 흰색, 파
란색 빛줄기를 내뿜으면서 불꽃놀이가 시작되었다. 그의 무릎이
그녀의 무릎을 조여왔다. 그의 몸은 긴장하고 있었다. 그가 두
팔을 그녀의 허리에 감았다. 그녀를 안으려고 한 게 아니라 자기
몸을 지탱하기 위해서였다. 그는 떨고 있었다. 떨고 있는 그의
입술이 그녀의 귓가를 스쳤다. 그는 그녀가 알아들을 수 없는 말
을 하고 있었다. 그러곤 양손으로 그녀의 어깨를 내리누르더니
그녀를 돌려세웠다.

"바닥이 움직여." 그가 그녀의 귀에 소리쳤다.

그의 얼굴에 땀이 맺히고 숨이 가빠지고 있었다. 이제 그녀도
느껴졌다. 불꽃이 점점 더 크고 화려해지면서 건물이 진동하고

있었다. 유리벽이 버티지 못하는 바람에 그녀와 그, 그리고 그곳에 있는 모든 사람이 여러 층 아래의 비스케인만으로 떨어지는 건 아닌지 걱정스러웠다.

"여기서 빠져나가야겠어." 그가 입 모양으로 말했다. 소리쳐 말할 수도 있었지만, 말이 입 밖으로 나오지 않았다.

"자리로 돌아가자." 그녀가 말했다.

그곳을 빠져나오며 그녀가 그의 손을 잡았다. 바로 주변에 서 있던 사람들은 뭔가 잘못됐다는 걸 알아채고 옆으로 한 걸음 물러서 둘에게 길을 내주었다. 그녀가 자리로 안내하는 내내 그는 그녀의 손을 잡고 있었다.

그녀는 종업원 한 명에게 빨리 물을 가져다달라고 손짓했고, 종업원이 물이 담긴 유리병을 가지고 왔다. 토마는 코로 깊게 숨을 들이쉬고 입으로 내쉬며 천천히 숨을 골랐다. 이런 일이 처음이 아닌 것이 분명했다.

그녀가 물병에서 물을 따라주자 그가 숨을 길게 고르며 말했다. "여기가 아이티 레스토랑이었다면 머리에 물을 좀 끼얹었을 텐데."

"왜 꼭 아이티 레스토랑이어야 하는데?" 그녀가 물었다.

"나의 동포들은 이해할 테니까."

"여기 누가 하지 말라는 사람이 있어?" 그녀가 물었다.

그녀는 그 앞에 놓인 유리병과 물이 가득 담긴 유리잔을 내려다보며 말했다. "한번 해봐."

"정말로?"

그는 유리잔을 집어든 다음 천천히 자신의 민머리에 물을 부었다. 물이 얼굴에 흐르자 그는 그의 턱 아래로, 셔츠 앞으로 흘러내리는 물을 핥으려 했다.

"당신 차례." 그가 물을 닦으려는 시도도 하지 않고 말했다.

"미쳤어?" 그녀가 물었다.

"보다시피." 토마는 그녀의 머리 위로 유리병을 들고 그녀가 부을지 말지에 대해 무슨 말을 해주기를 기다렸다. 불꽃놀이가 끝나고 손님들 몇몇이 자리로 돌아오고 있었다.

"하려면 해." 그녀가 말했다.

얼음장처럼 차가운 물이 흘러내리며 그녀의 머리카락을 납작하게 늘어뜨렸다. 물은 맨어깨로, 브래지어 사이로, 배를 타고 떨어졌다.

"자, 이제 됐어." 그녀가 양손으로 얼굴을 훔치며 말했다. 그가 내려놓은 유리병은 비어 있었다.

그녀는 새로 산 드레스를 입고 흠뻑 젖은 채로 앉아서 행복해하는 자신이 정말 싫었다. 두 사람은 이제 구경거리가 되었다. 손님 몇몇이 그들을 지켜보고 있었다. 어떤 이들은 둘에게서 뚜

렷이 드러나는 주아 드 비브르*을 부러워했고 어떤 이들은 못마땅한 기색이 역력했다. 그녀는 그가 예전과 다른 방식으로 그녀를 필요로 할 거라고 생각했다. 큰 소음과 흔들리는 건물로부터 그를 보호하고, 그의 표현을 따라, 하얀 집에 가지 않게 도와주는 식으로. 하지만 그것도 빈약한 변명이었다. 이전과 마찬가지로 그녀가 이 자리에 있는 건 그녀가 원했기 때문이었다. 그리고 둘 중 누구도 이 같은 순간을 누릴 자격이 없을진 모르지만 그녀는 이런 순간을 더 많이 바랐다.

종업원이 건너와 천 냅킨을 몇 장 더 건네주었다.

"저기서 내가 정신을 놓았나봐, 미안해." 불꽃놀이를 구경하다 급히 달아날 때처럼은 아니었지만, 그의 얼굴이 다시 침울해졌다. "작년 베이프런트공원에 있던 쾌딘이 된 것 같았어."

쾌딘은 그의 딸 이름이었다. 디나는 아내의 이름이었다. 그가 그녀 앞에서 딸의 이름을 언급한 건 이번이 처음이었다.

"좀전에는 머리가 터져버리는 줄 알았어." 그가 말했다.

"내가 당신과 뭘 하려던 건지 모르겠어." 그녀가 말했다.

종업원이 계산서를 들고 왔다. 토마는 본인이 계산하겠다며 고집을 부렸고 거한 팁을 얹어주었다.

---

* 프랑스어로 '삶의 기쁨'.

"그래서 이제 나랑 뭘 할 거야?" 그가 물었다.

그녀의 아파트를 향해 세 블록을 걸어가는 내내 두 사람의 몸에서는 여전히 물이 뚝뚝 떨어졌다. 거리가 불꽃놀이 구경을 마친 사람들로 붐비기도 했고 거기다 그의 느린 걸음까지 더해져 집에 도착하기까지 평소보다 두 배의 시간이 걸렸다.

그녀의 집에 들어선 그는 책이 가득 꽂힌 책장, 낡은 회색 소파와 팔걸이의자, 투박한 플로어 램프 한 쌍이 있는 복작복작한 거실을 바라보면서도 편안함을 느끼는 듯했다.

"뭐 좀 마실래?" 그녀가 물었다.

"물 말고 다른 걸로." 그가 말했다.

주방 어딘가에 둘이 마지막으로 만났을 때 가져온 칠레산 피노누아르 한 병이 있었다. 그 와인이 너무 마음에 들었던 그는 종업원을 설득해 따지 않은 새 와인 한 병을 샀다. 그는 그 와인을 그녀의 집에 뒀다가 다음에 마시려고 했다. 그리고 그다음이란 오지 않았다.

그녀가 그 와인을 꺼내야겠다고 생각하고 있을 때 그가 말했다. "괜찮아. 오늘밤에 술은 충분히 마셨어." 그리고 그는 옷을 벗기 시작했다. 단추를 하나씩 풀더니 젖은 셔츠, 그리고 하얀 내의를 벗었다. 옷이 하나씩 바닥에 떨어졌다. 그러고는 벨트를 풀었다. 바지가 발목으로 떨어졌다.

"건조기에 넣을게." 그녀가 몸을 숙여 옷을 주우며 말했다.

"그럴 필요 없어." 그의 목소리가 너무도 단호해서 그녀는 옷을 다시 내려놓았다.

이제 바지를 발목까지 내리고 체크무늬 트렁크 팬티만 걸친 그가 몸을 낮춰 카펫이 깔린 바닥에 앉았다. 몸 전체에 찢기고 패고 주름진 자국과 흉터종이 보였다. 등과 배, 허벅지의 멍들고 긁히고 찔리고 벗겨진 자리에는 반창고가 붙어 있었다. 바닥에 앉은 그는 바지에서 자기 다리를 빼낸 뒤 의족을 찬 다리도 빼냈다.

의족은 그의 다리와 거의 똑같아 보였다. 짙은 색 표면은 거의 피부처럼 보였다. 그는 실리콘 주형틀처럼 생긴 것을 비틀어 앞뒤로 흔들더니 무릎에서 잡아 뺐다. 훅 하고 바람 빠지는 소리가 났다. 의족이 빠지고 드러난 불룩하고 둥근 부위의 짙은 피부 위로 스테이플러로 찍은 듯한 흉터가 줄지어 나 있었다.

"보고 싶었잖아." 그가 말했다. "난 알 수 있지."

그녀는 그것을 그런 식으로 보게 될 줄은 몰랐다. 그녀는 조심스럽게 그의 옆에 앉았다. 두 사람 사이의 카펫에는 잘린 다리가 축 늘어져 있었다. 그녀는 그의 숨이 다시 가빠지는 것을 느꼈다. 이번에는 수치심이나 자기 연민 때문인 듯했다.

"만져봐도 돼?" 그녀가 물었다.

그는 아무 말도 하지 않았다. 그래서 그녀는 손을 뻗어 둥그런 말단 부분을 손가락으로 부드럽게 톡톡 건드려보았다. 그리고 손바닥으로 무릎뼈가 있는 자리, 실로 꿰맨 부분을 쓸어내렸다. 어떤 부분은 유리처럼 매끄러웠고 어떤 부분은 따뜻한 빵처럼 말랑말랑했다. 그녀는 꿰맨 부위를 만지는 게 두려웠다. 봉합선 사이로 엿보이는 옅은 피부 때문에 다리 전체가 여전히 아파 보였다.

"다 봤지?" 그가 물었다.

그는 그녀의 대답을 기다리지 않았다. 그녀의 손을 치워내고 의족을 가져온 그는 사라진 다리를 그곳에 밀어넣었다. 그녀의 눈에는 그렇게 보였다. 그러고는 의족을 재빨리 제자리에 끼워넣었다. 그다음엔 젖은 옷을 다시 입었다. 아까 벗을 때보다 더 느린 속도로. 바지를 입고, 내의를 입고, 그리고 셔츠를 걸쳤다.

옷을 다 입은 그가 벽을 짚고 일어섰다. 그녀도 일어섰다.

그녀는 어떻게 그녀의 보잘것없는 선물이 이 모든 일에 대한 위로가 되어줄 것이라 생각했을까? 색연필로 새가 된 아내와 딸을 스케치한 작은 그림 액자. 심지어 날고 있는 것도 아니고 쉬고 있는 모습의 새, 인간의 얼굴과 다리를 가진 새, 죽은 이들을 모델로 한 삶의 습작. 적갈색 바탕 위, 영롱한 보랏빛 꼬리깃과 에메랄드빛 날개의 앤틸리언망고벌새는 아내, 루비색 목과 황금빛 몸통의 벌새는 딸이었다.

포장된 그림은 소파 옆 테이블에 놓여 있었다. 그녀는 테이블로 걸어가 그림을 집어들어 그에게 건넸다. 그가 갈색 무지 포장지를 뜯을 때 그녀는 그가 이 그림을 가족묘에 가져다놓으려 할 것 같다고 생각했다. 그는 그림을 내려다보면서 자신이 보고 있는 게 무엇인지 확인하려는 것처럼 고개를 살짝 기울였다. 그리고 이내 그의 입이 아래로 떡 벌어졌다.

"이게 뭐지?" 그가 물었다.

"후회를 표현한 거야." 그녀가 말했다.

그녀는 스케치를 그에게 준 것도 그렇지만 그걸 그렸다는 사실 자체가 그를 혼란스럽게 했다는 걸 이제야 깨달았다. 그녀의 의도는 이게 아니었다. 그녀는 이 그림이 그의 아내와 딸아이를 기리는 일종의 추모가 되길 바랐다. 하지만 너무 일렀다.

그가 양팔을 뻗어 그녀를 가까이 끌어당겼다. 그러자 두 사람이 같은 각도에서 그 그림을 볼 수 있게 되었다.

"미친 짓인 거 알고 있지? 그렇지?" 그가 말했다.

그녀는 자신의 의도와 이행 모두가 말도 안 되는 미친 짓이었다는 걸 인정해야 했다. 정신병원에 가야 할 사람은 그만이 아니었을지 모른다. 그녀는 그의 옆얼굴을 쳐다보았다. 그는 애써 웃음을 억누르고 있는 듯했다.

"나한테 무언가를 주고 싶다면 두 사람이 나이든 모습을 그려줘." 마음이 완전히 진정된 뒤 그가 말했다. "경찰이 오랫동안 실종 상태인 아이의 나이 먹은 모습을 그리는 것처럼."

그는 나이 변환 기술이라는 이미지 보정 기법을 말한 것이었다. 마이애미데이드 칼리지 강의 마지막 날, 그녀는 과학수사 분야와 법정 스케치가 미대생들의 진로가 될 수 있다는 이야기를 했다. 그녀도 그런 스케치를 전문적으로 해본 적은 없었지만, 한번은 그에게 누구든 그 사람의 현재 모습과 나이든 모습을 스케치하는 것을 보여준 적이 있었다. 심지어 종이를 내려다보지도 않았다. 그녀는 그에게 소프트웨어를 써서—컴퓨터에 사진 몇 장을 업로드한 다음 보고 싶은 나이를 입력하면—원하는 모습을 볼 수 있다고 말해주려고 했다. 하지만 곧이어 그의 딸이 나이를 먹어가는 모습을 그려주면 그가 정말 마음을 가라앉힐 수 있겠다는 생각이 들었다. 젖살은 사라지고 턱선은 날카롭게, 목은 기다랗게, 몸 전체는 키에 맞춰 늘리고, 나중에는 가슴에 몽우리도 넣어주고. 그다음 그의 아내에게도 몇 년을 선물해주는 것이다. 머리에는 흰 머리카락 몇 가닥을, 눈가에는 주름을 넣어주고 어깨는 둥글게 다듬고 배에는 살을 좀 채워주고.

"지금 할 필요는 없어." 그가 새의 얼굴에서 눈을 떼지 못하며 말했다. "일이 년 뒤에 부탁할 수도 있어. 아님 더 시간이 지나서 일 수도 있고."

그는 두 사람의 인연이 이런 식으로 이삼 년 뒤까지 이어질 수도 있다고 말하려는 걸까?

"이제 가야겠어." 그가 액자를 건네며 말했다. "오늘 저녁 고마웠어."

그녀는 스케치를 다시 협탁 위에 놓았다. 낮에 그것을 포장해 올려두었던 자리였다. 그러고 나서 그녀는 그를 따라 현관문으로 갔다. 문을 열어 그가 나갈 수 있도록 손잡이를 잡아주었다. 그가 문턱 밖으로 발을 떼기 전에 그녀가 물었다. "아내가 나에 대해서 알고 있었어?"

그는 몸을 돌려 다시 그녀를 바라보고는 고개를 끄덕였다.

"당신이 아내에게 말했어?"

"우리를 봤어." 그가 말했다. "우리가 마지막으로 레스토랑에서 만난 밤에. 내가 거길 너무 자주 들른다는 걸 알아챈 거지. 무슨 일 때문인지 알아보려고 갔던 거야."

그녀는 수치심이 한층 더 깊어지는 것을 느꼈다. 그의 아내가 두 사람과 정면으로 맞닥뜨리거나 구경거리를 만들지 않았다는 사실 또한 가슴에 강하게 와닿았다.

"아이티 여행은 아내와 관계를 바로잡으려고 간 거야." 그가 말했다. "가족이 다 함께 시간을 보내면서 결혼생활을 다잡아보려고 했어. 가족과 함께 있으면 우린 항상 더욱 끈끈해졌거든."

"디나랑 결혼생활을 유지하려고 했었구나?" 그녀가 말했다.

디나의 이름이 아니카의 입에서 불쑥 튀어나오자 그는 그녀가 그 이름을 아는 줄 몰랐다는 듯 멈칫했다.

아니카는 바로 그때 그들의 아기에 대한 이야기를 꺼낼까 생각했지만 그러지 않기로 했다. 그에게 더 큰 슬픔, 또다른 상실감을 얹어주는 일일지 몰랐다. 아니면 오히려, 다시는 아빠가 되지 않아도 된다는, 아이 때문에 또다른 여자에게 매이지 않아도 된다는 안도감을 줄 수도 있었다.

뒤로 돌아선 그는 인사하듯 고개를 아래로 푹 숙인 채로 복도를 걸어갔다. 그는 의족에서 느껴지는 살짝의 불균형을 해소하기 위해 의족 다리를 세차게 차면서 걸었다. 저녁식사 자리로 걸어올 때는 알아채지 못했던 불안정한 모습이었다. 휘청이며 엘리베이터를 타는 그를 보면서 그녀는 그가 이 모든 걸 혼자 어떻게 감당할지 궁금해졌다. 하지만 이내 그가 지금까지 그녀 없이 몇 달을 지내왔다는 사실이 떠올랐다.

엘리베이터의 문이 닫히고 그가 되돌아올 가능성이 사라지자 그녀는 집안으로 들어왔다. 그리고 피노누아르 와인을 찾아보다가 마침내 주방 수납장에서 발견했다. 그러고는 그것을 스케치와 함께 테라스로 들고 나갔다.

그녀는 새가 된 콰딘과 디나의 스케치를 간이의자 위에 올려 두고 그 옆에 앉아 다리와 다리를 건너가는 기다란 차량 행렬을 내려다보았다. 차들은 불꽃놀이 구경과 바비큐 파티를 마치고 돌아오는 커플과 가족을 가득 실은 채 느릿느릿 다리를 건너고 있었다.

"둘이서 서로 잘 보살펴야 해요." 그녀가 그림을 보며 말했다.

그녀는 그 두 사람이 그녀의 아이도 돌보아주길 바랐다. 그녀의 아이도 결코 나이를 먹지 않을 것이다. 결코 눈으로 볼 수 없을 것이다. 그녀는 콰딘과 디나 그리고 이름을 지어주기에는 너무 어렸던 아기, 그 세 사람 모두가 그녀가 내려다보고 있는, 도시 스카이라인의 반사상을 똑같이 보고 있기를 바랐다. 역사가 되어버린 그녀의 천사들이 비스케인만 수면을 흐르는 이 도시를 찬미하기를 바랐다.

그녀는 와인 코르크를 따고 머리를 뒤로 젖혀 병째로 들이켰다. 와인에서 톡 쏘는 식초맛이 났다. 혀가 저릿했고 억지로 삼키자마자 목이 타는 기분이었다. 도저히 마실 수 없는 상태였다. 그녀는 로로가 연회장에서 럼을 부었던 걸 떠올리고 남은 와인을 테라스 시멘트 바닥에 부었다. 그녀는 너무 산패한 와인이 산소가 빠진 검붉은 피처럼 보이리라 생각했다. 하지만 그것은 불에 타 녹아버린 피부처럼 갈색에 가까웠다.

그녀는 와인이 발 주위로 엷게 퍼져나가는 걸 바라보며 지진이 있던 날 밤 로로와 사람들이 함께 외치던 말을 속삭였다. "푸 사 은 파 웨 요. 보이지 않는 자들을 위해. 이곳에 없는 자들을 위해."

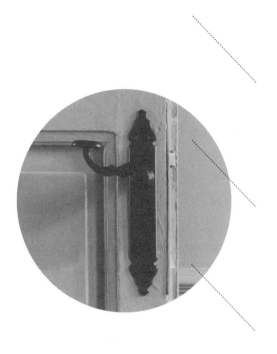

열기구

나의 룸메이트 니아가 대학교 1학년 첫 학기에 자퇴를 했다. 여성단체 르베에서 상근직으로 일하기 위해서였다. 르베는 포르토프랭스의 빈민촌에 있는 성폭력 재활센터를 포함해 여러 가지 활동을 하는 곳이었다. 르베와 아이티로 일주일간 추수감사절 단체 여행을 다녀온 니아는 부모님과 나, 그리고 교수님 몇몇에게 단체 이메일을 보냈다. 마이애미로 돌아왔지만 학교로 돌아가진 않을 거라는 내용이었다.

 니아의 아버지인 프랑크 애셔 박사는 존경받는 트리니다드* 언어인류학자이자 카리브해지역학과 학과장이었다. 체형은 호리

---

*카리브해의 섬나라 트리니다드 토바고에 있는 섬.

호리했고 발그레한 볼에 주근깨가 있는 얼굴은 앳되어 보였다. 니아의 도드라진 광대뼈와 황갈색 피부는 애셔 교수와 무척 닮아 있었다. 그녀의 피부는 평소 중고품가게에서 구입한 짙은 색의 헐렁한 바지와 행진 악단을 연상시키는 재킷을 입어 잘 보이지 않긴 했지만. 니아가 바꾸자고 설득해도 소용없던 가느다란 실테 안경과 니아가 노인 블레이저라고 부르는 격자무늬 캐주얼 재킷이 아니었다면, 애셔 박사는 거의 동료 교수의 아들뻘로 보였을 것이다. 사실 그는 대부분의 교수들보다 어렸다. 니아의 아버지와 경제학자인 어머니는 대학원 1학년 때 결혼했다. 결혼 초에 태어난 니아는 자신이 부모의 이혼 사유라고 믿었다. 그럼에도 불구하고 애셔 박사가 니아에게 그녀가 성장기를 보낸 뉴욕 북부의 작은 마을에 있는 대학이자 어머니가 재직중인 대학을 포함한 다른 대학의 입학 제안을 거절하고 아버지가 명성을 떨치고 있는 마이애미의 대학으로 올 것을 권하자, 니아는 그렇게 하기로 결심했다.

지금 애셔 박사는 딸이 금세라도 문으로 걸어들어오길 기다리는 사람처럼 조용히 이마를 긁적이며 그녀의 침대에 앉아 있었다. 니아가 보낸 자퇴 이메일에 걱정이 된 나머지 나와 직접 이야기를 나누러 우리 방으로 달려온 것이었지만, 그는 그다지 말이 없었다.

니아와 내가 쓰는 방은 1학년 층에 있는 대부분의 방보다 넓었다. 트윈 침대도 세 개가 아니라 두 개만 놓여 있었고, 함께 쓰는 옷장 하나, 그리고 방 양쪽 끝에 개인용 서랍장이 하나씩 있었다. 침대 옆에 하나씩 놓인 책상에는 위로 책장이 붙어 있었다. 내가 펼쳐놓은 책들과 공책들, 과자 봉지들 사이에는 나와 부모님이 함께 찍은 사진 액자가 있었다. 기숙사로 들어오기 일주일 전에 쇼핑몰에서 부모님이 찍자고 졸라서 찍은 것이었다. 나는 그 사진을 책상 위에 올려두었고 그래서 책상 앞에 앉을 때면 항상 부모님 생각이 났다. 아빠는 짙은 회색 정장, 엄마는 분홍색 주름 장식 원피스, 나는 발목까지 오는 꽃무늬 원피스를 입고 얼굴이 하트 모양이 되도록 미소 짓는 우리 세 사람의 사진을 보면 항상 실패해선 안 된다는 생각이 들었다.

니아가 쓰는 쪽에는 사진이나 포스터가 없었다. 그녀는 인쇄된 사진은 구식이라고 생각했다. 친구며 부모며 뉴욕에서 온 다른 가족들이며, 그녀가 아끼는 사람들의 얼굴은 모두 핸드폰에 있었다. 나는 가족사진 외에 따로 꺼내놓은 사진은 없었다. 슬프거나 피곤할 때, 혹은 그냥 몽상에 빠져 있을 때 텅 빈 하얀 벽을 보면 마음이 편안해졌다. 같은 층에 사는 다른 학생들 방과는 다르게 우리 방에는 소형 냉장고나 전자레인지가 없었다. 니아는 물건을 쌓아두는 걸 광적으로 싫어했고, 나는 순식간에 짐을 싸서 떠날 수 있을 정도의 물건만 소지하는 데 익숙한 터였다.

니아의 침대는 매트리스 아래로 침대보가 깔끔하게 접혀들어가 있었고 폭신한 베개가 가지런히 놓인 채 잘 정돈되어 있었다. 일주일 전 애셔 박사가 포르토프랭스로 여행을 떠나는 그녀를 공항에 데려다줬던 그날 아침 그대로였다. 니아가 남기고 간 책들이 책상 위에 일렬로 가지런히 꽂혀 있었다. 애셔 박사는 그중 몇 권을 집어들고 책장을 죽 넘겨보았다. 그는 『일뤼미나시옹』*이라는 시집에서 멈춰 몇 장을 조용히 읽었다.

니아는 여행을 가기 전, 프랑스 시인 아르튀르 랭보의 작품에 푹 빠져 있었다. 그녀는 시인의 이름을 "람보"라고 발음했다. 니아는 랭보의 시 몇 편이 자신에게 열어놓은 가능성을 생각하면 "기쁨이 북받쳐오른다"고 했다. 그녀는 랭보 작품을 번역서가 아닌 원서로 읽기 위해 봄학기에 프랑스어 강의를 몇 개 등록하기로 계획을 세웠다. 대학교 3학년은 파리에서 보내고, 나중에는 프랑스문학 박사학위를 받고 랭보를 비롯한 상징주의자들을 주제로 논문을 쓸 계획이라고 했다.

"루시," 애셔 박사가 말했다. "이 모든 일에 루시도 일부 책임

---

* 프랑스 시인 아르튀르 랭보의 미완성 산문시집. 제목은 '채색삽화집'이라는 의미이다.

이 있다고 생각해요." 그는 『일뤼미나시옹』을 덮고도 계속 손에 들고 있었다. 그의 목소리는 깨끗하고 단호했고 말하는 속도도 적당했다. 학생들에게 강의하는 목소리도 그럴 것 같았다. "거기로 가서 내 딸한테 학교로 돌아오라고 말해줄 수 있어요? 니아가 내 전화를 받질 않아요."

니아가 여성단체 르베를 알게 된 건 나를 통해서였다. 나는 직업/봉사활동과에서 일주일에 스무 시간씩 근로장학생으로 일했다. 그곳의 게시판에서 처음 본 게 르베 로고가 찍힌 전단지였다. 어두운 하늘의 별 하나를 쳐다보고 있는 여자와 여자아이의 실루엣이 르베의 로고였다. 전단지에는 영양 상태가 좋지 못한 아이티 여자들의 컬러사진이 여러 컷 실려 있었다. 그 여자들은 우리 엄마를 닮아 있었다. 어떤 여자들은 머리에 무거운 물 양동이를 이고 시골의 좁은 흙바닥 길을 걷고 있었고, 어떤 여자들은 강둑에 앉아 옷을 빨고 있었고, 또다른 몇몇 여자들은 재래시장에서 파리로 뒤덮인 고기를 팔고 있었다. 전단지 하단에는 르베에서 진행하는 추수감사절 아이티 여행 광고 문구와 함께 멍든 얼굴의 십대 여자아이가 부어오른 눈을 감은 채 병원 침대에 누워 있는 사진이 있었다.

나는 보는 사람이 없는 때를 기다렸다가 게시판에서 그 전단지를 뜯어냈다. 사람들이 그 여자애의 멍든 얼굴과 나를 연결짓는 게 두려웠기 때문이기도 했다. 어떤 사람들은 아이티에서 태어나지도 않은 나를 "하이픈 왼편에 붙은" 아이티계로 간주했다. 우리 부모님이 항상 꿈꾸며 들려주었고 나도 인터넷에서 봤던, 그 고운 백사장이 깔린 평화로운 해변은 어디에 있을까? 산들과 만물의 땅 아이티와 이슬을 머금은 산마루는 어디에 있는 걸까? 세계에서 가장 위대한 요새로 꼽히는 라페리에르 성채는 어디에 있고? 대학생들이 가볼 만한 동굴, 바위굴, 폭포, 성당, 교회, 부두교 사원, 박물관, 미술관은 다 어디에 있단 말인가?

그날 밤, 나는 그 전단지와 나의 울분을 니아에게 자세하게 토로했다. 니아가 너무 잠잠해서 나는 그녀가 잠이 든 줄 알았다. 한참 뒤에 침묵을 깬 그녀가 한밤에 소곤거리는 목소리로 말했다. "진짜 재밌을 거 같다. 가보고 싶어."

"난 안 가고 싶어." 내가 말했다. 부모님 없이는 안 가겠다는 뜻이었지만 굳이 그걸 말하지는 않았다.

니아가 르베 단체 여행을 가보고 싶다고 한 건 별로 놀라운 일이 아니었다. 부모님의 이혼 후에도 그녀는 부모님과 전 세계 곳곳을 여행하곤 했다.

내가 자라온 방식은 니아와 달랐다. 우리 부모님은 조지아와 플로리다 해안가를 따라가며 오렌지, 베리, 상추, 토마토, 옥수수를 수확하다 만났다. 기억 속의 나는 늘 농장주 소유의 숙소에서 잤다. 그 숙소라는 곳은 그냥 헛간과 마구간 뒤쪽에 놓인 이층침대나 간이침대를 의미했다. 가축과 우리 가족을 구분지어주는 건 얇은 나무 널과 판자뿐이었다. 우리는 밟아 다진 흙바닥 위에 세운 들판 막사에서, 중노동을 하는 범죄자들을 위해 지어진 듯한 "기숙사"에서, 금이 간 창문과 지저분한 카펫, 칠이 벗어진 벽에 바가지요금까지 내야 했던 모텔방에서 살았다.

새로운 곳으로 이사갈 때마다 부모님은 나를 새로운 학교에 등록해줬다. 몇 주가 걸려 적응하고 친구를 한 두어 명 사귀고 나면 다시 이사가야 했다. 학교에서 또래보다 나이가 많은 아이들 상당수가 학교를 중퇴하고 들판에 나가 부모와 함께 일하면서 돈을 벌기 시작했지만, 우리 부모님은 내가 그렇게 하도록 내버려두지 않았다. 들판은 당신들의 일이지 내 일이 아니라고, 아빠는 말했다. 내가 부모님과 들판에 나가 일하게 되면, 깨끗이 씻은 손을 흙으로 말리는 것과 다름없다고, 엄마는 이야기했다.

매일 일이 끝난 뒤 밤이면 아빠는 내 숙제를 검사하면서 모르는 것이 있어도 이해한 척하곤 했다. 엄마는 십대 애엄마나 농부가 되지 않으려면 열심히 공부해서 성공해야 한다고 매일 가르쳤다. 내 꿈은 언제나 안정된 주거와 한곳에의 정착이었다.

내가 가장 집처럼 느낀 곳은 플로리다 벨글레이드에 있는 트레일러하우스 주차구역이었다. 부모님은 여름 수확철마다 그곳으로 돌아갔다. 운이 좋으면 뜨겁고 시끌벅적한 구역에서 멀리 떨어진, 뒤편에 용수로가 있는 방 두 칸짜리 트레일러를 빌릴 수 있었다. 비가 오면 콘크리트 악취가 아니라 땅의 흙냄새를 맡을 수 있는 곳이었다. 내가 여름마다 이민자 아동을 위한 육 주짜리 단기 프로그램에 참가했던 곳도 벨글레이드였다. 일종의 교육 캠프였는데, 부모님과 수확철을 따라 이동하느라 계속 전학을 다닌 탓에 놓친 것을 전부 보충해준 프로그램이었다. 어떤 해에는 이사를 네다섯 번이나 간 적도 있었다. 여름 캠프는 거기에 참가한 백여 명의 아이들에게 우리가 방문한 식물원의 식물들처럼 그저 관상용으로 길러지는 식물도 있다는 것, 어떤 사람들은 자신의 오래되거나 새로운 물건들을 박물관과 미술관에 전시하기도 한다는 것을 보여주었다. 나는 그 프로그램이 열린 고등학교 수영장에서 수영하는 법도 배웠다. 콘서트와 연극을 보러 가기도 했다. 시험을 치르는 법을 배웠고 대학교에 가는 꿈을 키웠다.

오리엔테이션 주의 첫날이자 우리가 함께 방을 쓴 첫날 밤, 내가 이 모든 이야기를 털어놓았을 때 니아가 어둠 속에서 훌쩍이던 것이 기억난다.

"봐, 우린 그냥 우연히 짝이 된 게 아니야." 그녀가 감정을 추스르자마자 말했다. "학자들의 자녀는 또다른 종류의 이민자잖아."

"니아는 괜찮을 거예요." 애셔 박사가 그날 밤 니아의 『일뤼미나시옹』 책을 들고 우리 방에서 나갈 때 내가 말했다. "제가 니아를 찾아가서 얘기해볼게요."

대형 스피커로 콩파와 라신 음악을 거리로 뿜어대고 사람들이 드나드는 바로 옆의 아이티 식당이나 이발소와는 달리, 전면이 유리로 된 르베의 리틀아이티 지부 사무실은 조용했다. 거리에서도 완전히 들여다보이는 사무실 벽에는 슬프지만 희망차 보이는 여자들이 카메라를 뚫어질 듯 쳐다보는 사진이 빼곡하게 붙어 있었다. 니아와 또다른 여자가 서로 마주보는 각자의 책상에서 일하고 있는 옆모습이 보였다. 기온이 이십오 도가 넘는 날씨인데도 두꺼운 갈색 재킷을 입고 있는 니아는 실제보다 더 나이 들어 보였다. 아마 구세군이나 굿윌*에서 고른 옷일 것이다. 우린 둘 다 대부분의 옷을 그곳에서 장만했는데, 난 필요에 의해서였고 그녀는 선택에 의해서였다. 그녀의 얼굴은 일주일 전 마지막으로 봤을 때보다 수척해 보였다. 그녀는 불편해 보이는 날카로운 각도로 등을 굽힌 채 앉아 있었다.

나는 길 건너 카페의 덜컥대는 야외 테이블에 앉아 오전 내내

_____

* 미국의 자선단체에서 운영하는 중고품 상점.

그녀를 바라보았다. 그녀는 계속 컴퓨터 화면을 쳐다보고 있었다. 드디어 그녀가 책상에서 일어나 맞은편의 여자에게 가더니 서로 몇 마디 말을 주고받았다. 그러고는 거리로 어슬렁어슬렁 걸어나왔고, 재킷 주머니에서 담배 한 대를 꺼내 물고 입가에 두 손을 모아 담뱃불을 붙였다. 나는 그녀가 담배를 피우는 줄 미처 알지 못했다. 그도 그럴 것이 그녀는 내가 알지 못하도록 몰래 담배를 피웠을 터였다.

커피를 다 마신 나는 북적거리는 거리를 건너갔다. 나는 아직도 우리의 만남이 우연처럼 보이길 바라고 있었다.

"안녕, 니아." 내가 말했다. 그러자 니아가 고개를 들어 나를 보았다.

"안녕." 그녀가 무심하게 자신의 납작한 가슴을 쓸어내리며 말했다.

그녀는 날 기다린 듯했다. 그녀가 손바닥 한쪽을 펼쳐 침을 튀 뱉은 다음 담배를 침에 문질러 끄고는 젖은 꽁초를 재킷 주머니에 넣었다.

"내 이메일을 받았나보네." 그녀가 말했다.

"그러니까 추수감사절 여행을 갔다가 이 일에 인생을 바치는 게 유일한 바람이 된 거야?" 내가 물었다.

그녀는 사무실을 돌아보고는 한숨을 푹 쉬었다. 책상 서랍 하나를 열어두고 나왔는데 그걸 닫으러 돌아가야 될지 거기 서서 나랑 이야기를 나눠야 할지 갈등하는 것처럼 보였다.

"잘 지냈어?"내가 물었다.

그녀는 얼굴을 돌렸고, 나는 그녀의 시선을 따라 길 건너 카페 앞 주차요금 정산기에 묶인 채 자고 있는 폭스테리어를 보았다. 흰 바탕에 검은 무늬가 있는 개였다. 아니, 나는 적어도 니아가 그 개를 보고 있다고 생각하려 했다.

한번은 둘이 야밤에 수다를 떨다가 내가 열다섯 살이 되던 여름에 어떻게 부모님을 설득해 임시 면허증을 얻게 됐는지 얘기한 적이 있었다. 아빠는 주행거리 30만 킬로미터를 넘긴 오래된 스테이션왜건을 한 대 사서 내게 운전을 가르쳐줬다.

어느 일요일 오후 나는 퇴비의 도시*에 널리고 널린 사탕수수밭 옆의 도로를 운전하고 있었다. 아빠는 조수석에, 엄마는 뒷좌석에 앉았다. 용수로를 따라 죽 늘어선 샷건 주택**들에 가까워지고 있었는데 난데없이 암갈색 핏불테리어 한 마리가 불쑥 튀어나오더니 차 앞으로 뛰어들었다. 차에 에어컨이 없어서 차창을 내려둔 상태였다.

---

* 벨글레이드 지역의 별칭.
** 좁은 직사각형 모양의 가정집. 미국 남북전쟁 이후 남부 지역에 많이 지어졌다.

개를 쳤을 때 쿵 하는 소리가 났다. 차의 앞바퀴와 뒷바퀴가 그것의 위를 구르면서, 길게 끼깅 하는 소리와 구슬픈 신음소리가 뒤따랐다. 나는 멈춰서 사이드미러로 밖을 내다보았다. 개의 몸뚱이는 미동이 없었고 으스러진 듯했지만 피는 보이지 않았다. 아마 털에 가려 안 보이는 것 같았다. 트레일러하우스 주차 구역에 살던 이웃 몇몇이 그런 개를 키웠던 터라 난 그 개가 핏불테리어라는 걸 알았다. 여름 캠프에 다니던 남자애 두 명이 사탕수수밭에서 자기네 핏불테리어들끼리 싸움을 붙인 적이 있었다. 용기가 없었던 나는 그 싸움을 보러 가지 않았지만 다른 여자애들은 가서 내기도 걸었다.

아버지는 놀라서 어찌할 줄 몰라하며 내게 액셀을 밟으라고 했다.

"여기다 그냥 버리고 갈 순 없어." 내가 말했다.

"죽은 개로 뭘 어쩌려고?" 엄마가 물었다.

내가 주저하느라 차는 멈춰 서 있었다. 아빠가 차 밖으로 나가 운전석으로 달려왔다. 나는 조수석으로 넘어가며 울기 시작했고 아빠는 재빨리 차를 출발시켰다.

"동물병원에 데려가도 되잖아." 내가 말했다.

"그만 바보같이 굴어." 엄마가 대꾸했다. "네가 그럴 돈이 있어? 그리고 저 개가 운이 좋더라도 어차피 금방 죽을 텐데. 그리고 개 주인이 우릴 찾아내서 뭔 짓을 할지 누가 알아? 저 개 때문에 우리가 죽어도 누가 우릴 위해 울어줄 것 같아?"

어느 날 밤 니아에게 이런 이야기를 한 게 떠올랐다. 개를 보면, 어떤 개를 보든, 그날이 꼭 떠오른다고. 아니면 부모님이 빠르게 함께 결정을 내릴 때면 죽음이 꼭 떠오른다고. 바로 이것이 내가 개강 전 개가 죽을 때 핸들을 잡고 있던 그 손, 오른손 손목 안쪽에 작은 갈색의 살아 있는 핏불테리어를 타투로 새긴 이유라고. 니아는 타투를 내려다보더니 손을 뻗어 나의 타투를 부드럽게 쓸어내렸다.

"와서 나랑 커피 한잔해." 그녀가 말했다. "넌 이미 마셨지만."

"너 내가 저기 앉아 있는 거 봤는데 안 나온 거야?"

"네가 날 보러 왔잖아." 그녀는 사무실의 열어놓은 서랍과 맞은편 여자를 잠깐 뒤돌아보았고 그 여자도 우리를 쳐다보고 있었다. 여자는 우리 엄마 정도는 아니었지만 나이가 좀 있어 보였다. 빨간 민소매 니트를 입고 흰색 실 가닥을 섞어 양 갈래로 크게 땋은 콘로즈 스타일* 머리를 하고 있었다. 게다가 손톱도 새빨갛게 칠해놓아서 이런 일을 하는 사람치고 과하게 화려해 보였

---

* 머리 다발을 여러 갈래로 땋은 머리 모양의 일종으로, 땋은 머리 가닥의 중간과 끝을 구슬 등으로 장식하여 옥수수 알갱이를 꿰어넣은 듯 보이는 것이 특징이다.

다. 니아는 집게손가락을 들어 나를 가리키더니 곧이어 건너편 카페를 가리켰다. 그 여자는 알겠다는 뜻으로 고개를 끄덕였다.

나는 길을 건너며 마치 보호자처럼, 자그마한 어린아이의 손을 잡는 것처럼 니아의 손을 잡고 싶었다. 그녀가 나보다 훨씬 앞질러 걸어가지 않았다면 정말 그랬을지도 몰랐다. 잠든 폭스테리어 앞을 지나갈 때 우리 중 누구도 발걸음을 멈추지 않았다.

나는 그녀를 따라 카페 안쪽의 화장실 근처 테이블로 갔다. 그 자리는 바깥보다 선선했지만 점심시간이라 손님이 하나둘씩 모여들고 있는 다른 쪽 테이블보다는 훨씬 어두웠다. 우리에게 다가온 종업원이 좀전에 왔던 나를 알아보았다. 그럼에도 그는 우리에게 파니니나 샌드위치, 디저트 등을 계속 권했고 우리가 핫초코 두 잔만 시키자 짜증이 난 듯했다.

거기에 앉아 있으니 우리가 함께하는 시간이 무한해서 둘 다 영원히 핫초코를 홀짝일 수 있을 것만 같았다. 하지만 니아가 예전에 할말을 찾아내고 싶을 때 하던 버릇 그대로 볼을 벅벅 비벼대자 나는 그러다 뼈가 드러나는 것은 아닌지 걱정스러웠다.

"이번 여행은 정말 끔찍했어. 루스." 그녀가 불쑥 말을 꺼냈다. "여행 자체가 끔찍했던 게 아니라. 환경이 그랬어."

"어떻게?" 내가 물었다.

"우리가 수강 철회했던 그 수업 기억나? 종이를 내려다보지 않고 그림 그리는 걸 가르쳐주던 수업 말이야."

'블라인드 컨투어 드로잉'은 우리가 같이 들어보려 했던 유일한 수업이었다. 결국 둘 다 아무도 못 사귀고 끝나긴 했지만 우리는 각자 친구를 만들어보려고 노력했었다. 심지어 1학년 필수 세미나 수업도 서로 다른 걸 골랐다. 니아는 랭보, 나는 타이노족* 신화 세미나였다.

"이번 봉사활동 여행은 모든 게 블라인드 컨투어를 하는 기분이었어." 그녀가 계속 볼을 문지르면서 말했다. "성폭력 재활 클리닉에선 뭘 본 건지도 모르겠어."

"힘들었겠다." 난 손을 뻗어 니아의 얼굴에서 그녀의 손을 떼어냈다. 그녀는 내 시선을 피하며 어쩔 줄 모르겠는 듯 두 손을 내려다보다가 허리를 좀더 곧게 펴고 손을 깔고 앉았다.

"못 믿을 거야. 내가 본 온갖 것들을. 강간범들에게 혀가 물어뜯긴 여자들도 있었어." 그녀가 말했다.

그녀는 거기서 일주일의 대부분을 십대 여자아이들과 보냈다. 우리가 마시는 컵 주둥이만한 구멍이 몸에 생긴 열세 살, 열네 살 정도의 어린 여자애들도 있었고, 매독 상처가 다리까지 내려온 여자아이들도 있었다. 불빛이 으슥한 길모퉁이에서 일하다

---

* 카리브해 지역의 원주민 부족.

손님들한테 집단강간을 당한 여자아이들도 만났다. 또 섹스와 음식을 교환해준다는 말에 국제구호 활동가들이 벌인 난교 파티에 갔다가 섹스와 음식의 비율은 그녀들이 정할 수 없다는 걸 알게 된 여자애들도 있었다.

이제 시선을 피하게 된 쪽은 나였다. 나는 우리 앞 테이블에 놓인 컵도 쳐다볼 수 없었다.

"네가 왜 여행을 안 가고 싶어했는지 이제 알겠어." 그녀가 말했다.

하지만 그녀의 말이 전부 다 맞는 건 아니었다. 내가 그녀와 같이 가고 싶지 않아했던 이유는 단순하면서도 복잡했다. 무엇보다 비행기표는 본인 부담이었는데 난 돈이 없었다. 니아의 비행기표는 그녀의 아버지가 내주었다. 그녀는 내 비행기표도 아버지에게 부탁하겠다고 제안했지만 그렇게 하기에는 내 자존심이 허락하질 않았다. 그리고 맞다. 나는 처음 가는 아이티 여행에서 그녀가 이야기하고 있는 그런 것들은 조금도 보고 싶지 않았다. 내가 아이티에서 처음으로 보고 싶은 건 아이티의 해변, 산, 성채, 폭포, 성당, 박물관이었다. 내가 르베 같은 단체들이 돕는 그런 피해 여성 중 하나가 아니어서 다행이라는 생각이 계속 드는 것도 싫었다. 애초에 단체의 도움이 필요하다는 사실이 싫었다.

니아는 희망적인 것도 봤다. 상담, 심리치료, 명상은 물론 스토리텔링이나 노래로 그 여자아이들을 위로하는 나이가 지긋한 아이티 여성들이 있었다. 호신술을 가르쳐주러 온 여자들도 있었다. 크리올어를 몰랐던 니아는 대체로 여자아이들을 껴안아주면서 르베 아이티 지부 여성들이 가르쳐준 문장—음 파 장 블리예 누—으로 그 아이들을 잊지 않겠다고 약속했다.

그녀는 마이애미로 돌아와 캠퍼스에서 몇 킬로미터 떨어진 타투 시술소에서 그 서약의 징표를 가슴에 새겼다. 내가 손목에 핏불테리어 타투를 새긴 그 가게였다. 그녀가 말하길 심장 언저리 가슴뼈에 타투를 새겼다고 했다. 나는 어떤 타투냐고 물어보기가 두려웠다. 그러나 이내 그럴 필요가 없어졌다.

그녀가 이야기하기를, 어느 날 아침 그녀가 묵던 성폭력 재활센터에서 자다가 눈을 떴는데 열린 창문 사이로 물을 가득 채운 투명한 비밀봉지 두 개가 보였다고 한다. 거주자들이 파리를 쫓으려고 창문에 걸어둔 것이었다. 파리가 그 수백 개의 눈으로—사람들이 믿는 바에 따르면 그렇다—물이 든 비닐봉지에 비친, 괴기스럽게 비틀린 채 커다랗게 확대된 자기 모습을 보고 도망간다고 했다.

"그걸 어떻게 가슴에 타투로 새겼어?" 내가 물었다.

"네가 손목에 개를 타투로 새긴 거랑 똑같은 방식으로 했지."

그녀가 말했다. "그런데 실력이 떨어지는 사람이 해줘서 물 봉지가 아니라 열기구 두 개처럼 보여."

"봐도 돼?" 내가 물었다.

"안 돼." 그녀가 말했다. "보여주기 위한 게 아니라서. 개인적인 거야."

그녀는 이렇게 말하면서도 미소를 띠었다. 결국 언젠가 보여줄지도 모른다는 뜻이었다.

"저기서 어떤 일을 해?" 나는 길 건너에 있는 그녀의 책상 쪽을 가리키며 물었다.

"정식 직원은 아니야." 그녀가 말했다. "직원 명부에 내 이름이 없지. 그들은 사람을 고용할 돈이 없거든. 그들이 — '그들'이라고 해봤자 조제트가 거의 다지만 — 조제트가 나한테 보조금이나 기부금 요청 이메일과 편지 작성을 시켜."

"그럼 이제 아버지 집으로 들어가는 거야?" 내가 물었다.

"지금은 조제트랑 같이 지내는데 엄마가 도와주실 거야." 그녀가 말했다.

"그럼 어머니는 네가 지금 하는 일이 괜찮으시대?"

"엄마는 내가 일 년 정도 쉬는 것도 필요하다고 생각하는데, 아빠는 나보고 바로 공부를 시작하라고 하지."

이 얘깃거리가 지겨워진 게 역력해 보이는 그녀가 다시 입을 열었다. "이제 일하러 가야겠어."

그녀는 테이블에서 일어나 출입문 쪽으로 걸어갔다. 나도 그녀를 따라갈 수밖에 없었다. 문가에 다다르자 나는 그녀가 앞장서기 전에 슬쩍 그녀 옆으로 가서 그녀의 손을 부드럽게 쓰다듬었다.

카페를 나오니 주차요금 정산기에 묶여 있던 폭스테리어는 보이지 않았다. 개가 있던 자리에 선 니아가 말했다. "우리 부모님은 이런 걸 쓸데없다고 하던데, 그래도 루스. 이 세상엔 너무 많은 고통과 수난이 있어."

길 건너 레코드가게에서 터져나오던 음악의 장르가 바뀌어 있었다. 지금은 스피커에서 크리올어 성가가 요란하게 흘러나오고 있었다.

"너 보러 또 와도 돼?" 내가 물었다.

"당연하지." 그녀가 말했다. 그러고는 곧장 길을 건너기 시작했다.

그녀가 길 중간쯤 이르렀을 때 차 한 대가 끼익하고 멈추면서 경적을 거세게 울려댔다. 그녀가 너무 천천히 걸어갔기 때문이었다. 차창 밖으로 머리를 내밀고 욕지거리를 퍼붓는 남자가 이상한 꿈속에 등장한 유령인 양 넋 놓고 바라보던 그녀는 내가 서 있는 주차요금 정산기 쪽으로 돌아왔다. 그녀는 내게 몸을 기대며 지금 내가 느끼는 것과 똑같은 강렬한 슬픔을 담아 나를 바라보았다. 나는 그녀의 부주의함을 나무라며 소리치고 싶은 마음과 그녀의 무사함을 기뻐하며 안아주고 싶은 마음이 동시에 들었다.

그녀가 몸을 돌려 내 위에 있는 무언가에 손을 뻗으려는 듯 두 팔을 들어올렸을 때 나는 그녀가 이제 가려는 줄 알았다. 그녀는 떨리는 두 손을 내 등에 얹었다. 그녀에게서 초콜릿과 담배 냄새가 났다. 그녀는 몸을 기울여 내 목에 얼굴을 묻고 날 껴안았다. 자신이 느끼는 것, 그동안 느꼈던 것 모두를 내 안에 쥐어짜내는 것 같았다. 나도 최대한 오래 그녀와의 연결을 유지하려 노력하며 그녀의 등을 꼬옥 움켜잡고 끌어안았다. 그러자 그녀는 손바닥을 내 가슴에 지긋이 대더니 날 밀어냈다.

갑자기 세상이 눈에 다시 들어왔다. 자동차들, 우리가 계산하지 않은 계산서를 들고 옆에 서 있는 종업원도.

"내가 낼게." 내가 그녀와 종업원에게 말했다.

성적장학금과 근로장학금을 받는데도 불구하고 매주 부모님이 부쳐주는 100달러의 일부를 떼어 음룟값을 냈다. 니아는 길을 건너 르베 사무실로 들어가 자기 책상 앞에 앉았다. 의자를 돌려 거리를 등지고 앉더니 조제트와 이야기를 하기 시작했다. 조제트는 니아가 한 말에 미소를 지었지만 니아의 얼굴은 보이질 않아 니아도 웃고 있는지 아닌지 알 수 없었다. 둘은 간단히 이야기를 마치고는 각자 자기 이메일을 확인하고 전화를 걸었다. 오전 대부분을 보냈던 그 덜커덩거리는 테이블에 자리가 났기에 나는 카페 야외 보도블록에 있는 그 자리로 다시 돌아갔다. 니아가 내 쪽을 바라봐주기를 기다리고 기다렸지만 그녀는 돌아보지 않았다. 내가 일어서서 자리를 떴을 때도.

그날 밤, 애셔 박사는 니아의 짐을 챙기러 우리 방으로 왔다. 그도 니아를 보러 다녀왔으리라는 생각이 들었다. 니아는 르베에서 일하는 게 자신에게 최선의 길이라고 그를 설득했을 것이었다.

"니아는 괜찮아 보였어요." 내가 방안의 내 자리에서 말했다. 그는 분주하게 돌아다니며 자신이 가져온 큼지막한 더플백에 그녀의 옷가지와 책을 챙기고 있었다. 그가 뭘 챙기고 뭘 놔두고 갈지는 분간이 되지 않았지만 나는 그가 하려는 일을 방해하고 싶지 않았다.

"괜찮아 보이더군요." 하던 일을 멈춘 그가 니아의 샛노란 이불을 두 손으로 스윽 만져보고는, 그 자리에 두었다.

나는 그에게 말하고 싶었다. 니아가 아이티에 가기 전 그녀의 초대로 캠퍼스 밖에 있는 그의 아파트에서 함께 저녁식사를 했던 그 금요일 밤이 정말 즐거웠다고. 그에게 말하고 싶었다. 손으로 스윽 만져본 거실의 황갈색 가죽소파의 앉는 자리와 등받이 쿠션이 내 피부보다도 더 보드라웠다고. 그에게 말하고 싶었다. 바닥부터 천장까지 메운 책장은 벽지처럼 보였고 나는 책등을 하나씩 만져보며 책 제목을 머릿속에 새겨넣었다고. 그에게 말하고 싶었다. 그가 니아를 시켜 내게 보여주라고 했던, 침실과 손님방에 있던 예술작품과 그림들 대부분을 이해할 수 없었지만, 물감이 쏟아진 것 같고 소용돌이치는 아이스크림 같고 심지어 실수로 만들어진 것처럼 보이는 그 작품들이 나는 마음에 들었다고. 집안 집무실에 있던 나무와 청동 아프리카 가면도 좋았고 욕실과 주방에 걸려 있던 흑백사진과 컬러사진도 좋았고, 세계 곳곳에서 찍은 석양과 재래시장 사진들이 특히나 좋았다는 걸 말해주고 싶었다.

우리가 그의 집에 도착했을 때는 이미 염소 로티*와 옥수수 프가 요리되어 있었다. 그는 니아와 나에게 샐러드를 만들어달라고 부탁했다. 우리가 냉장고에서 재료를 하나씩 꺼내고 있는데 니아가 그에게 요새 랭보를 읽기 시작했다는 말을 꺼냈다.

---

* 트리니다드 토바고 전통 음식. 전병의 일종인 로티에 염소 고기와 카레를 싸서 먹는다.

"역시 내 딸이야." 그가 무심코 말했다. 마치 니아의 삶에서 그녀가 특별히 관심 가지고 발견한 것들을 내내 들어온 사람처럼.

"지금까지 뭐가 제일 흥미로웠니?" 그가 물었다.

"지금은 『일뤼미나시옹』에 빠져 있어요." 그녀가 말했다.

"난 개인적으로 보들레르파란다." 그가 말했다. 그러고는 둘 다 야채 탈수기를 돌리고 있는 나를 쳐다보더니 내가 지나치게 소외되는 기분을 느끼기 전에 어떤 드레싱이 가장 어울릴지와 같은 것으로 화제를 돌렸다.

"잘 지내요, 루시." 애셔 박사가 니아의 물건이 담긴 더플백을 들고 방을 나서며 말했다.

"네." 내가 말했다.

"종종 봐요." 그가 덧붙였다.

그날 밤, 잠이 들려고 하던 차에 방문이 끽 하고 열리는 소리가 들렸다. 누가 침입한 건 아닐까 놀란 나는 침대에서 몸을 일으켜 앉았다. 니아였다. 그녀는 복도에서 흘러들어오는 빛의 후광을 받으며 문가에 서 있었다. 옷은 그날 오전에 입은 것과 똑같았다.

그녀는 문을 닫고 어둠 속에서 자신의 침대로 걸어갔다. 뒤로 가방을 끄는 소리가 들렸다. 그녀가 책상 램프를 켰고 나는 그

빛에 억지로 적응하느라 두 눈을 깜박였다.

내가 말했다. "니아."

그녀가 말했다. "안녕."

"여기서 뭐해?"

"여기 있으려고." 그녀가 말했다. 그 사실이 딱히 반갑지는 않은 목소리였다.

그녀는 자기 서랍장으로 걸어가 샤워용품 가방을 챙기고 첫번째 서랍에서 수건과 평소에 입고 자던 커다란 흰색 티셔츠 하나를 꺼냈다.

"마음이 바뀐 거야?" 내가 물었다.

"응." 그녀가 말했다.

나는 그녀가 돌아오도록 설득한 게 나인지 아버지인지 궁금했다.

"조제트가 나보고 이번 학기를 마치지 않으면 받아주지 않겠대." 그녀가 말했다.

아마 그녀의 아버지가 조제트에게 말한 듯했다.

"그래도 자원봉사는 계속할 거야." 그녀는 이 말을 하고 방을 나섰다.

그녀는 샤워실에서 평소보다 오래 있는 것 같았다. 나는 그녀가 복도에서 움직이는 소리에 촉각을 곤두세우며 그녀가 돌아오기까지 방과 샤워실, 그리고 주방을 오고가는 그녀의 발소리를 듣고 있었다. 돌아온 그녀는 헐렁한 티셔츠를 입고 있었다. 그녀는 아무 말 없이 샤워용품 가방과 옷과 수건을 자신의 서랍장에 올려두었다. 그러고는 책상 램프를 끄고 침대에 누웠다.

"네가 돌아오니까 좋다." 나는 그녀가 너무 빨리 잠들지 않길 바라며 말했다.

"내가 사람들 얘기에 너무 쉽게 마음이 흔들리나봐." 그녀가 말했다. 목소리가 이미 어둠 속으로 묻혀들고 있었다.

"무슨 말이야?" 내가 물었다. 그녀의 아버지가 그녀에게 학교로 돌아오라고 설득했다는 말처럼 들렸다.

"내가 듣거나 보거나 목격한 이야기에, 특히 비극적인 이야기에 마음이 너무 쉽게 흔들려." 그녀가 말했다. "이게 내 인생 이야기가 되려나봐. 다른 사람들의 이야기에 쉽게 흔들리는 애가 되려나봐."

"난 네가 다른 사람들을 돕는 애가 될 거라고 생각해." 내가 말했다. "테레사 수녀 같은 여자."

"테레사 수녀는 리츠칼튼호텔 같은 곳에서 바닥에 누더기를 깔고 자기도 했대." 그녀가 말했다.

"그러곤 밖에 나와 세상을 구하고자 했지." 내가 말했다.

"그럼 넌 어떤 애인거야?" 그녀가 물었다.

이 질문에는 오래 생각할 필요가 없었다. 나는 이미 알고 있었다. 나는 항상 안전한 피난처, 안정감을 찾으려고 하는 여자애―여성―이다. 나는 가지고 있는 전부를, 내 인생까지도 한순간에 쉽게 잃을 수 있다는 사실을 잊지 않을 것이다. 하지만 그녀에게는 그렇게 말하지 않았다. 대신 그녀가 언제나 기댈 수 있는 친구, 르베 여행도 함께 갈 수 있는 그런 친구가 될 거라고 말했다.

그녀는 아무 말이 없었다. 그리고 나는 그녀가 이미 잠들었다는 걸 깨달았다. 가볍게 코고는 소리로 그녀가 깊은 잠에 빠졌다는 걸 알 수 있었다. 가끔은 그 소리가 성가시기도 했지만 다시 듣게 되어 좋았다.

그 코고는 소리가 정점에 달하고 화물기차 정도는 되어야 그녀를 깨울 수 있을 거라는 생각이 들었을 때, 나는 책상 램프를 켜고 그녀 쪽으로 걸어갔다. 그녀는 침대에 등을 붙인 자세로 자고 있었다. 그래서 코를 골았을 것이었다. 그녀가 입고 있는 티셔츠가 너무 크고 헐렁해서 그녀의 피부를 건드리지 않고 네크라인을 살짝 내릴 수 있었다.

나는 옷을 그녀의 작은 가슴 쪽으로 잡아당겼다. 그리고 거기에 그것이 있었다. 그녀의 가슴뼈에 동전만한 크기의, 바구니가 달리지 않은 열기구 두 개가 있었다. 풍선 하나는 짙은 파랑색,

또하나는 핏빛 빨강색. 아이티 국기의 두 가지 색이었다. 원래 바구니가 있어야 할 풍선 아랫부분에는 빨간 잉크로 적은 필기체 문장이 있었다. **주 에 엉 오트르**. 이건 그녀가 아이티로 떠나기 전에 쓴 학교 과제의 주제였다. 랭보의 "나는 타자이다."

니아가 아이티에 가 있는 추수감사절 기간 동안 우리 부모님은 미시시피 이곳저곳에서 새로운 추수 작업을 하느라 시간을 충분히 낼 수 없었다. 나는 캠퍼스에 남아 학생식당에서 외국인 학생들과 추수감사절 식사를 했다. 그리고 1학년 세미나 수업에서 다룰 타이노족에 대한 글을 읽었다.

타이노족은 자신들이 원래 동굴 사람들이어서 햇빛에 닿으면 돌로 변한다고 믿었다. 그들은 빛으로 발을 내디뎠을 때의 위험을 알고 있었지만, 새로운 세상을 만들기 위해 어찌됐건 그렇게 했다. 그 세상은 계속 이어졌다. 우리가 여기 있는 걸 보면 알 수 있다. 다시 반쯤 잠든 상태로 니아와 수다를 떨게 되면 이 이야기를 해줘야겠다고 생각했다. 그녀가 여전히 잠들어 있는 동안, 나는 내 오른 손목을 그녀의 가슴팍에 내려놓고 잠시 그렇게 있었다. 잠깐, 아주 잠깐 동안, 나의 고통과 그녀의 고통이 서로를 끌어안았다.

해가 뜨네,
해가 지네

1

그녀의 손자가 세례를 받는 날 그것이 다시 찾아온다. 잃어버린 순간, 텅 빈 순간, 카롤이 어찌 가늠해야 할지 모르는 순간이. 어느 순간 그녀는 거기에 있다가도, 그다음엔 없다. 그녀는 자신이 정확히 어디에 있는지 알고 있다가도, 그다음엔 모른다. 그녀보다 나이가 많은 교회 친구들이 수술중에 비슷한 일을 겪었다며 이야기해준다. 얼굴에 산소마스크를 쓰고 십부터 거꾸로 숫자를 세다가 일을 세기도 전에 잠에서 깨어났는데 몇 시간이 흘러 있다고, 며칠이 지나 있던 적도 있다고. 그녀도 똑같은 일을 겪는 것 같다.

드레드락 머리를 한 고등학교 수학 교사인 사위 제임스가 그녀의 손자 주드를 안고 있다. 카롤이 안을 때마다 그녀의 턱을 만지려고 하는 아이의 기다란 손가락, 1센트 동전 색깔의 피부, 지구본 모양의 두상은 딸을 닮았다. 주드는 활기차게 잘 웃는 아이다. 온몸을 흔들며 웃는다. 카롤은 몇 시간이고 주드를 바라보면서, 그 토실토실한 얼굴이 그 나이 무렵의 자기 아이들에 대한 기억을 떠오르게 해주길 바란다. 빠르게 사라지는 기억을.

그녀의 딸 잔은 주드가 태어나고 일곱 달이 지나 세례식 날이 되었는데도 여전히 몸무게가 27킬로그램 가까이 더 나간다. 잔은 이 사실이—그리고 아무도 모르는 또다른 무언가가—너무 끔찍해서 거의 매일 침대에서 살다시피 한다. 딸이 정신적으로 불안정한 상태라 주드의 또다른 할머니 그레이스가 함께 손자를 돌보자고 할 때마다 카롤은 반가워했다. 손자에게 아직 기억나는 동요를 불러주거나 까꿍 놀이를 하며 놀아주는 게 좋았다. 그녀의 자식들에게 해주었던 솔레 르베, 솔레 쿠셰—해가 뜨네, 해가 지네—놀이도 그중 하나였다. 그녀는 손자의 놀이울 위로 검은색 천을 드리우며 해가 지네, 라고 외치고 천을 벗기면서 해가 뜨네, 라고 외쳐준다. 손자는 할머니가 헷갈려서 순서를 거꾸로 해도 그다지 신경쓰지 않는 것 같다. 어떻게 하든 아기는 차이를 알지 못한다.

가끔 카롤은 그레이스가 누군지 깜빡 잊고 그녀를 아기 보모로 착각한다. 하지만 그레이스가 자기 아들보다 잔이 부족하다며 둘의 결혼을 반대했던 건 기억한다. 엄마로서 실패한 잔의 모습이 과거의 반대를 정당화해주는 것 같다.

카롤이 생각하기에 잔은 진정한 비극이 무엇인지 결코 모른다. 무자비한 독재자가 통치하는 나라에서 자라면서, 카롤은 데님 제복을 입은 독재자의 심복들이 이웃들을 집에서 끌고 나가는 걸 봤다. 친척 여자 중 한 명은 남편이 체포될 때 그 앞을 가로막았다는 이유로 두들겨맞아 숨이 끊어질 뻔했다. 아버지는 카롤이 열두 살 때 쿠바로 떠나 다시는 돌아오지 않았다. 어머니의 유일한 생존 수단은 그녀에게 줄 품삯도 겨우 마련하는 사람들의 집을 청소해주는 일이었다.

카롤과 가장 친한 친구는 바로 옆에 살았다. 양철 지붕을 얹은 집의 방 두 칸을 집주인이 각각 세를 놓았다. 밤이 되어 엄마가 잠이 들면, 친구 엄마가 친구에게 빽빽거리는 소리가 수시로 들려왔다. 그녀는 자신의 딸이 살아 있다는 사실 자체가 싫은 듯했다. 카롤은 미국에서 태어난 자신의 아이들이 이런 일을 겪지 않게 하려 대단히 노력했고, 그 결과 아이들은 이제 어떤 슬픔도 이겨낼 수 없는 사람이 되었다. 목사가 된 아들 폴은 그나마 나았지만 어린 시절 그 친구의 이름을 붙여준 딸 잔이 그랬다. 딸의 정신은 너무도 유약해 무엇이든 그녀를 뒤흔들어놓을 수 있었다. 잔은 자신이 정말 우연한 행운 속에서 살고 있다는 걸 모르는 걸까? 불행하고, 배고프고, 쉬지 않고 일해도 얻는 건 거의 없고, 독재자에서 허리케인과 지진에 이르기까지 온갖 풍파로 인한 고통이 일상인 이 세상에서 자신은 예외임을 모르는 걸까?

손자의 세례식 날 아침, 카롤은 입어본 기억이 없는 긴 소매의 흰색 레이스 드레스를 입었다. 뒤로 빗어넘겨 단단히 묶어 올린 머리가 조금씩 당겨왔다. 이번주 언젠가 카롤은 잔의 삼층 아파트 테라스에서 딸이 콩팥 모양의 공용 수영장에 발을 담그고 있는 걸 보았다. 그녀는 늦은 오후가 되면 흔치 않은 쨍한 파란색으로 변하고 바람이나 사람이 없어도 잔물결이 이는 수영장 물을 보기 위해서 테라스로 나오곤 했다.

"주드는 세례 안 받을 거야!" 잔이 핸드폰에 대고 소리쳤다. "그건 엄마 일이지, 우리 일이 아니잖아."

"곧 우리 차례예요." 제임스가 말한다. 그의 말에 카롤은 회상에서 깨어난다. 그는 주드한테 말하는 어조로 말하고 있다. 카롤에게 여러 차례 말을 건네고 있던 게 분명하다. 딸은 카롤에게 눈길도 주지 않고 대부분이 카롤의 친구들인 신도들 역시 쳐다보지 않는다. 분명히 제임스가 입혔을 무난한 하얀 롬퍼스*를 입은 주드를 보고 있지도 않다. 잔이 바닥을 응시하는 동안 사람들이 차례로 주드를 품에 안아 달래주고 그 덕에 아이는 교회에서도 얌전하다. 먼저 그레이스, 그리고 카롤의 남편 빅토르, 그다음은 제임스의 여동생이자 아기의 대모 조이, 그다음은 제임스의 가장 친한 친구이자 아기의 대부 마르코스.

카롤은 딸이 아직 어려서 그런 거라고 계속 스스로에게 되뇌인다. 고작 서른두 살이다. 잔은 한때 제임스가 재직중인 학교에서 상담 교사로 일하며 만족스럽게 살던 젊은 여성이었다. (제임스와 잔이 처음 데이트를 하기 시작했을 때 친구들은 이 둘을 제이제이라고 불렀는데, 이제 주드까지 태어나 트리플 제이가 되었다.)

"잔이 애들을 좋아했었는데, 그렇지?" 카롤은 가끔 남편 빅토르에게 묻는다. "자기 아들을 낳기 전까진 그랬지?"

주드의 삼촌 폴이 연단에서 아기의 이름을 부르자 제임스가 그들에게 제단 앞으로 나오라는 몸짓을 한다. 기다란 흰색 사제복 차림의 폴은 연단에서 내려와, 여전히 아빠 품에 안겨 있는 주드의 이마에 향유로 성호를 긋는다. 눈에 흐른 향유가 성가셨던 주드는 울음을 터뜨린다. 폴은 동요하지 않고 주드를 안아든 채 큰 소리로 기도한다. 깜짝 놀란 주드는 잠잠해진다. 기도가

---

* 위아래가 붙은 아기 옷.

끝나자 폴은 주드를 아이 엄마에게 건넨다. 잔은 오일이 묻은 주드의 이마에 입을 맞춘다. 그녀의 두 눈에 눈물이 그렁하다.

카롤은 딸이 이 의식을 조금도 기꺼워하지 않는다는 걸 알고 있지만 그녀는 이런 의식에서 안도감을 느낀다. 그리고 이런 의식을 치러야 손자가 세상의 악—엄마의 관심 부족도 그렇고—으로부터 보호받을 수 있다고 믿는다.

이후 세례식이 끝나고 점심식사를 하러 딸의 아파트로 돌아가서, 카롤은 제임스와 잔이 침실에서 걸어나오는 걸 본다. 주드는 잔의 품에 안겨 있다. 둘은 아기를 무난한 롬퍼스에서 더욱 무난한 소매 없는 원지스*로 갈아입혔다. 잔은 문가에 선 채 아기의 얼굴 위로 턱받이를 올리면서 속삭인다. "해가 지네!" 그리고 턱받이를 내리면서 외친다. "해가 뜨네!"

딸이 아기랑 이 놀이를 하는 걸 보고 있노라니 카롤은 마치 자신이 턱받이를 올렸다 내렸다 움직이는 것만 같다. 바로 이 순간이 아니라 어렴풋한 과거의 어느 한 순간에. 잔은 카롤이 되고 제임스는 한때 말끔하고 호리호리했지만 이젠 언제나 지팡이로 땅을 탁탁 짚어가며 걷는 남편 빅토르가 된 듯하다.

모두 다 잊어버린 건 아니라고, 카롤은 생각한다. 딸은 결국

---

* 위아래가 붙은 아기 옷. 롬퍼스와 달리 다리 부분이 없다.

그녀에게서 몇 가지를 배웠다. 그때 다시 그녀 자신의 익숙한 모든 감각이 시들어가는 느낌이 찾아온다. 앞으로 아무도 알아볼 수 없으면 어떻게 하지? 남편을 잊어버리면? 남편을 사랑하는 것이 어떤 감정인지, 남편처럼 사위도 인내심이 강하다지만 사위에 대한 딸의 사랑이 변하고 있는 것처럼, 세월이 흐르며 정말 많이 바뀌어온 그 감정이 더이상 기억나지 않는다면? 그녀는 한번도 제임스가 잔에게 큰 소리를 내거나 호통치는 걸 본 적이 없었다. 이제 그만 침대에서 나오라고, 아이에게 더 신경을 쓰라고 말하지도 않는다. 그는 카롤과 그의 어머니에게 잔은 그저 시간이 필요한 것뿐이라고 말한다. 하지만 이런 인내심이 과연 얼마나 갈 수 있을까? 방황하는 마음이 점점 사랑이 존재하지 않는 곳으로 향해가는 사람과 어느 누가 얼마나 오래 살 수 있을까?

카롤의 남편은 그녀의 상태가 어디까지 진행됐는지 아는 유일한 사람이었다. 갑자기 돌변하는 그녀의 기분과 완전한 평온 직후에 불쑥 터져나오는 그녀의 분노를 계속 받아내고 있다. 몇 년간 그녀가 증세를 숨기도록 도와주고, 퍼즐 같은 교육용 놀이를 하거나 코코넛오일, 오메가-3 같은 보조식품을 특별한 주스나 차에 타 먹이면서 증세를 완화시키려고 애써왔다. 매번 전원이 켜진 가전제품을 꺼주고 그녀가 오븐이나 냉장고처럼 이상한 장소에 넣어둔 열쇠를 찾아주는 사람도 남편이다. 그녀가 문장을 완성할 수 있게 도와주고, 뭔가를 몇 번이고 반복하고 있으면 쿡쿡 찔러 알려주기도 한다. 하지만 언젠가 그는 이 일에 점차 지쳐갈 것이고 그녀를 집에 내버려둔 채 낯선 이가 그녀를 돌보게 할 것이다.

주드가 태어났을 때 빅토르는 카롤이 손자 돌보는 연습을 할 수 있게 인형 하나를 사주었다. 주드처럼 동그란 얼굴에 머리가 후추 열매처럼 매우 곱슬거리는 갈색 남자 아기 인형이었다. 그녀가 욕조 안에 인형을 담그면 주드의 머리처럼 인형의 머리카락이 두피에 납작하게 붙는다. 잠자기 전에 인형을 목욕시키고 옷을 입히고 나면 그녀는 마음이 편안해져 더 깊이 잠든다. 하지만 이것도 그녀의 병처럼, 그녀와 남편 둘만의 비밀이다. 그리 오래 간직할 수 없는 비밀.

2

어떻게 하면 좋은 엄마가 되는 거지? 잔은 그게 누구든 아무나 붙잡고 묻고 싶다. 엄마가 치매에 걸리기 전에, 지금 앓고 있는 병이 무엇이건 그게 시작되기 전에 엄마에게 물어볼 용기가 있었더라면 좋았을 텐데. 엄마는 검사와 정확한 진단을 받기를 거부하고 아빠는 그래도 괜찮다고 한다.

"알고 싶지 않은 걸 굳이 알려고 애쓸 필요는 없잖아." 그가 여러 차례 잔에게 말했다.

그녀의 아빠는 세례식 점심식사 자리에서 첫 건배를 올리며 말한다. "오늘 우리를 이 자리에 모이게 해준 주드를 위하여." 그는 크리올어로 말한 다음 영어로 다시 말한다.

제임스가 잔에게 샴페인 잔을 건네고, 주드를 안고 있던 그녀는 샴페인 잔의 균형을 잡느라 애를 먹는다. 엄마가 자신의 잔을 내려놓고 다가와 그녀의 품에 안긴 주드를 데려간다.

"내가 주드랑 건배하마." 카롤이 말한다. 잔은 엄마가 아기의 몸이 정말 샴페인 잔이라고 생각할까봐 걱정스럽다. 요즘은 엄마가 아이를 안거나 엄마와 아기를 둘만 내버려두는 게 불안하지만, 지금은 그녀와 제임스가 곁에 있고 주드가 설치거나 칭얼거리는 것도 아니니 엄마를 말리진 않는다.

건배 후 제임스는 잔과 그녀의 엄마에게 음식을 더 가져다줄지 묻는다. 카롤은 고개를 끄덕이곤 금세 마음을 바꾼다. "아니 나중에." 그녀가 말한다. 주드는 지금 그녀를 빤히 올려다본다. 아기의 두 눈이 그녀의 주름지고 지쳐 보이는 얼굴에 고정되어 있다.

카롤은 요즘 많이 먹지 않는다. 반면 잔은 어떤 깊고 불쾌한 구멍이, 항상 채워지길 열망하는 심연이 몸에 파고든 것만 같다. 제임스는 잔이 며칠 밤낮을 침대에 누워 있어도 일어나라고 말하지 않고 그 어떤 것도 강요하지 않는다. 그런 건 그의 성격과 맞지 않았다. 둘이 교제하거나 결혼생활을 하는 동안에도 그는 단 한 번도 뭔가를 강요한 적이 없었다. 그녀에게 말할 때는 항상 제안하거나 권유하는 식이다. 마치 학교에서 가르치는 말썽쟁이 아이들을 참아내는 연습을 계속해온 것처럼. 심지어 학교에서도 그는 폭발한 적이 없다. 하지만 그녀의 엄마는 요새 날카롭게 쏘아붙인다. 쏘아붙이고는 기억이 없는 듯하지만. 그녀는 늘 조용한 여자였다. 확실히 제임스의 어머니보다 친절하다. 제임스의 어머니는 그가 아니었다면 잔이나 카롤과 함께 시간을 보내지 않았을 것이다.

잔은 엄마가 아이티에 남았더라면 더 행복해했을지 자주 궁금해진다. 아마도 아니었을 것이다. 엄마는 종종 잔이 슬퍼할 자격이 없다고 말하곤 했다. 끔찍한 걸 보고 들은 카롤만이 슬퍼할 자격이 있었다. 잔의 아빠는 삶을 바라보는 방식이 달랐다. 잔이 아는 그 누구보다도 아빠는, 그걸 뭐라고 부르건, 기쁨이 주는 즐거움 혹은 즐거움이 주는 기쁨 같은 것에 더 관심을 쏟았다. 마치 삶의 모든 순간을 즐기겠다고 서약한 사람처럼. 그가 값을 지불할 수 있는 가장 멋진 옷을 입고, 가장 좋은 음식을 먹고, 가장 좋아하는 아이티 밴드의 공연에서 춤을 추면서.

잔의 어린 시절 대부분 빅토르는 시내버스를 몰았다. 그리고 나이가 좀 들어서는 택시 운전으로 전향했다. 마이애미국제공항 주차장에 앉아 손님을 기다리며 동료 택시기사들과 아이티 정치에 관한 이야기를 나눴다. 아마 그녀의 엄마도 집 밖에서 일했더라면 정신을 잃어가지 않았을지 모른다. 엄마 인생에서 일이란 교회 위원회와 가족이 전부였다. 그건 빅토르가 이교대 근무를 뛰고 주말에도 또다른 일을 한 덕택에 누릴 수 있었던 사치였다. 카롤도 원했다면 학교 식당의 점심 도우미라든지, 상당수의 교회 친구들처럼 노인들의 말동무나 보모로 일할 수도 있었을 것이다.

잔은 엄마처럼 주부로 남고 싶지 않았지만, 이제 아들과 함께 집에 처박힌 신세가 됐다. 그녀는 아기를 병원에 데려가는 일 외에는 좀처럼 외출하지 않는다. 대개 침대에서 나가는 게 두렵고, 아기를 안는 것조차 두렵다. 아기를 떨어뜨릴까봐, 혹은 너무 꽉 안아서 아기가 질식할까봐 무섭다. 그러고 나면 피로감이 엄습한다. 너무 기진맥진해서 잠드는 것조차 어렵다. 모성이란 그녀를 가둬놓은 흐릿한 비누방울 같다. 그녀는 아이를 두 팔로 안아주고 싶지만 그 기다란 비누방울 속에서 빠져나올 수가 없다. 하지만 참 이상하게도 주드는 순한 아이였다. 집에 데려온 첫날부터 밤에 깨지 않고 잘 잤다. 낮잠도 규칙적으로 잔다. 배앓이도 안 하고 까다롭게 굴지도 않는다. 그냥 가만히 있다.

제임스는 건배사를 올리기로 마음먹는다. 샴페인 잔을 숟가락으로 두드리고 모두를 주목시킨다.

"훌륭한 아내이자 엄마가 되어주고, 또 우리의 인생에 용감하게 주드를 데려다준 제 아내를 위해 건배합니다." 그가 말한다.

그는 왜 그녀가 용감하다고 생각하고 싶은 거지? 어쩌면 그는 스물여섯 시간 동안 산통을 겪다가 끝내 제왕절개를 한 일을 생각하고 있을지도 모른다. 제왕절개로 나온 주드는 목에 탯줄을 돌돌 감고 있었다. 그녀가 자연분만을 끝까지 고집하느라 아기가 죽을 뻔했다고, 의사가 말했다.

임신 기간은 무난했다. 그녀는 산통을 느끼기 시작한 당일까지 평상시의 일정을 소화하며 일했다. 스물다섯 시간이 지나고도 고통은 강렬했고 맥박이 요동쳤으며 욱신거렸지만, 그래도 견딜 만했다. 간호사들이 그녀에게 거듭 말하길 첫째 아이는 극심한 고통을 겪게 하지만 둘째 아이는 수월할 거라고 했다.

엄마는 아이가 제때 태어났으니 그녀는 운이 좋다고, 축복받은 거라고 말했다.

건배사를 마치고 제임스는 잔의 뺨에 키스를 한다.

"맞습니다! 맞습니다!" 그녀의 남동생이 쩌렁쩌렁 사제의 목소리로 말한다.

잔과 남편의 눈이 마주친다. 그녀는 아이 말고도 두 사람을 여전히 연결해줄 무언가, 두 사람 사이에 오가는 새로운 불길이 있기를 바란다. 그녀는 눈물이 터질 것만 같다. 하지만 철딱서니 없다며, 그만 뚱해 있고 인생을 잘 꾸려나가라는 엄마의 호통에 불을 지피고 싶지 않다. 아기가 태어나고 아기의 탄생이 반드시 기쁨으로 다가오는 것은 아니라는 걸 깨닫고도, 엄마의 정신과 더불어 엄마의 사랑까지 사그라들고 있음을 깨닫고도 내내 울지 않았던 그녀는 오늘 교회에서 처음으로 눈물을 흘렸다.

3

주드가 태어나기 일주일 전, 카롤은 아이티 사람들이 티마슈*라고 부르는 오파라카하이알리아 벼룩시장에 갔다. 그곳에서 유칼립투스 잎 조금과 광귤을 샀다. 딸의 첫 산후 목욕을 위한 것이었다. 바느질을 해서 딸이 배에 감을 반도**를 만들어주려고 코

---

* 아이티 크리올어로 '시장'.
** 아이티 크리올어로 '끈' '띠'.

르셋과 흰색 모슬린 천도 몇 단 샀다. 하지만 딸은 제왕절개를 해서 목욕도, 천을 감는 것도 할 수 없었다. 그래서 딸의 배가 예전처럼 돌아가지 않았던 것이었다. 잔의 몸이 불어난 건 사실 카롤과 그레이스가 다려준 회향과 아니스 차를 마시지 않아서였다. 게다가 그녀는 몸의 붓기도 빼주고 우울한 기분도 덜어주는 모유 수유도 거부했다.

잔과 폴이 아기였을 때 카롤 주변에는 도와주는 사람이 없었다. 그녀는 침대에 누워 있는 동안 친척들이 와서 산모와 아이를 돌봐주는 사치를 누려보지 못했다. 남편은 자신이 할 수 있는 최선을 해주었다. 밖에 나가 찻잎을 사서 차도 끓여줬다. 직접 목욕도 시켜줬다. 매일 아침 일하러 나가기 전에 반도를 다시 매도록 도와줬다. 하지만 그가 일하러 나가 있는 동안 그녀는 너무 외로웠고 향수병에 빠져 아이들의 뺨이 마치 그녀가 떠난 조국의 땅 조각인 양 아이들 얼굴에 연신 입을 맞췄다.

그녀는 아이들이 없는 삶을 상상할 수 없었다. 아이들이 없었다면 정처 없이 훨씬 더 방황했을 것이다. 두 아이가 원하는 건 뭐든 주고 싶었다. 그래서 돈이 빠듯해질 때마다, 특히 그녀와 빅토르가 마이애미 리틀아이티에 집을 장만하고 난 뒤에, 아이들이 학교에 가고 남편이 출근하고 나면 다른 사람의 집을 청소했다. 남편이나 아이들은 결코 알지 못했던 사실이었다. 그렇게 몰래 번 수입 덕에 남편은 그녀를 더욱 칭찬했다. 그는 매주 생활비를 주면서 아이들 앞에서 자랑스럽게 말하곤 했다. "너희 마망*은 돈을 알뜰하게 쓰는 법을 알아."

그렇게 청소로 번 돈은 딸이 친구들한테 따돌림당하지 않으려면 꼭 사야 한다고 말했던 물건들—유명 브랜드 신발, 옷, 졸업 기념 반지, 졸업 파티 드레스—을 사는 데 들어갔다. 아들은 다른 것에는 관심 없고 유독 책에만, 그것도 도서관 책에만 관심이 있었다. 구멍난 싸구려 신발도 기분좋게 신고 다니던 아이였다.

그녀는 딸에게 자신이 치른 희생에 대해 이야기했어야 했다. 그랬더라면 지금 딸에게 평생을 우울하게 보낼 순 없다고 말해주기가 더 쉬웠을 것이었다. 카롤이 이 나라에 도착하고 우울한 상태에 빠져 지냈다면 가족들은 어떻게 되었겠는가? 때로는 자신을 괴롭히는 악령은 그것이 뭐든 간에 털어버려야 한다. 행여 살고 싶지 않아지더라도 아이를 위해서, 아이들을 위해서 살아나가기 시작해야만 한다.

---

* 아이티 크리올어로 '엄마'.

4

남편과 엄마가 주드를 데리고 돌아다니고 있다는 걸 잔은 아빠와 단둘이 남은 후에야 알아차렸다.

그녀는 엄마의 상태에 관해 아빠와 한동안 이야기를 나누지 못했다. 이번주 초 엄마가 찾아온 날 어떤 일이 있었는지 아빠와 남편에게 얘기하고 싶지 않았다. 그녀는 아기가 낮잠을 자는 동안 억지로라도 밖에 나가 수영장 옆에 앉아 있었다. 발을 물에 담그자마자 고개를 들어보니 엄마가 테라스에서 그녀를 바라보고 있었다. 엄마는 자신이 어디에 있는지 모르는 사람처럼 당황한 기색이었다. 잔은 제임스와 통화를 하던 중이었다. 그녀는 얼른 전화를 끊고 위층으로 달려갔고, 집에 도착하니 엄마가 문가에 서 있었다. 엄마는 문을 쾅 닫더니 잔의 어깨를 확 잡아채서 문으로 거세게 밀쳤다. 카롤의 몸집이 더 컸다면 잔의 머리통이 박살났을지도 몰랐다.

잔은 계속 말했다. "마망. 마망." 주문을 외우듯, 엄마가 정신이 돌아올 때까지.

"무슨 일이야?" 엄마가 물었다.

잔은 구급차를 부르고 싶었다. 아니면 적어도 아빠한테라도 전화하고 싶었다. 하지만 그녀는 너무 충격을 받은 상태였고 엄마는 남은 하루 동안은 괜찮아 보였다. 잔은 최대한 엄마를 피했고, 엄마가 좋아하는 토크쇼를 보게 내버려두고 절대 주드와 엄마가 단둘이 있게 하지 않았다.

다음날 제임스가 일하러 나간 뒤 엄마가 나타나서 크리올어로 소리치기 시작했다. "넌 그 사악한 것이랑 싸워야 해." 엄마가 고함을 질렀다. "이기적으로 네 생각만 하면서 살지 마. 이제부턴 아이를 위해 살아."

그런 사건들 때문에 잔은 엄마가 두렵기도 하고 걱정되기도 했다. 세례식을 치르기로 동의한 것도 엄마한테 도움이 될까싶어서였다. 어쩌면 엄마가 자신의 뜻을 밀어붙이기 위해 정신 나간 척했는지도 몰랐다.

카롤은 주드를 안은 채 거실 소파에 제임스와 나란히 앉아 있다. 이번주 그 어느 때보다 차분해 보인다. 그녀의 다른 쪽 옆에는 폴이 앉아 있고 세 사람은 주드에 대해서, 혹은 보통의 아이들에 대해서 이야기하는 듯하다. 그러다 제임스의 친구 마르코스가 대화에 끼어들었고, 주드는 마르코스의 커다란 구름처럼 보이는 아프로 머리를 향해 손을 뻗는다.

잔은 남동생이 엄마의 상태가 더 악화되고 있다는 걸 어떻게 눈치채지 못하는지 의아했다. 세례에 대한 이야기를 나누는 동안 그는 한 번도 카롤의 정신 상태에 대해 언급하지 않았다. 엄마를 독실한 사람으로 여기는 데 익숙해져 그런 걸까, 자신의 엄마가 아니라 주님의 "자매"로 보니까? 폴은 결코 현실적인 것에 많은 신경을 쏟지 않았다. 어렸을 적에도 난해한 소설이나 인류학 연구 서적, 유명한 신학자나 성인들의 자서전 같은, 어른들조차 한 번도 들어본 적 없는 책들을 읽으며 대부분의 시간을 보냈다. 고등학교 3학년이 되어 엄마가 다니던 성당에 정식으로 다니기 전부터도 그는 성직자가 되는 걸 염두에 두고 있었다. 그는 항상 이 세계보다 사후 세계에 관심이 더 많았다.

엄마가 폴에게 조금 비켜달라는 손짓을 하더니 주드를 그들 사이 소파에 내려놓는다. 주드는 고개를 이리저리 돌리며 어른들의 얼굴, 특히 제임스의 얼굴을 빤히 쳐다본다.

"요즘 어떻게 지내니?" 잔의 아빠가 묻는다. 그는 잔에게 말을 걸면서도 엄마를 바라보고 있다. 잔이 생전 처음 보는 표정이다. 존경이나 애정이 아니라 불안이나 고통이 깃든 표정.

"잘 지내." 그녀가 말한다. 보통 그 정도 대답이면 그에게 충분했다. 남편과 마찬가지로 아빠도 대개 강요하지 않는다. 하지만 이번엔 달랐다.

"오늘 이 모든 일을 왜 벌인 거냐?" 그녀의 아빠가 대답을 이미 알고 있다는 듯 묻는다. "이 아이도 엄마 때문에 가진 거였니? 엄마는 네 아이를 돌봐줄 수 없으니까. 앞으로 네 스스로 알아서 해야 할 거야."

"당연히 엄마 때문에 아이를 가진 게 아니지." 잔이 말한다.

"그럼 왜 낳은 거냐?" 그가 묻는다. "보아하니 너는 애를 원치 않는 것 같은데."

그녀가 느끼는 이 감정이 무엇이든, 그녀는 그에게 말하고 싶다. 이건 아이를 원치 않는 것에 대한 문제가 아니라고. 이건 해야 할 일을 감당할 수 없는 것에 대한 문제라고. 남편이 도와준다고 해도 그 일은 너무나 방대하고 너무나 연속적이라고. 아빠나 다른 사람에게 설명하기는 어렵지만, 작동되어야 할 무언가, 그러니까 머릿속에서 켜져야 할 전구 같은 것이 작동되지 않은 것이라고. 그녀의 몸이 완전히 바뀌었지만 가끔은 아기를 낳은 적이 없는 듯한 기분이 든다고. 그건 아이를 원하지 않는다거나 아기가 태어나지 않았기를 바라는 게 아니라고. 그건 순전히 그 아기가 진짜 그녀의 아기라는 걸 믿을 수 없어서라고.

"마망은 뭐가 문제인 거야?" 너무도 화제를 돌리고 싶었던 그녀가 질문을 던졌다.

"네 얘기 다 안 끝났다." 그녀의 아빠가 말한다.

"엄만 뭐가 문제야?" 그녀는 다시 물었다.

"엄마는 지금 평소의 엄마가 아니야." 그가 말한다.

"그것보다 더 심한 상태지."

"내가 무슨 말을 해주길 바라니?"

"우린 진실을 알아야지."

"우린," 그가 엄마를 가리키더니 곧이어 자기 자신을 가리켰다. "이미 진실을 알아."

잔은 엄마가 제임스 혹은 마르코스의 말을 듣고 처음엔 조용히 웃다가 이내 큰 소리로 웃는 소리를 듣는다. 그녀는 엄마와 아빠가 의사를 만나 진단을 받고도 말해주지 않은 무언가가 있다는 걸 깨닫는다.

"그게 무슨 말이야?" 그녀가 묻는다.

"조만간 네 엄마를 다른 곳에 보낼 거야." 그가 말한다.

그녀는 비용을 생각하다 엄마만 거처를 옮기게 되진 않을 거라는 데 생각이 이르렀다. 엄마가 방치되거나 학대당지 않을 만큼 괜찮은 곳으로 갈 비용을 마련하려면 아빠는 집을 팔아야 했다. 인생의 상당 부분을 가족에게 바쳐온 엄마를 돌볼 가족이 없는 상황이 아이러니하다는 생각이 들었다.

"내일 당장 그런다는 건 아니지만, 언젠간 엄마를 다른 곳에 보내야 할 거야."

잔은 지금까지 아빠의 얼굴에서 고통을 본 적이 없었다. 찾아보지 않았으니까. 그녀는 다른 사람들의 고통에 대해 생각해본 적이 전혀 없었다. 하지만 이제 아빠의 변화가 보였다. 그의 머

리카락은 더 희끗희끗해지고 목소리는 힘없이 늘어졌다. 잠을
못 잔 탓에 두 눈은 벌겠고 얼굴은 수심으로 그늘져 있었다.

5

카롤과 그녀의 어릴 적 친구인 잔은 방을 나누는 합판에 구멍
을 뚫어 그 구멍을 통해 이야기를 나누곤 했다. 잔은 아침에 동
네 수돗가로 물을 길러 나갈 때면 휘파람을 불어 카롤을 깨웠다.
잔의 휘파람은 피피리 그리, 즉 회색 딱새가 쩍쩍 지저귀는 소리
같았다. 동네 남자아이들은 주변을 날아다니는 회색 딱새를 새
총으로 쏘아 땅에 떨어진 새를 화덕에 구워먹곤 했다.

어느 날 아침, 잔의 휘파람소리가 들리지 않았다. 그리고 카
롤은 그녀를 다시는 볼 수 없었다. 동네 남자애들은 엄마가 딸을
죽인 뒤 어딘가 파묻고 사라진 거라고 말했지만, 아마 잔의 엄마
가 집세를 내지 못해 해가 뜨기 전에 몰래 도망간 것일 터였다.

다음에 그 방에서 살게 된 사람이 빅토르였다. 빅토르의 아버
지는 마이애미로 가는 선박에서 일했고, 동네 사람들은 빅토르
도 언젠가 그곳으로 가게 되리란 걸 알고 있었다. 그의 아버지는
일 년에 두어 차례 옷이 잔뜩 든 여행가방을 가져왔고, 빅토르는

자기 엄마가 필요 없다고 말한 티셔츠나 원피스를 늘 그녀에게 갖다주곤 했다. 얼마 안 돼 빅토르는 합판에 있는 구멍을 발견했고, 그 속에 손가락을 쏙 끼워넣고 카롤을 향해 흔들었다. 그러면 그녀는 그에게 휘파람을 불었다. 동네에 남은 마지막 딱새처럼.

카롤은 빅토르를 만난 순간부터 빅토르가 자신을 돌보게 될 거라는 걸 알았다. 단 한 번도 그녀를 배반하거나 다른 곳으로 보내버리겠다고 위협할 거라 생각하지 않았다. 하지만 지금 여기, 그녀가 모르는 어떤 여자와 그가 음모를 꾸미고 있다. 통통하고 예쁜 여자다. 딱 빅토르가 한때 좋아했던 모습, 빅토르가 그녀를 가장 좋아했을 때의 그녀 모습이다.

남편과 이 여자는 서로 속닥거리고 있다. 둘이 무슨 이야기를 하는 거지? 그리고 왜 그녀는 이 후추알 머리를 한 인형 옆에 앉아 있는 거지? 남편이 가끔 진짜 아기라고 그녀를 속이는 이 인형 말이다. 그녀의 진짜 아기들은 사라졌다. 친구 잔과 함께 사라졌다. 그리고 이제 그녀에게 남은 거라곤 남편이 사준 이 인형뿐이다.

그녀는 거실을 둘러보며 여기 있는 누구라도 지금 이 상황을 알아차리고 있는지 살핀다. 그녀는 낯선 이들과 인형 사이에서 소파에 갇혀 있고 이 젊은 여자가 코앞에서 그녀의 남편을 빼앗아가려는 이 상황 말이다. 그녀는 인형의 양쪽 겨드랑이를 잡고 자신의 어깨까지 들어올린다. 인형의 표정이 너무 생생해서 꼭 살아 있는 것 같다. 진짜 울 것처럼 입술이 동그랗게 오므려지고 볼은 일그러진다. 이것을 진정시키기 위해 카롤은 휘파람을 불어 피피리의 쨱쨱 소리를 내어본다.

카롤은 이 모든 걸 양옆에 앉아 있는 남자들에게 설명하려고 하지만, 이 남자들은 그녀의 말을 이해하지 못한다. 그중 한 명이 그 인형을 돌려줬으면 좋겠다는 듯 그녀에게 손을 내민다.

사람들이 그녀 주변으로 모여든다. 통통한 젊은 여자도 점점 가까이 다가온다. 카롤은 이 법석이 다 뭔지 이해가 가지 않는다. 그냥 인형을 데리고 뜰에 나가고 싶다. 남편이 없을 때 자주 그랬던 것처럼 말이다. 그녀는 얼굴에 부딪히는 햇볕 가득한 산들바람을 느끼고 반짝이는 한낮의 수영장을 보고 싶다. 그녀가 스스로를 돌볼 수 있고 이 인형도 돌볼 수 있다는 걸 모두에게 증명해내고 싶다.

6

엄마는 어떻게 주드를 안고 제임스와 폴을 지나 테라스로 달려갔던 것일까? 그녀가 주드를 테라스 난간 너머로 이리저리 흔들자 주드는 통통한 다리를 바동거리며 울어댔다.

아빠가 제일 먼저 테라스로 달려갔고 제임스와 나머지 사람들이 그 뒤를 따랐다. 카롤은 테라스 그늘에서 땀을 흘리며 서 있었다. 올림머리는 주드나 다른 누군가가 잡아당겼는지 헝클어져 있었다.

잔은 엄마가 그 앙상한 팔로 주드를 얼마나 오래 붙들 수 있을지 알 수 없었다. 더욱이 주드는 사람들이 자신을 얼마나 간절히 안으로 들여오고 싶은지 안다는 듯 고개를 돌려 얼굴을 사람들에게 향한 채 울면서 몸을 비틀어댔다.

폴이 아래로 뛰어내려갔다. 잔은 엄마가 아이를 떨어뜨린다면 어디로 떨어질지를 가늠하려 애쓰며 남동생의 얼굴을 내려다본다. 아기가 삼촌의 팔로 떨어질 확률은 희박했고 수영장이나 테라스 아래의 무화과나무 울타리로 떨어질 확률이 훨씬 컸다.

마르코스와 제임스의 여동생 조이도 수영장으로 내려간다. 제임스는 소방구조대와 통화중이다. 잔의 시어머니 그레이스는 잔이 바닥으로 쓰러질까봐 두 팔로 꼭 붙들고 있다. 잔의 아빠는 엄마로부터 몇 발자국 떨어진 곳에 서서 간청하고 애원한다.

제임스가 전화를 끊고 잔의 아빠와 자리를 바꾼다. 주드는 조그만 두 손을 꼭 쥐었다가 펴더니 자신의 아빠에게로 뻗는다. 그리고 제임스가 자신을 잡아주기를 기다리는 듯 잠시 울음을 멈춘다. 제임스가 아기에게 다가가자, 카롤이 몸을 기울이며 아기를 더 바깥쪽으로 빼낸다. 모두 숨을 멈춘다. 그레이스가 잔을 놓자 그녀는 몸이 반으로 접히듯 앞으로 풀썩 고꾸라진다.

"마망, 부탁이야." 잔이 몸을 일으키며 말한다. "수플레 마망, 탕프리*."

아파트의 다른 세입자들도 집밖으로 나온다. 어떤 이들은 이미 테라스에 나와 있고, 또 어떤 이들은 폴, 조이 그리고 마르코스와 같이 수영장 옆에 나와 있다. 잔의 아기는 마지막 검진에서 몸무게가 9킬로그램 정도였다. 엄마의 현재 몸무게의 5분의 1가량이다. 엄마는 아기를 그리 오래 들고 있을 수 없을 것이다.

잔이 남편을 향해 걸어간다. 조심스럽게 발을 떼며, 충격에 빠진 듯한 아빠를 지나 걸어간다.

"마망. 나한테 아기를 건네줘요, 제발." 잔이 말한다. 단호하고 흔들림 없는 목소리로, 아기를 놀라게 하지 않을 목소리로 말하려 애쓴다.

엄마가 멍한 눈빛으로 그녀를 바라본다. 이제는 너무나 익숙해진 눈빛이다.

"나한테 아기를 줘요. 카롤." 잔이 말한다. 딸이 아닌 것처럼

---

* 아이티 크리올어로 '제발, 엄마, 부탁이야'.

행동하는 게 엄마에게 더 권위 있게 보일지도 모른다. 엄마가 잔을 순종해야 할 누군가로, 말을 들어야 하는 누군가로 생각할 수 있다.

"아기." 그녀의 엄마가 말한다. 자신이 어린아이를 들고 있는 것에 대한 각성이라기보다는 잔을 향한 애정이 깃든 말처럼 들린다.

"네 아기?" 카롤은 이제야 주드의 몸무게를 온전히 느낀 듯 두 팔을 떨면서 묻는다.

잔은 나지막이 말한다. "그 아이가 내 아기야. 마망. 제발 그애를 나한테 줘."

엄마가 팔의 힘을 풀고 아기를 돌려주려는 것이 보인다. 그렇지만 아직 완전히 정신이 돌아온 게 아니어서 너무 갑작스럽게 돌려주려다 정신을 놓고 주드를 떨어트릴지도 몰랐다. 엄마의 시선이 그녀에게 향한 동안, 잔은 고개를 끄덕여 남편에게 움직이라는 신호를 준다. 그리고 모두가 동시에 움직여 아빠는 엄마에게 다가가고 남편은 아기를 잡는다. 난간 안쪽으로 주드를 안전하게 들이고 나서야 아기를 붙들고 있던 엄마의 손에 힘이 풀린다.

제임스는 테라스 바닥에 주저앉는다. 아기는 계속 울며 그의 가슴을 파고든다. 잔의 아빠가 엄마를 붙들고 집안으로 데리고 들어간다. 그가 함께 소파에 앉아 그녀를 감싸안자 그녀는 얌전히 머리를 그의 어깨에 기댄다.

금세 경찰이, 흑인 여자 두 명이 도착한다. 그 뒤로 응급구조사 몇몇이 따라온다. 응급구조사 한 명이 엄마의 동공에 불빛을 비추고 그다음 혈압을 잰다. 엄마는 조금 전의 사건에서 벗어나 이젠 피곤함만 남은 듯했지만, 정신감정이 필요하다는 결론이 났다. 검사 결과 주드는 할머니가 세게 붙잡은 겨드랑이 아래에 멍이 조금 들었을 뿐이다.

잔은 빅토르와 폴의 부축을 받으며 높이를 낮춰놓은 들것에 오르는 엄마의 눈빛이 다시 멍해지는 걸 본다. 그녀의 아빠는 엄마를 들것에 묶지 말아달라고 부탁하지만 응급구조대 팀장이 절차를 따라야 한다며 다치지 않게 하겠다고 약속한다.

잔은 엄마가 그녀에게 교훈을 주려고 했던 것뿐이라고, 그녀를 놀라게 해서 우울을 쫓아내고 그녀가 아기를 사랑할 수 있음을 알려주려던 것뿐이라고 믿고 싶었지만, 들것에 묶여 있는 엄마의 눈을 보니 초점 없이 공허하기만 하다. 엄마는 잔을 바라보고 있는 듯 보였지만 사실은 그녀 뒤편의 벽과 천장을 보고 있을 뿐이다.

손목과 발목이 묶인 카롤의 몸이 축 늘어졌다. 그녀를 괴롭혀온 것이 무엇이었든 온전히 내려놓은 것만 같다. 여기에 다시는

올 수 없다는 것, 적어도 예전처럼은 올 수 없다는 걸 아는 듯하
다. 잔도 역시 이 순간이 출생과 다르다는 걸, 새로운 시작이 아
니라는 걸 안다.

7

카롤은 이런 모습, 딸과 사위가 그들의 아들과 함께 있는 모습
을 더 보고 싶다. 제임스는 두 팔로 잔을 감싸고 잔은 잠든 아기
를 안고 있다. 아마 잔은 이제 아기가 자신에게 얼마나 소중한지
알 것이다. 카롤은 딸에게 자신의 이야기 몇 개를 들려주지 못한
게 후회스럽다. 이제 그런 이야기들을 손자에게 전해줄 수도 없
을 것이다. 다시는 손자와 놀 수도 없을 것이다.

남편이 그녀를 병원에 처음 데려갔던 날, 뇌스캔과 뇌척수액
검사에 앞서 의사가 가족 병력을 물었다. 부모나 조부모 중에 정
신질환이나 알츠하이머, 치매를 겪은 사람이 없는지 물었다. 그
녀는 의사의 질문에 어느 것도 답할 수 없었다. 의사가 질문을
던졌을 때 그녀는 자신에 대한 어떤 것도 기억할 수 없었으니까.

"부인이 기억력이 좋지는 않으시네요." 의사가 그녀의 남편에
게 말했다. 빅토르에 따르면, 그 말은 그녀가 이제 자기 삶에 대

해 이야기할 수 없게 됐다는 뜻이었다.

기억력이 좋지 않다. 그녀는 한 번도 기억력이 좋았던 적이 없었다. 건강했을 때도 그랬다. 이제 앞으로 그럴 기회는 영영 없을 것이다. 그녀의 손자는 그녀를 모른 채 자라게 될 것이다. 그녀와 손자 사이에 존재하는 이야기 중 추억할 만한 유일한 이야기는 그녀가 손자를 테라스 바깥에 매달고 있었던 일로, 어떤 이들은 그녀가 손자를 죽이려 했다고 생각할 것이다. 그녀에겐 이모든 것이 이내 희미해지다 사라질 것이다. 그러나 다른 사람들은 기억할 것이다.

응급구조대원들이 그녀를 들것에 싣고 아파트 밖으로 나가려고 한다. 손목은 묶여 있지만 아들이 그녀의 왼쪽 손을 꼭 잡고 있다. 잔은 주드를 아이의 또다른 할머니에게 넘겨주고 들것을 향해 걸어온다. 잔이 얼굴을 카롤의 얼굴로 바짝 들이대서, 카롤은 그녀가 자신을 물려고 하는 줄 알았다. 하지만 이내 잔이 뒤로 물러나자, 카롤은 딸이 알로*? 잘가! 놀이를 하고 있다는 걸 깨닫는다. 아이들이 어릴 적에 좋아하던 또다른 까꿍 놀이였다. 두 사람의 얼굴이 거의 맞닿자 잔이 코를 찡긋거리며 속삭인다. "알로? 마망." 그리고 "잘가! 마망."

----

* 아이티 크리올어로 '안녕'.

지금 딸이 하는 행동이 진정 무엇을 의미하는지 카롤이 이해할 수 있었다면 좋았을 것이다. 그건 그녀가 가족과 함께한 인생의 마침표, 적어도 아이들과 함께했던 인생의 마침표와 같았다. 우리는 항상 아이들이 작별인사를 건넬 걸 알면서도 그들에게 만남의 인사를 건넨다. 언제나 헤어짐은 두렵지만 아이들이 더 자라나고 똑똑해지기를, 기어다니고 옹알이를 하고 걷고 말하는 것을 격려한다. 아이들이 생일을 맞고 우리가 그 생일을 볼 때까지 살 수 있기를 바라고 그들이 그들 아이들의 생일을 볼 때까지 살아 있기를 기도한다. 잔은 이제 그렇게 사는 게 어떤 것인지, 자신의 일부가 자신으로부터 떨어져나와 돌아다니는 게 어떤 것인지, 그런 자신의 일부를 끔찍이 사랑해서 때로는 정신을 잃을 것 같은 기분이 들기도 한다는 게 어떤 것인지 알게 될 것이다.

잔은 아래로 손을 뻗어 엄마의 오른손을 잡는다. 이제 두 아이가 모두 엄마의 앙상하고 떨리는 두 손을, 더이상 엄마에게 속하지 않는 듯한 두 손을 잡고 있다.

"메시. 마망." 그녀의 딸이 말한다. "고마워."

그녀에게 고마워할 건 없다. 그녀는 자신의 일, 부모로서의 의무를 다했을 뿐이다. 만남의 인사도, 작별의 인사도 더는 필요하지 않다. 이젠 곧 아무것도 남지 않을 테니까. 붙잡을 과거도, 바랄 미래도 남지 않을 거니까. 오직 지금만이 남을 테니.

일곱 가지
이야기

비행기가 착륙하는 동안 나는 자리에 앉아 창에 이마를 바짝 붙이고 섬을 살펴보았다. 공항은 가시철조망을 얹은 콘크리트 벽으로 둘러싸여 있었다. 벽 앞에는 곳곳에 부겐빌레아와 대나무야자가 있었는데, 벽의 금을 가리려고 심어놓은 듯 보였지만 금은 여전히 눈에 띄었다. 공항 구역 너머의 모든 것이 위험했다. 벙커처럼 창문 하나 없는 중앙 터미널이 적어도 그렇게 말해주고 있었다. 다음 편 비행기를 타고 바로 돌아가는 게 나을지도 모른다는 생각이 들었다. 하지만 나는 이 섬나라 총리의 부인에게 개인적으로 초대를 받은 상황이었다.

"사랑하는 킴에게." 캘리 모리셋은 몇 주 전 개인 계정으로 나에게 이메일을 보내왔다. "어릴 적 우리가 브루클린에서 함께 보냈던 그 인상 깊었던 한 달(적어도 내게는 그랬어)에 대해 네가 쓴 에세이를 읽었어. 오랫동안 너를 다시 만날 날을 기다렸어. 이번 연휴는 평소보다 여유가 있어. 모든 편의는 내가 제공할게. 부디 놀러와줘!"

　새해 전날의 늦은 오후였다. 카리브해의 그늘에서도 30도가 넘는 찌는 듯한 더위였다. 터미널에 있는 승객 대부분이 여행객이거나 추운 기후에서 자국으로 돌아온 내국인이었다. 내국인들은 사랑하는 가족이나 친구들에게 나눠줄 선물로 가득찬 대형 트렁크를 끌고 있었다. 나머지 승객들은 백인 선교사였는데, 대부분이 남자였고 여자와 남녀 대학생도 조금 있었다. 학생들이 입은 티셔츠 앞면에는 이런 표어가 쓰여 있었다. **지금 삶을 감동시켜서, 영원히 영혼을 구하자.** 그들의 일주일간의 여행 날짜가 티셔츠 뒷면에 프린트되어 있었는데, 신기하게도 나와 일정이 같았다. 새해 전야부터 삼왕축일* 다음날까지였다. 더 오래 머물까도 생각해봤지만 초대자의 환대를 남용하고 싶진 않았다. 어찌됐든 캘리와 나는 일곱 살 이후로 본 적이 없었으니까.

────────────────

　* 세 명의 동방박사가 아기 예수의 탄생을 경배하고 온 세상에 알린 날. 매년 1월 6일로 예수공현절, 주현절 등으로 부르기도 한다.

공항 본관에 들어서자 턱수염을 기른 젊은 의전 담당관이 나를 맞이했다. 그는 내가 전속 작가로 활동하는 온라인 잡지에 실린 작가 프로필 사진을 크게 확대해 들고 있었다. 몇 겹의 화장을 하고 찍은 프로필 사진을 가로 20센티미터, 세로 30센티미터 크기의 폼보드에다 늘여놓으니, 나의 타원형 얼굴과 넙데데한 코, 좁은 미간, 반묶음을 한 곱슬머리가 모두 광대처럼 보였다.

의전 담당관은 손짓으로 자신을 따라오라고 했다. 호화로운 라운지의 밝은 색 대리석 바닥에 페르시안 러그가 깔려 있었고 러그 가장자리에는 악어가죽 소파가 놓여 있었다. 응접실 벽에는 캘리와 그녀의 남편 그레고리 머리의 공식 초상화가 사방에 걸려 있었다. 화려한 꽃 장식을 두른 상당한 크기의 수채화 초상화가 열 점이 넘었다.

작년 즈음, 나는 인터넷으로 종종 캘리를 찾아보았고 그녀의 특별 발의안에 대한 기사를 보았다. 예방접종 캠페인부터 2600제곱킬로미터에 이르는 섬 영토의 국민 25만여 명을 위한 재난 대비책을 포함한 발의안이었다. 총리의 부인이 되고 첫 뉴스 인터뷰에서 캘리는 남편이 "최선을 다하도록" 격려하고, 직무에 태만한 모습을 보이면 공식적으로 서슴없이 비판하겠다고 약속했다.

"저는 아내의 미모뿐 아니라 강인한 정신에 반해 결혼했습니다." 그 인터뷰 기사에 인용된 남편의 발언이었다. "제 부인은 다른 모든 국민과 똑같이, 자유롭게 표현할 권리를 지닌 이 나라의 국민입니다."

캘리의 아버지, 찰스 모리셋은 이 섬나라에서 가장 명성을 떨친 총리였다. 하지만 캘리가 일곱 살 때 그는 자신의 경호원 중 한 명에게 암살당했다. 그녀의 어머니는 그녀를 데리고 브루클린의 프로스펙트파크사우스로 달아났다. 캘리의 이모할머니이자 나의 이웃이었던 루비 할머니의 집으로 피신한 것이었다. 몇 주가 지나 그 암살범은 붙잡혀 재판을 받고 감옥에 들어갔다가 암살당했고, 캘리와 어머니는 다시 섬나라로 돌아갔다. 이번에는 루비 할머니와 함께였다. 몇 년간 이 나라에서는 여러 차례 선거 시도가 있었지만 실패로 돌아갔고 나라는 일종의 이사회 같은, 국민 고문 위원회에 의해 운영되었다. 그리고 이십 년이 지난 지금, 이 섬의 소수 귀족 가문의 자손이자 정부 위원회에서 가장 젊은 변호사로 일해왔던 캘리의 남편이, 그와 마찬가지로 서른 살이 채 안 된 일원들로 구성된 선거인단의 표를 휩쓸면서 새로운 총리로 당선된 것이었다.

캘리 모리셋이 공항 라운지로 걸어들어왔다. 몸매를 드러내는 짧은 녹색 원피스를 입고 가느다란 허리에 벨트를 맨 모습이었다. 그녀가 찬 액세서리는 링 모양 금귀걸이와 길고 가느다란 손가락에 낀 백금 결혼반지가 다였다. 매끄러운 칠흑색 피부와 풍성하게 볼륨을 넣어 귀 뒤로 넘긴 짙은 색의 짧은 머리를 뽐내며 등장한 그녀는 마치 휴일을 맞은 런웨이 모델 같았다. 일곱 살 때 캘리와 나는 키가 거의 똑같았는데, 지금 굽이 높은 빨강색 스트랩 샌들을 신은 그녀는 나보다 훌쩍 솟아 있었다.

"만나서 반가워. 킴." 캘리는 프랑스어, 영어, 스페인어, 네덜란드어 등 섬에서 자라면서 사용한 그 모든 언어가 뒤섞인 훈련된 억양으로 말했다. 일곱 살 때 그녀는 거의 영어로만 말했고 목소리도 나와 그리 다르지 않았다. 적어도 내 생각은 그랬다.

그녀의 남편이 그녀 뒤에 서서 인사할 차례를 기다렸다. 아마도 그의 경호원인 듯한 검은색 정장 차림의 남녀 수행원 여섯 명을 대동하고 있었다. 그 역시 벽에 걸린 공식 초상화를 비롯한 사진에서 본 모습과 거의 흡사했다. 훤칠하게 큰 키와 근육질 몸매의 남자로, 황토색 피부에 얼굴은 각지고 윤곽이 선명했다. 분명 캘리가 골라줬을 법한 황갈색 정장을 입고 그녀와 나란히 서있는 그를 보며, 일곱 살에 그는 무엇을 하고 있었을지 궁금해하지 않을 수 없었다.

일곱

킴벌리 부아예

……그녀가 브루클린에 처음 왔을 때, 슬픔에 빠진 나의 비쩍 마른 친구는 매일 밤 울다 잠이 들었다. 한 나라의 총리였던 친구의 아버지는 경호원이 운전하는 차를 타고 시외로 나갔다가 그에게 암살당했다. 친구 엄마의 이모인 루비 할머니는 우리의 옆집 이웃으로, 섬나라에서 가져온 섬세한 자수품과 로코코 가구로 채워진 빅토리안양식 대저택에 살았다. 친구와 내가 만날 수 있게 해준 사람이 그분이었다.

우리집에 처음 왔을 때 친구는 울고 있었다. 우리 부모님은—두 분 다 소아과의사였다—내 방에 친구를 데려와서는 애원하는 눈빛으로, 울고 있는 이 친구의 기분을 풀어달라고 부탁했다.

엄마 아빠가 방문을 닫고 나가자 나는 벽에 기대 두 손에 얼굴을 묻고 목놓아 울고 있는 친구에게 다가가서, 하고 싶은 놀이가 뭔지 물었다. 난 그녀가 내게 꽥 소리지르고 방밖으로 나가버릴 줄 알았지만 그렇지 않았다. 그녀는 그냥 거기 서서 한없이 울기만 했다.

난 그녀의 상황에 대해 아는 바가 거의 없었다. 엄마는 그냥 간단하게, 이 어린아이는 루비 할머니에게 소중한 아이로 잠시 이곳에 머물 예정이며 "엄청난 상실감을 겪었다"는 말을 해주었을 뿐이었다.

"네가 겪은 엄청난 상실감이 뭐야?" 나는 새 친구에게 물었다.

그녀는 깜짝 놀랐다. 아마 "무슨 놀이를 하고 싶어?"라는 질문 뒤에 이런 말이 따라나올 거라고 생각하지 못했을 것이었다. 아이는 두 손에 묻은 얼굴을 들며 울음을 잠깐 멈추곤 말했다. "모두 죽을 거야."

"그건 아니야." 내가 말했다. 모두 죽는다면 우리 엄마, 아빠도 나도 죽을 테고 난 그걸 원하지 않기 때문이었다.

"우리 나라에 있는 사람들은 다 죽을 거야." 그녀가 설명했다.

난 그 말을 잠시 곰곰이 생각해보고 물었다. "너한테 나라가 있어?"

"응. 내 나라가 있어." 그녀가 대답했다. 나보다 세상을 더 많이 알고 있다는 자신감이 그녀의 마음을 잠시 누그러뜨렸다.

"그럼, 여기가 네 나라가 아니야?" 내가 물었다.

"여기? 아니지!"

"그럼 너희 나라에 대해 말해줘." 내가 말했다.

"우리 나라는 초록색이야." 그녀가 말했다. "그리고 따뜻해."

다시 말하면 그녀의 나라는 겨울이 없는 브루클린이었다.

"우리 나라엔 바다가 있어." 그녀가 말을 이었다. "아주 많아. 바다엔 색색깔의 모래가 있어. 흰색, 까만색, 회색, 분홍색, 금색도. 우리 아빠가 해가 뜨는 금색 모래 해변을 보여줬어."

아이는 더 목가적인 세상을 상상해보려는 듯 화려한 무늬 벽지가 발린 천장을 올려보았다. 난 부모님이 문밖에서 귀를 기울이고 있을 거라고 생각했고, 아니나다를까 그녀가 또 울기 시작하자 엄마가 다시 들어왔다.

엄마가 나타나자 그녀는 울음을 멈추었고, 엄마가 나가도 다시 울지 않았다. 그녀의 나라에 대해서 듣고 나니 난 그런 걸 한 번도 들어본 적이 없다는 걸 깨달았다. 그곳에 있는 모두가 죽을 수도 있겠다고 생각했다.

"너희 나라 이야기를 들으니 안타깝다." 난 이렇게 말하고 다시 물었다. "무슨 놀이 하고 싶어?"

그녀는 간혹 부모님이 내가 당연히 알아야 하는데 모르는 것을 설명해줄 때의 표정으로 날 바라보았다.

"넌 왜 모두가 죽을 거라고 생각해?" 나는 침대 가장자리에 앉아 그녀에게 옆에 와서 앉으라고 손짓했다.

"아빠가 죽었으니까." 그녀가 조금도 흐트러짐 없이 말했다.

"진짜야?"

"엄마가 계속 말했어. 그럼 진짜인 거지."

그녀는 금세 다시 울음이 터질 것 같았다. 나는 전해에 돌아가신 할머니가 관 안에 누워 있던 자세대로 두 팔을 옆구리에 딱 붙이고 침대에 누웠다. 내가 두 눈을 감고 말했다. "이제 나도 죽은 거야."

"죽은 사람이 어떻게 말을 해." 그녀가 말했다.

난 잠시 말하지 않고 가만히 있었다. 친구는 장례식 성가라는 노래를 부르기 시작했다. 나중에 알게 된 그 곡의 제목은 '아베마리아'였다.

우린 오후 내내 시체와 사제 역할을 서로 바꿔가면서 장례식 놀이를 했다. 엄마가 간식으로 과일을 가지고 왔을 때 잠시 놀이가 중단되었지만 엄마가 나가자마자 바로 다시 장례식 놀이를 했다.

우리 부모님은 결혼식이나 장례식, 가령 우리 할머니 장례식이 아니면 거의 교회에 가지 않았다. 하지만 이 친구의 나라에선 공식 행사에서 미사를 드리는 것이 총리 가족의 일이었고 그래서 그녀는 망자를 애도하는 노래를 많이 알고 있었다.

내가 숙제를 마치는 오후 무렵이면 친구가 우리집으로 왔다. 루비 할머니와 홈스쿨링을 끝내고 놀 준비가 된 것이다. 그녀는 장례식 놀이에 흥미를 잃고 이제 다른 놀이에 흥미를 보이기 시작했다. 나는 어릴 적부터 가지고 있던 머리 리본 한 상자를 엄마의 허락을 받은 뒤 친구에게 줬고 너무 행복했다. 우린 이지베이크오븐*으로 케이크를 굽는 놀이를 하며, 동물 인형과 사람 인형으로 다과 파티를 열었다. 내가 가진 공주 드레스를 입고 놀기도 했는데 내 드레스는 루비 할머니가 친구에게 사준, 실제로 발목까지 오고 꽃무늬에 수가 놓여 있고 주름 장식이 달린 드레스와 비교가 되지 않았다. 그녀는 그런 드레스를 벗고 내 공주 드레스로 갈아입을 때면 옷장 안으로 들어가서 옷장 문을 닫았다. 그녀는 명령을 내리는 데 익숙했기 때문에 안에 들어가 있을 땐 방해하지 말아달라는 그녀의 말을 나는 그대로 들어줬다.

가끔 엄마는 공주 드레스를 입은 우리에게 삼십 분씩 만화를 보여

---

* 미국의 어린이용 장난감 오븐.

주곤 했다. 하지만 친구가 가장 좋아한 것은 우리가 '일곱 가지 이야기'라는 놀이를 할 때였다. 그녀가 아빠랑 하던 놀이였다. 우리가 살아온 칠 년 동안 해마다 가장 중요했던 순간을 하나씩 말하는 놀이였다.

"한 살 땐, 내가 태어났어." 그녀가 말했다. "두 살 땐, 걷고 말했어. 세 살 땐, 가정교사에게서 도망치다가 넘어져서 무릎이 까졌어." 그녀는 드레스를 들어올려서 오른쪽 무릎에 난 초승달 모양의 상처를 보여주었다. 내가 그전까지 알아채지 못한 것이었다. "네 살 땐, 유아 학교를 다니기 시작했어."

"유치원 말이지?" 내가 불쑥 끼어들었다. 그녀의 말을 고쳐줄 기회가 생겨서 신이 났다.

"어떤 건 우리 나라에서 부르는 이름이 달라." 그녀는 말이 끊겨 기분이 나빴는지 얼굴을 찡그렸다.

"네 살 땐, 유치원을 다니기 시작했어." 그녀가 말을 이어갔다. "다섯 살 땐, 아빠가 총리가 됐어." 그녀는 나를 완전히 무시한 채 계속 말했다. "여섯 살 땐, 성으로 이사갔고. 일곱 살 땐, 아빠가 돌아가셨어."

그때까지만 해도 난 내가 살아온 칠 년에 대해 별로 생각해본 적이 없었다. 한 살 땐, 엄마는 내가 젖을 뗐다고 했다. 두 살 땐, 부모님이 지금 우리가 사는 집으로 이사왔다. 세 살 땐, 엄마의 엄마, 로즈 할머니가 우리집에서 같이 살게 됐고. 네 살 땐, 유치원을 다니기 시작했는데 자주 아팠다. 그래서 엄마가 나를 유치원에서 중퇴시켰고 나는 로즈 할머니에게 글을 배웠다. 다섯 살 땐, 로즈 할머니가 위암에 걸려서 난 다시 유치원으로 돌아갔다. 여섯 살 땐, 로즈 할머니가 돌아가셨다. 일곱 살 땐, 캘리 모리셋이 내 인생에 울면서 나타났다⋯⋯

언덕에 있는 총리 공관으로 향하는 수 킬로미터의 자동차 행렬 가운데 무장한 SUV 차량에 앉은 나는 이 섬나라 최초로 밀레니얼세대 총리를 선출한 압도적인 선거에 대해 물어보지는 않았다. 그 대신 캘리에게 남편을 어떻게 만났는지 물어보았다.

캘리는 그들이 태어나면서부터 같은 사교계에 속해 있었다는 것, 그런데 두 사람이 같은 학교에 다니지 못했던 이유는 엄마가 그녀를 수녀들이 있는 여학교에만 보내서였다는 것, 십대에는 같은 파티에 참석했고 그 이후 웨스트인디스대학의 서로 다른 캠퍼스로 진학해서도 방학 때 집에 오면 여전히 같은 파티에 참석했다는 걸 설명해주는데, 캘리의 남편이—나보고 자신을 그냥 그레그라고 부르라고 했다—그녀의 무릎에 손을 얹고 그녀의 말에 끼어들면서, 자신은 평생 동안 캘리의 인생 여정에 의도적으로 끼어들어왔다고 말했다.

"내 인생에 다른 사람은 없었어요." 그레그가 말했다.

이 섬이 세계에서 가장 부유하고 저명한 인사들의 조세 피난

처이자 열대 휴양지로 이름을 떨치던 1950년대 당시, 제멋대로 뻗어 있는 이 오층 건물은 오성급 호텔로 쓰였다. 캘리의 가족을 포함해 최근의 정치 지도자들이 살던 곳이기도 했다. 4만 제곱미터 크기의 한적한 대지에 지어졌고 야외 나이트클럽과 옥상 정원도 갖추고 있었다.

자동차 행렬이 그 저택의 구불구불한 진입로에 다다르자 부지 중앙에 결혼식 케이크 모양의 거대한 분수대가 보였다. 우리 앞에 있던 차량이 갑자기 멈추더니 경호원들이 차 밖으로 나왔다.

"집이야. 편안한 우리집." 캘리가 말했다. 나를 편안하게 해주고 싶은 듯했다.

인터넷에서 사진으로 보기도 했거니와 어린 시절 오후의 놀이 시간 동안 캘리가 자세히 설명해주기도 했기 때문에 왠지 이곳이 친숙하게 느껴졌다. 그 시절 그녀는 이곳을 성이라고 불렀고 여기가 이 섬나라에서 가장 큰 건물 중 하나로, 곳곳에 숨을 만한 멋진 장소가 많은 요새라고 했다. 항상 그녀를 보호하려고 총을 들고 지켜보는 어른들만 빼면 살기 훌륭한 곳이라고.

우리가 차에서 내리자 그레그는 양해를 구한 뒤 수행원들을 이끌고 동쪽 별관으로 걸어갔다.

"네가 묵을 방 보러 갈래?" 캘리가 물었다.

여자 경호원 두 명이 우리 곁에 남아 있었다. 캘리가 자리를 비켜달라는 손짓을 했지만 그 둘은 완전히 자리를 뜨는 대신, 우리가 높다란 아치형 천장의 로비를 지나 통유리 엘리베이터로 걸어가는 동안 몇 발자국 뒤에서 우리를 따랐다.

엘리베이터가 올라가면서 분수대와 구불구불한 진입로, 그레그의 정수리와 수행원들이 보였다. 국제 간행물과 이곳 신문에서 읽은 기사를 종합해봤을 때, 그레그와 캘리의 인기는 아주 높은 듯했다. 그녀 아버지의 당이었던 개혁당의 기치 아래 그레그는 개혁자가 되겠다는 약속으로 수상이 되었다. 개혁당이 이 섬나라에서 가장 숭배받았던 때는 아마도 캘리의 아버지가 집권하던 동안이었을 것이다.

우리는 엘리베이터를 타고 꼭대기 층에 도착했다. 캘리가 방문을 열기 전에 그녀의 여자 경호원 중 한 명이 내 여행가방을 들고 직원용 엘리베이터에서 걸어나와 우리에게 문을 열어주고 함께 방으로 따라 들어왔다.

손님용 스위트룸의 크기는 거의 우리 부모님 집만했다. 대학을 졸업하고 수입이 늘어날 때까지 돈을 모으기 위해 부모님의 집에서 살기 시작한 게 육 년 전이었다. 솔직히 자랑스러워할 만한 이야기는 아니었다. 내가 카리브해 섬나라의 총리나 총리의 배우자가 되길 바란 건 아니었지만, 그래도 지금보다는 직업적으로 성공해 있으리라 생각했었다.

이 총리 공관의 손님용 스위트룸에 딸린 테라스에서는 수도의 전경이 한눈에 보였다. 도시의 경계에 항구 마을이 보였다. 항만에는 캘리가 내게 제안한 교통편 중 하나인 크루즈 한 척이 정박해 있었다. 항구에서 멀지 않은 곳에는 공항이 있었다. 캘리가 그다음으로 가리킨 곳은 둥근 초가지붕 집을 본떠서 재건한 타이노족, 아라와크족, 카리브족 마을이 있는 구시가지였다. 그곳에 유럽 각국의 사람들이 이 섬을 통치하던 식민지 시대에 지은 바로크와 고딕 양식의 요새가 있었다. 한때 설탕, 목화, 커피, 담배 재배로 번성했던 지역의 경계를 이루는 몇몇 옛날 성들은 매일 여행객이 찾는 유적지가 되었다. 도시에서 조금 더 신식인 지역에는 정부 청사, 법원, 병원, 고층건물과 고급 호텔, 지붕이 있는 시장과 없는 시장, 그리고 대성당이 있었다. 시내를 둘러싼 언덕에는 양철 판잣집과 다 지어졌거나 짓다 만 콘크리트 집들이 다닥다닥 붙어 있는 곳이 많았다. 집들의 외벽은 밝은 분홍색, 노란색, 녹색으로 칠해져 멀리서 감상하도록 만든 멋들어진 콜라주 작품처럼 보였다. 언덕배기에는 도둑을 막으려고 유리벽을 두른 궁전, 별장, 대저택이 있었다.

"그니까 이곳이 캘리의 나라인거지?" 나는 우리가 처음 만났을 때 캘리가 다른 곳에서 왔다는 걸 내가 바로 이해하지 못해 그녀가 얼마나 기분 나빠했는지를 기억하며 물었다.

"이건 일부지." 그녀가 말했다.

우린 스위트룸으로 들어왔다. 벽난로 위로 이 섬나라의 역사적 순간들을 그려놓은 프레스코화가 여러 점 걸려 있었다. 어떤 그림은 노예 항구에서 유럽 무역상들이 채찍을 휘두르고, 그 옆으로 맨가슴을 드러낸 아프리카인 십대 소년들과 엉덩이가 풍만한 어린 여자들이 줄지어 서 있는 장면이 담겨 있었다.

"준비를 마쳤습니다. 마담." 내 여행가방을 들어준 여자 경호원이 말했다.

"내가 특별한 걸 준비했어." 캘리가 말했다.

난 그녀를 따라 벽과 천장이 금색 나뭇잎으로 덮인 기다란 복도를 지났다. 내가 머무는 방과 비슷한 스위트룸 또하나가 캘리의 드레스룸으로 쓰이고 있었다.

"이거 어떨지 모르겠는데." 안으로 들어서며 캘리가 말했다. "내 스타일리스트한테 네가 입을 만한 드레스를 몇 벌 가져오라고 했어. 사이즈를 잘 몰라서 여러 사이즈로."

한 젊은 남자가 옷걸이를 밀고 나오더니 나와 그녀 사이에 세웠다. 그는 스팽글과 구슬 장식이 달린 이브닝드레스들을 하나씩 내 몸에 대보기 시작했다. 브루클린에서 캘리와 옷 입기 놀이를 했던 게 떠올랐다. 내 방에서 공주 드레스를 입고 차를 홀짝이는 척할 때, 사실 우리 둘 중 한 명만 공주 놀이를 하고 있었던 거다. 우린 지금 다시 옷 입기 놀이를 하는 것 같았다. 내가 드레스를 하나씩 갈아입을 때마다 캘리가 엄지손가락을 척 들어올리거나 아래로 내렸다. 결국 나는 격식 있어 보이면서도 편안한 검은색 머메이드 드레스를 입기로 결정했다.

"킴이 쓴 에세이 「일곱」에서 마지막에 쓴 부분 말이야." 내가 머메이드 드레스를 입고 빙그르 돌고 있는데 캘리가 말을 꺼냈다. "엄마랑 내가 뉴욕을 떠난 후로 공주나 성, 동화를 믿지 않게 됐다고 쓴 거. 그거 진짜야?"

나는 몸을 돌리다가 멈췄다. 그녀가 내 에세이를 읽어주기를 기대하긴 했지만 내가 이렇게 섬에 초대돼 구체적인 설명을 하게 될 줄은 몰랐다.

"내 이름이 안 나와서 기분 나빴던 건 아니야." 내가 뭐라고 대답해야 할지 고민하는데 그녀가 말했다. "섬 이름이 나오지 않아 좋았고. 여길 아는 사람들만 알아챘을 거야. 그런데 지금이니까 말하지만, 세상에 동화는 없었어. 엄마는 많은 사람이 나랑 엄마가 죽길 바란다고 생각했지."

난 캘리가 에세이 때문에 기분이 나쁜 건 아니었는지 궁금해지기 시작했다. 그 에세이는 내가 온라인 잡지에 써온 글과는 현저하게 달랐다. 난 주로 라이브음악이나 녹음음악, 스트리밍이

나 케이블쇼, 영화, 비주얼아트에 대한 리뷰를 썼다. 어린 시절을 다루는 인기 시리즈에 들어갈 그 에세이를 쓰기 위해 나는 안전지대에서 벗어났다.

"혹시, 캘리. 이 스타일리스트가 남자들도 좀 보여줄 순 없대? 다양한 사이즈로, 시간도 많은 사람으로?" 난 화제를 전환해보고자 이렇게 물었다.

"나이든 영감이 아닌 장관이 두 명 있긴 해." 그녀가 말했다. "그렇지만 마지막 독신이었던 사람이 약혼을 한 상태야."

"그 사람은 어느 부 장관이야?" 내가 물었다.

"재정부야." 그녀가 말했다.

우린 엄청나게 양이 많고 맛나는 치킨망고 샐러드를 먹고, 샤워를 한 뒤 그녀의 수행원 중 한 명에게 머리 손질과 화장을 받았다. 그리고 캘리는 아래층으로 내려가 남편을 만나러 갔다. 난 손님용 스위트룸으로 돌아와 구글에서 재정부 장관을 검색해봤다. 재정부 장관은 그레그의 절친한 친구 중 하나였다. 그는 키가 작고 보디빌더처럼 건강했다. 이 섬나라의 일등 신랑감이자 국가급 플레이보이였다. 그가 약혼하기 전에 마지막으로 어느 정도 진지하게 사귀었던 두 여자친구 중 하나는 바베이도스의 가수였고, 다른 하나는 아루바*의 배우였다. 모든 사진 속에서 그의 고불고불하게 말린 머리는 잘 정돈되어 있었다. 거울 앞에서 많은 시간을 보내는 듯했다.

총리의 새해 전야 행사가 공관 뒤편의 야외 나이트클럽 옆 천막 아래에서 열렸다. 캘리와 그레그는 둘 다 흰색 옷을 입었다. 그레그는 수를 놓은 다시키**와 바지를 위아래로 맞춰 입고 캘리는 어깨가 드러난 토가***풍의 드레스를 입었는데, 천막 안에 의도적으로 설치된 금빛 조명 아래에서 그런 옷을 입고 있으니 두 사람에게서 빛이 났다. 그들은 줄지어 들어오는 손님을 한 명씩 맞이했다. 그레그는 캘리가 상대방을 반갑게 대하거나 냉랭하게 대하는 정도를 그대로 따라하는 듯했다. 어떤 커플들에게는 캘리가 먼저, 곧이어 그레그가 따뜻하게 포옹했는데—손님 대부분은 커플이었다—다른 커플에겐 거의 손인사만 건넸다.

난 이 모든 걸 몇 미터 떨어진 주빈석 테이블에서 지켜보고 있었다. 이 테이블은 다른 수백여 개의 테이블보다 아담했고 온통 흰색 초와 기다란 흰색 히비스커스 꽃다발로 장식되어 있었다. 모든 테이블에 파티용 모자, 피리, 플루트가 흩어져 있었다. 내 옆에는 줄곧 또다른 손님이 앉아 있었는데, 그분이 바로 캘리의

---

* 카리브해제도 남서부 네덜란드령의 섬.
** 서아프리카 남자들이 즐겨 입는 화려한 무늬의 헐렁한 상의.
*** 고대로마의 의복.

어머니였다. 그녀는 검은색 정장 차림에 분홍빛 소라 진주 목걸이와 귀걸이, 그리고 빈티지 스타일의 가는 금줄을 세공한 커다란 나비 브로치를 달고 있었다.

그들이 뉴욕에 머물렀을 때, 나는 캘리의 어머니를 좀처럼 보지 못했다. 그녀는 대개 루비 할머니의 집안에 머물렀다. 캘리를 우리집으로 데려오는 사람은 루비 할머니였다. 그들이 브루클린에서 보내는 마지막 밤, 루비 할머니가 우리 가족을 송별회 식사에 초대한 그날 모리셋 부인의 목소리를 잠깐 들을 수 있었다.

그 저녁식사 자리에서 모리셋 부인은—캘리처럼 부은 얼굴과 붉어진 눈시울을 하고, 갈라지는 목소리로—자신이 본국에 캘리를 제외한 모든 걸 두고 왔기에 그곳으로 돌아가야 한다고 말했다. 그날 밤 캘리는 저녁식사는 안중에도 없이 눈물 맺힌 눈으로 앉아 있었고, 난 부모님이 루비 할머니에게 조심스럽게 던진 몇 가지 질문을 통해 몇 세기 전 유럽인들이 그 섬에 노예로 데려간 아프리카 사람들 대부분이 이보인, 나고인, 풀라인, 다호메이인*이라는 사실을 알게 되었다. (난 내 울보 친구가 돌아가는 곳을 상상해보고 싶어서 그 대화를 아주 유심히 듣고 있었다.) 또, 그 섬나라의 미개척지 밑에 구리, 은, 금이 한가득 묻혀 있다

---

* 이보인부터 다호메이인까지 모두 아프리카 원주민 부족.

는 것도 알게 되었다. 식사 중반쯤, 루비 할머니가 이야기를 하고 있는데 모리셋 부인이 양해를 구하고 방안으로 들어갔다. 캘리도 곧 따라 들어갔다.

모리셋 부인은 브루클린에 있었을 때보다 그다지 더 행복해 보이지 않았다. 축 처진 어깨와 떨리는 턱, 공허하게 흔들리는 시선과 생기 없는 두 눈은 그날 밤 저녁식사 자리에서와 똑같았다. 난 부인에게 루비 할머니에 대한 애도를 전했다. 캘리와 주고받은 이메일을 통해 루비 할머니가 섬으로 돌아오고 몇 년 뒤에 돌아가셨다는 걸 알았다. 이메일로 캘리는 어머니가 옛날에 가족 셋이 총리 공관에 있을 때 사용했던 스위트룸에서 거주하고 있으며, 일 년에 한두 차례 외에는 공석에 얼굴을 내비치지 않는다는 걸 알려주었다.

턱시도 차림의 재정부 장관이 약혼녀와 함께 도착했다. 약혼녀는 올림픽 금메달을 네 번 거머쥔 육상선수로 지금도 세상에서 가장 빠른 여자로 알려져 있었다. 몸에 딱 달라붙는 은색 드레스를 입고 있었는데 재정부 장관과 함께 주빈석 테이블의 지정석으로 걸어가는 동안 기립박수가 터질 정도로 인기가 많았다. 사람들은 캘리와 그레그의 눈에 거슬리지 않기 위해서인지 그 둘이 자리에 앉기 전까지 계속 서 있었다.

테이블이 그레그의 부모, 정부 요직 관료 혹은 그저 연줄이 든 든한 인물인 게 분명한 나이든 부부들로 다 채워지자 캘리와 그레그, 재정부 장관과 육상 선수, 그리고 나는 모리셋 부인과 나이든 사람들이 조용히 대화를 나누도록 놔두고 일종의 젊은 당파를 형성했다. 최근에 세계적으로 인기를 끄는 음악과 춤에 대해 이야기하다가, 그 육상선수가 아는 스포츠 스타들의 뒷이야기도 하고, 최근 이슈를 다룬 다큐멘터리와 팟캐스트에 대해서도 이야기했다. 그리고 한번에 몰아볼 정도로 재미있는 영화와 TV쇼의 순위를 매기기도 했다. 나는 업무상 보는 것이고 저들은 그저 재미로 보는 것이지만.

그레그와 재정부 장관은 가끔씩 테이블에 앉아 있는 다른 이들과도 대화했다. 나이든 사람들과 개인적인 농담을 주고받고 나서, 과거엔 심각하게 다루지 않았다고 생각하는 젠더 폭력, 젠더 평등, 동성 결혼, 그리고 재정부 장관이 생각하기에 그토록 필요한 세금을 거둬들일 수 있을 거라는 마리화나 합법화 같은 문제에 대해 이야기를 나눴다. 테이블의 나이든 남자 중 한 명이 갑자기 그레그에게 적절한 이민 법안을 마련하는 것이 좋을 거라고 말했다.

"대부분의 이민 법안들은 기본적으로 반反이민 법안이죠." 대학에서 국제학을 공부한 캘리가 남편을 옹호하며 말했다.

"외람된 말씀이지만, 부인." 나이든 남자가 말했다. "우리는 계속해서 바다를 건너 이곳 해안으로 들어오는 모든 아이티인에 대해 어떤 조치를 마련해야 합니다."

"여기 있는 제 친구 킴벌리도 아이티 사람입니다." 캘리가 그의 말을 끊으며 말했다. "부모님의 조국이 아이티죠."

테이블이 점차 조용해졌다. 모두가 나를 쳐다봤다. 내 얼굴과 몸가짐에서 자신들이 잘 아는 아이티인의 흔적을 찾아내려는 것 같았다.

"인간은 태초부터 이주하면서 살아왔습니다." 나는 그 노인처럼 권위를 갖춰 차분하게 말하려고 했다. 그러면서 새해 전야 파티용 피리를 하나 집어들었다. 그 노인의 얼굴에 불어버리고 싶었다.

"사람들이 더 나은 기회를 찾기 위해 다른 곳으로 이주하는 건 당연히 드문 일이 아니죠." 내가 계속 말했다. "이곳에서 얻을 수 있는 것보다 더 많은 걸 원하거나 필요로 한다면…… 여기 있는 분들도 다른 곳으로 이주하는 사람들이 분명히 있을 텐데요."

"저의 부주의에 대해 사과드립니다." 그 노인이 내 말에 끼어들었다. "하지만 우리는 이 나라에 더 이바지할 수 있는 사람이 필요합니다. 이 나라에서 뭔가를 받기만 하는 사람들이 아니라요." 노인은 그레그에게 몸을 돌려서 이 대화를 마무리하겠다는 어투로 이어 말했다. "부인의 기분에 따라 정책이 바뀐다면, 총리께서는 지금 자리에서 오래 버티기가 어려우실 겁니다."

난 피리를 내려놓고 끓어오는 분노를 삭이느라 애를 썼다. 어디를 가나 일부 집단에 대해 이렇게 생각하는 사람들이 있기 마련이었다. 하지만 새해 첫날은 아이티의 독립기념일이기도 했기 때문에, 이 노인이 이런 화제를 더 노골적으로 꺼냈는지도 몰랐다.

"걱정은 내려놓으셔도 됩니다. 전 체류할 계획이 없거든요." 분위기를 조금이라도 가볍게 만들어보기 위해 내가 말했다.

그레그는 그 노인을 비난하는 눈초리로 쏘아보고는 수행원 중 한 명에게 신호를 보내 불빛이 거의 들지 않는 천막 구석의 라이브 밴드 앞줄에 서 있는 베이스 연주자에게 가보라고 했다. 라이브 밴드와 디제이가 파티의 배경음악을 번갈아가며 맡고 있었는데, 그레그가 이제 밴드에게 연주를 부탁한 것이다.

캘리와 그레그는 춤을 추기 위해 자리에서 일어섰다. 테이블에 함께 앉아 있던 사람들도 뒤따랐다. 춤을 추지 않고 자리에 남은 사람은 이제 나와 모리셋 부인뿐이었다. 딸이 키가 훤칠하고 우아한 신랑과 무도회장을 누비며 왈츠를 추는 걸 보자 부인의 침울했던 입가가 부드러운 미소로 활짝 피었다.

왈츠를 추고 나서 캘리와 재정부 장관, 육상선수가 자리로 돌아왔고, 그레그는 내게 단정하게 가꾼 손을 뻗었다.

"왈츠 추자고 안 할 테니 걱정 마세요." 그가 말했다.

디제이는 느린 템포의 미국 발라드곡을 틀기 시작했다. 조금 전에 우리가 흔해빠졌다며 비난했던 곡 중 하나였다. 그 우연에 나는 웃음이 나왔다. 아니 어쩌면 우연이 아닐지도 몰랐다.

"당신이 캘리의 초대를 수락해줘서 기뻤어요." 그가 말했다. 그레그의 억양도 캘리처럼 여러 언어가 섞여 있긴 했지만, 그의 경우 내가 지금까지 이 섬에 와서 들은 다른 이들의 억양과 훨씬 비슷했다.

"캘리가 초대해줘서 제가 기뻤죠." 내가 말했다.

"캘리가 당신 이야기를 오랫동안 해왔어요." 그가 말했다. "두 사람이 같이 보낸 시간은 무척 짧았지만. 아내는 기억에 많이 남았나봐요."

나 또한 이따금 캘리를 떠올리곤 했다. 그녀가 고국에 돌아가서 잘 지내고 있을지 궁금해하면서. 캘리의 어머니가 캘리와 루비 할머니를 데리고 섬으로 돌아간 직후 우리 부모님은 루비 할머니에게 아주 가끔 전화를 걸곤 했다. 하지만 몇 달이 지나자 전화번호가 바뀌었던가 아니면 루비 할머니가 전화를 받지 않았던가 했다. 한번은 부모님이 캘리가 적절한 도움을 받았으면 좋겠다고, 그녀의 어머니와 이모할머니가 더이상 그녀에게 인생을 바꿀 만한 일이 전혀 일어나지 않았다는 듯 행동하지 않는 게 좋겠다고 이야기하는 걸 들었다.

내가 고등학생일 때 부모님이 사진 몇 장을 발견했다. 나와 캘리가 노는 모습을 아빠가 찍은 것이었다. 부모님은 휴가 때 섬에 한번 놀러가자는 말을 했지만 그뿐이었다. 대학생이 되고 나서, 캘리가 다시 생각나긴 했어도 소식을 접할 길이 없었다. 캘리의 남편이 총리가 되기 전까지 그녀는 인터넷 활동 정보가 전혀 없었다.

"우리 국민의 외국인 혐오증에 대해 사과할게요." 그레그가 한 손을 내 허리에 감싸고, 다른 손을 내 어깨에 올려놓은 채 말했다. 그는 나를 반 바퀴 돌린 뒤 다시 반대로 돌렸다. 나는 긴장하지 않으려고 노력했다. 그는 상대를 혼자서 리드할 수 있을 정도로 춤을 잘 추었다.

"우리 아이티 사람들을 모조리 쫓아내고 싶어하는 그 남자분이 제발 이민 담당자가 아니길 바라요." 내가 말했다. 음악소리 때문에 그가 내 말소리를 들으려면 그와 축축한 뺨을 서로 맞대고 말해야 했다.

"아닙니다." 그가 말했다. "저희 부모님 친구예요."

그 육상선수도 가족의 친구인지 물어보려던 참에 그가 말했다. "당신이 쓴 에세이를 읽어봤습니다."

"그러셨어요?"

"아내가 보여줬죠."

"어땠어요?" 내가 내 글에 대해 걱정해야 하나 싶기도 했다. 나의 어린 시절 기억에 대한 회상이 내가 생각했던 것 이상으로 이곳 사람들에게 의미가 큰 것 같았다.

"그 일이 일어났을 때 전 어렸죠." 그가 말했다. "하지만 캘리의 아버지가 암살당한 날, 그녀와 어머니가 어떻게 섬을 떠났는가를 두고 저희의 작은 사교 모임에서 끔찍한 소문이 돌았어요."

난 모리셋 부인이 내내 앉아 있던 테이블로 눈길을 돌렸다. 자리는 비어 있었다. 천막 안을 훑으며 부인을 찾아봤지만 그녀는 어디에도 없었다.

"어떤 소문이요?" 내가 물었다. 꼬치꼬치 캐묻긴 싫었지만 그는 내가 물어봐주길 바라는 눈치였다.

"캘리의 아버지는 정말 대단한 총리였지만 배신당했어요." 그는 한마디도 놓치지 말라는 듯 나를 조금 더 가까이 당겼다. "그분은 실업률을 낮추고 여행 산업도 부흥시켰죠. 도로, 학교, 병원을 어느 역대 총리보다도 더 많이 지었고요. 저희 목표가 그분의 뜻을 이어가는 겁니다."

"그 경호원 말고 그분의 죽음에 또 뭔가가 있었어요?" 내가 물었다.

"그것에 대해 어떤 소문이 돌았죠." 그가 말했다. "하지만 그 경호원만 처벌됐어요."

난 캘리가 재정부 장관, 육상선수와 이야기하고 있는 테이블을 쳐다보았다. 그녀의 남편과 내가 춤을 추는 곡이 좀 길다고 느꼈는데 알고 보니 내가 모르는 사이에 아까와 거의 비슷한 발라드곡으로 넘어가 있었다.

발라드곡이 끝나자 베이스 줄을 퉁기는 소리와 함께 재즈곡의 A파트가 들렸다. 무도회장에 있던 다른 사람들처럼 우리도 춤을 멈추고 라이브 밴드에게로 관심을 돌렸다. 베이스 소리가 점점 커지다가 멋들어진 색소폰과 활기 넘치는 트롬본 소리가 합세했다. 베이스 도입부가 키보드와 드럼을 연결하는 후렴으로 되돌아와 모든 악기가 하나의 코러스로 합쳐지며 원시적인 야성을 뿜어냈다.

"제가 당신을 위해 신청한 곡이에요." 재즈곡이 끝나자 그레그가 몸을 기울이며 나직이 말했다. "찰스 밍거스의 〈아이티 투쟁의 노래〉*예요. 가족의 친구를 대신해 사과드립니다."

내가 뭐라 입을 떼기 전에, 행사 진행자이자 그 나라의 TV 방

---

* 미국 재즈 작곡가이자 베이스 연주자 밍거스의 재즈곡. 아이티 섬나라의 비극에 대한 분노를 담았다.

송인이 자정이 다 돼간다고 알렸다. 서빙 직원들이 샴페인 병과 잔을 들고 나타났고, 이 나라의 국기 색깔인 검은색과 금색 옷을 차려입은 좌석 안내원들이 사람들을 야외 불꽃놀이 장소로 이끌었다. 그레그는 빠르게 걸어나갔다. 그가 캘리에게 돌아가는 동안 파티 참석자들이 연이어 그의 앞을 가로막아 섰다. 사람들이 잔디밭으로 쏟아져나오면서 나는 금세 캘리와 그레그를 시야에서 놓쳤다.

딱 자정이 되자 나팔이 울리고 샴페인 코르크가 터지고 샴페인 잔이 부딪히고 하늘에서 폭죽이 터지는 소리와 함께 모두 "행복한 새해"를 외쳤다. 무리의 맨 앞줄에서 재정부 장관과 육상선수, 캘리와 그레그가 서로 돌아가며 포옹하는 모습이 보였다. 나는 부모님에게 전화로 새해 인사를 건네기 위해 조용한 장소를 찾으며 돌아다녔다. 부모님은 내가 어디에 있건 그들에게 새해 인사를 건네주는 첫번째 사람이 나이길 바랐다.

"캘리는 괜찮니?" 새해 인사와 아이티의 독립기념일 축하 인사를 얼른 주고받은 뒤, 그들이 거듭 물었다.

"괜찮아 보여요." 내가 말했다.

"캘리 어머니는?" 아빠가 물었다.

"어머니도 괜찮아 보여요." 확신할 순 없었지만 나는 그렇게 말했다.

"아, 잘됐구나." 엄마가 안심하며 말했다.

부모님과의 통화를 끝내고 보니 어느샌가 캘리가 내 옆에 와 있었다.

"내내 널 찾아다녔어." 그녀가 말했다. "보여주고 싶은 게 있어."

공관의 옥상 정원에는 가장자리를 따라 콘크리트 화분이 놓여 있었고 화분에는 아나나스, 천사의 나팔꽃, 극락조화가 가득 심겨 있었다. 폭죽이 터지고 남은 연기가 공기 중에 맴돌며 좀더 향긋한 꽃향기와 뒤섞였다. 어디를 돌아봐도 캘리의 취향이 짙게 배어 있었다. 그녀의 초대를 수락하고 그녀의 새로운 인생에 관한 기사를 읽으면서 알게 된 취향이었다. 축소 모형들과 키네틱* 조각품들, 그 뒤로 줄지어 피어 있는 희귀한 난초들. 손으로 조각한 바와 해먹과 카바나**. 그리고 도시 전체가 내려다보이는 곳에 자리잡은, 줄 조명을 장식한 캐노피와 그 아래의 기다란 로즈우드 테이블.

턱시도를 입은 남자 두 명이 우리를 따라다녔다. 그들은 분별

---

* 작품 자체가 움직이거나 움직이는 부분이 조립된 예술품.

** 포르투갈어로 '초가집'을 뜻하며 해변, 수영장, 캠핑장 등에 오락 용도로 지은 개방형 구조물을 일컫는다.

있게 행동하려 노력했지만 소매에 대고 계속 뭐라고 속삭이는 바람에 은연중에 존재감이 드러났다. 그들은 허리 높이의 유리 난간까지 우리를 따라왔다. 유리 난간 때문에 우리와 경치 사이에 아무 장애물도 없는 것처럼 보였다.

캘리에게 그녀의 어머니에 대해 물어보려던 차에 그녀가 먼저 말을 꺼냈다. "이걸 보여주고 싶었어."

그녀는 구불구불 도시를 가로지르는 불빛 행렬을 가리켰다. 사람들이었다. 수백 명이 하얀 옷을 입고 촛불을 들고 항구와 바다를 향해 걸어가고 있었다.

"허물 벗기라는 의식이야." 그녀가 말했다. "바다로 걸어가면서 그전 한 해 동안 일어난 온갖 끔찍한 것들을 몸과 영혼에서 벗겨내는 거야."

"너도 해봤어?" 내가 물었다.

"이곳으로 돌아오고 나서, 루비 이모할머니랑 엄마랑 매년 했어." 그녀가 말했다. "나이를 먹고 나서는 그레그랑 같이 했고. 삼 년 전에 이렇게 행진을 하고 해변에서 그레그가 나한테 청혼했어."

"마담." 경호원 중 한 명이 말했다. "총리께서 연설 준비를 마치셨습니다."

총리의 연설 생중계는 공관의 접견실에서 열렸다. 대성당처럼 높은 천장과 사방에 천장부터 바닥까지 드리워진 새하얀 커튼이 눈에 띄었다. 그곳에 도착한 캘리는 파우더를 바르고 있는 남편의 볼을 부드럽게 쓰다듬었다.

"당신이 날 두고 몰래 도망간 줄 알았어." 그가 말했다.

"총리님, 준비가 다 되었습니다." 젊은 카메라맨이 말했다.

캘리는 옆으로 비켜섰고 그레그가 연설을 시작했다.

"친애하는 형제자매 국민 여러분." 그가 카메라를 보고 말했다. "우리의 선조들은 그들에게 소중한 모든 걸 포기해야 했습니다. 어떤 이들은 영원한 자유의 꿈을 좇아 노예선에서 뛰어내렸습니다. 우리 선조들은 이렇게 우리가 한데 모여 또 한번의 새해를 맞이하며 우리의 영토가 주는 풍요로움을 자유롭게 누릴 날을 분명 꿈꿔왔을 것입니다. 우리는 우리가 쟁취한 승리와 감내한 고통에 감사하며 이번 새해를 시작합니다. 다음 세대를 위해 우리가 일궈나갈 미래를 기대하며 이번 새해를 시작합니다. 저의 아내 캘리와 저는 여러분과 여러분의 가족이 건강하고 희망차며 기쁜 새해를 보내시기를 소망합니다."

나는 총리의 연설을 보고 희망으로 가득찬 사람들을 상상했다. 연설 내용 때문이라기보다 그가 말을 전달하는 방식 때문이었다. 아마 아이들에게 절대 어기지 않을 약속을 하는 아버지 같은—차분하고 신중하며 확신에 찬—그의 어조 때문일 터였다.

나는 그들이 접견실에 들어오는 걸 보지 못했는데, 재정부 장관과 육상선수가 그들의 친구에게 다가가 캘리와 나보다 먼저 연설을 축하하는 말을 건넸다. 캘리는 그들 곁으로 갔고, 나는 네 명의 가벼운 장난과 웃음 속에서 일종의 광채 같은 것을 보았다.

"난 자러 가야겠어요." 그레그가 캘리에게 손을 뻗어 자기 무릎 위로 그녀를 끌어당겼고, 그녀는 두 팔을 그의 목에 감았다. "캘리와 전 내일 아동 병원에 방문할 거예요."

"그럼 두 분께서는 늙은이들처럼 일찍 잠자리에 들기 업무에 착수하시죠." 재정부 장관은 친구의 팔을 장난스레 툭 치며 말했다. "젊은 저희는 그 일에 붙들리기 전에 이곳을 빠져나가야겠어요."

몇 시간밖에 못 잤는데 아동 병원에 갈 시간이 됐다. 나는 어쩐지 캘리와 그레그가 갑자기 병원에 나타나 직무에 태만했던 직원들을 놀래키고, 직원들은 망신을 당하고 그 과오에 대한 처벌을 받으리라 생각했다. 아니 어쩌면 내가 그런 일이 벌어지기를 바랐는지도 모른다. 하지만 정작 그들은, 사방에서 돌아가는 카메라와 함께, 병원이 제공한 새 잠옷으로 깔끔하게 차려입은 아이들로 가득한 깨끗한 병동으로 안내됐다. 새것처럼 깨끗한 침대에서 다리에 눈처럼 하얀 깁스를 감고 팔에는 꽉 찬 수액 주머니를 달고 있는 아이들은 그다지 아파 보이지 않았다. 캘리와 그레그는 직원들과 사진을 찍고 아이들의 뺨을 살짝 꼬집고 머리를 쓰다듬었다. 그레그는 침대 옆에 앉아 아이들의 발을 간질이고 얼굴을 찌푸리는 장난을 쳤다. 이게 그레그가 가장 좋아하는 부분인 듯했다. 아이들은 분명 최대한 예의를 갖춰 행동하고, 심지어 웃고 있으라는 말까지 들었을 것이다.

공관으로 돌아오는 차 안, 나와 그레그 사이에 그의 아내가 앉아 있었고 그는 내게 병원 방문이 어땠는지 물었다.

"재밌었어요." 난 사실과 다르게 말했다.

그는 내가 진심이 아니라는 걸 눈치채고 몹시 놀란 척하며 말했다. "아, 어쩌나! 모든 게 연출이었다는 걸 알아차렸군요. 그래도 별수 없어요. 우리가 미리 알리지 않고 갑자기 나타나는 건 그 사람들에게 새해 첫날에 망신을 주는 짓인걸요."

"솔직히 말해서 우리랑 있으면 이 나라의 진정한 모습을 볼 수 없지." 캘리가 말했다. "내일 경호원 중 한 명한테 너를 데리고 구경시켜주라고 말해놓을게. 네가 가고 싶은 곳으로 데려다줄 거야."

몇 시간 만이라도 그들의 특별한 삶에서 벗어나 다른 이들의 사생활을 훔쳐보기를 즐기는 사람으로 돌아갈 수 있게 된 것이다.

"당신 아버지가 총리셨을 때도 우리만큼이나 연출을 싫어하셨나?" 그레그가 캘리에게 물었다.

"꽤 즐기셨지." 그녀가 말했다. 그러고는 내게로 얼굴을 돌려 이렇게 말했다. "아빠가 돌아가시던 날 아침에 난 아빠랑 같이 있었어. 아빠가 마지막으로 간 곳이 맹인 아이들을 위한 고아원이었지. 아빠는 날 학교에 데려다주고 다시 일하러 가셨어. 그리고 다신 돌아오지 않았지."

캘리가 눈물을 삼키는 듯하자 그레그는 두 팔을 뻗어 그녀를 감싸안았다. 우린 잠시 가만히 앉아 빠르게 달리는 이 자동차의 소음과 진동에 귀를 기울였다.

"그 일이 일어났을 당시에 난 학교에 있었어요." 그레그가 정적을 깨고 말했다. "어머니가 와서 날 데려갔죠. 그날 자기 아이들을 데려가던 많은 부모처럼요. 우리 부모님은 당시에 보건부에서 일하셨죠. 우린 차를 타고 공항으로 갔어요. 몇 가족에게만 예약된 전세 비행기를 탔죠. 캘리가 외국에 나가 있는 동안 우리도 외국에 있었어요. 우리는 벨리즈에서 피신해 있으면서 사태가 안정되길 기다렸죠."

나는 캘리와 그녀의 어머니가 왜 그들과 함께 전세 비행기를 타지 않았는지 의아했다.

"뭐 어찌되었건, 이제 주제를 바꿔보죠." 그레그가 말했다.

"킴, 캘리가 어린 시절 뉴욕에서 당신과 함께 있을 때 어땠는지 얘기해줘요."

"감당하기 힘든 아이였죠." 내가 농담을 던졌다.

"아니야!" 캘리가 반박했다.

나는 에세이에 쓰지 못한 순간을 하나 떠올렸다. 캘리가 눈을 처음 본 때였다.

하루는 일어나보니 거리가 하얀 눈으로 덮여 있었다고, 나는 그레그에게 얘기했다. 우리 엄마는 루비 할머니를 통해 캘리가 우리와 프로스펙트공원에 가고 싶어하는지 물었다. 그녀는 내가 빌려준 겨울 부츠를 신고 발자국 하나 없는 새하얀 눈밭을 휘젓고 다니며 기쁨에 넘쳐 꺅꺅 소리를 지르고 폴짝거리며 뛰어다녔다. 우리가 지나간 자리마다 움푹 꺼진 발자국이 기다랗게 이어졌다. 나는 캘리가 한 번도 본 적 없는 것을 그녀에게 보여주고 있다는 사실에 너무 신이 났다. 하지만 그녀는 나처럼 혀를 내밀어서 떨어지는 눈송이를 잡아보는 건 끝까지 하지 않았다.

"눈이 내 속에서 계속 내리면 어떻게 해?" 그녀가 물었다.

그레그는 고개를 뒤로 젖히며 웃었다.

"우리 아이들한테 나중에 이 얘길 꼭 해줘야겠어요." 그가 말했다.

내가 그에게 마저 말하지 않은 건, 그날 프로스펙트공원에서 집으로 돌아오는 길에 캘리가 우리 엄마에게 자신은 섬으로 돌아가지 않고 우리와 뉴욕에 남으면 안 되는지 물었다는 것이었다. 엄마와 나는 장갑 낀 그애의 손을 한쪽씩 잡고 있었다. 엄마는 무릎을 꿇고서 캘리의 엄마는 그녀를 사랑하고 그녀를 언제나 안전하게 지켜줄 거라며 그녀를 안심시켰다. 그게 엄마가 말해줄 수 있는 전부였을 것이다.

그 당시에 엄마는 루비 할머니와, 그리고 아마 모리셋 부인과도 함께, 캘리를 섬으로 너무 빨리 돌려보내지 말자는 얘기를 많이 나누는 것 같았다. 하지만 캘리의 아버지가 죽고 한 달 뒤, 암살범이 잡혀 투옥된 후로 모두 고국으로 돌아가도 괜찮을 거라는 결정이 내려졌다.

캘리는 내게 가능한 한 평범한 여행 가이드를 찾아주었다. 껌을 쉬지 않고 질겅이고 청바지와 하얀 티셔츠 차림에 야구 모자를 뒤로 눌러쓴 육십대 남자였다. 마을로 들어서면서 그는 내게 그의 소유로 보이는 오프로드 자동차의 앞좌석에 앉으라고 했다. 그래야 놓쳐서는 안 될 명소를 내게 가리켜 보이기가 더 쉽다는 이유에서였다.

부둣가 수산시장이 나타났다. 수십 명의 남녀가 파라솔 아래에 앉아 신선한 해산물을 팔고 있었다. 아이스박스와 바구니에

든 생선이 아직도 팔딱거렸다. 다음으로 카니발박물관이 나타났다. 출입구를 장식한 벽화에는 스팽글이 달린 팬티와 깃털로 장식한 머리 장신구를 걸친 무희 한 명이 그려져 있었다. 그다음은 세계에서 가장 오래된 빵나무가 있다는 식물원이었다. 그러고 나서 카지노가 보였다. 건물 정면의 눈부시게 반짝이는 유리 외벽은 라스베이거스의 여느 카지노 못지않았고 바로 옆의 호텔도 마찬가지로 호화스러웠다. 그다음은 법원 청사와 국립 교도소였다. 밝은 노란색인 두 건물은 그 옆의 식민지 시대에 지하 감옥과 고문실로 쓰였다던 요새보다 외벽이 더 높았다.

가이드는 일단 전체적인 풍경을 맛보기로 훑으며 지나갈 테니, 다시 와서 자세히 보고 싶은 곳이 있으면 알려달라고 했다.

"진짜 병원을 볼 수 있을까요?" 내가 물었다.

이런 요청은 내 귀에도 기분 나쁘게 들리긴 했다. 그래도 가이드는 내 말의 뜻을 알아차린 듯했다. 내가 자세히 해명하기 전에, 그는 주요 도로를 벗어나 샛길로 들어섰다. 샛길은 점점 좁아지다 경사진 흙길로 이어졌다. 납작해진 스티로폼 용기와 플라스틱 물병이 여기저기 널려 있고 오래된 옷과 천조각이 붉은 흙에 반쯤 묻혀 있었다. 우리가 탄 차의 한쪽 옆으로 남자들이 흙탕물 냇가에 줄지어 선 채 오토바이 택시를 닦고 있었다. 반대쪽에는 여자들이 돌덩이와 나뭇가지 위에 올려둔 커다란 냄비에

각자 손님에게 팔 음식을 요리하고 있었다. 여기가 공관 테라스에서 봤던 판자촌 중 하나인 것 같았다.

가이드가 창문을 내렸다. 요리중인 냄비 아래의 숯이 재로 바뀌는 냄새, 쏜살처럼 지나가는 오토바이가 내뿜는 연기 냄새를 맡아보라는 뜻인 듯했다. 음식을 파는 노점상과 손님이 이 섬나라의 사투리로 흥정을 벌이며 주고받는 소리도 들렸다.

"이런 걸 보고 싶었던 모양인데, 맞습니다. 이 나라에도 가난한 사람들이 왜 없겠습니까." 가이드는 날 조롱하듯이 말을 길게 늘리며 말했다.

길은 더 좁아졌고 우리는 물결 모양 양철 지붕을 덮은 달개집들을 지나갔다. 몇몇 집 앞에는 빨랫줄에 낡아빠진 이불이 널려 있었다. 어디에나 아이들이 있었다. 아이들이 이곳 인구의 4분의 1은 되어 보였다. 아이들은 옥상에서—옥상이 있는 집이라면—연을 날렸다. 땅바닥에서—진흙탕이 아닌 곳에서—둥글게 모여 앉아 구슬치기를 하는 아이들도 있었다. 아이들은 갑자기 길한복판으로 튀어나오곤 했고, 음식 노점 주변에는 어린 여자아이들과 남자아이들이 서성이고 있었다.

병원 건물은 작은 약국 수십 개로 가득한 거리의 한 블록 전체를 차지했다. 정문에는 무장한 경비원들이 보초를 섰고 약 행상인들은 병원에 들어가고 나오는 모든 사람 앞에 상품 목록지를 들이밀었다.

병원의 앞뜰은 홑이불이나 판지 위에 누워 있는 사람들로 가득했다. 바닥에 누워 있는 사람들은 치료 우선순위에 따라 분류되어 있었지만 상자 모양 이층 건물 뒤쪽으로 길게 줄을 선 사람들은 여전히 순번을 받으려고 기다리는 중이었다.

꽃이 활짝 핀 일랑일랑나무 밑은 산모와 어린아이를 위한 곳이었다. 그곳에 있는 임신부의 다수가 여자 친척이나 동반자와 함께였고, 이들은 이따금 임신부에게 물을 건네거나 부채질로 파리를 쫓아주었다. 아픈 아이를 데리고 온 부모들은 땀을 흘리며 잠시도 가만히 있지 못했다. 자신과 닮은꼴의 아기를 두 팔로 어르며 입 모양으로 기도를 하는 이들도 있었다.

가슴이 들썩일 정도로 기침을 하고 피 묻은 블라우스나 셔츠로 상처를 감은 아이들 가운데, 새하얀 성찬식 드레스 속의 수척한 몸이 느껴지는 조그만 여자아이가 눈에 띄었다. 가느다란 머리카락을 빗어올려 머리 한가운데에 아프로 스타일의 둥근 공모양으로 단단히 묶은 모습이었다. 아이는 눈을 뜨고 있기가 너무 버거운지 눈꺼풀을 파르르 떨고 있었다. 캘리와 내가 처음 만났던 때의 나이 정도로 보였다.

내 평생 아픈 아이들을 치료해온 소아과의사 부모님이 생각났다. 그 아이들보다 여기에 있는 아이들의 상태가 훨씬 심각해 보였다. 나는 의사이자 잠재적 치유자였던 부모님이 왜 내가 자신들의 뒤를 따르기를 바라셨는지 알았다. 또한 내가 왜 절대 그럴 수 없었는지도 알았다. 그 일은 나를 파괴할 터였다. 모든 아이에게 다가설 수 없고, 모든 아이를 도울 수도, 살릴 수도 없다는 사실이 나를 망가뜨릴 터였다.

"이름이 뭐니, 이쁜아?" 내가 그 조그만 여자아이에게 물었다.

아이는 답할 기력조차 없었다. 아이의 엄마가 내게 코팅된 종이를 내밀었다. 아이의 의료증이었다. 엄마의 이름은 프루던스Prudence. 딸의 이름은 머시Mercy. 여자아이들에게 그런 선한 뜻의 이름을 지어주는 건 흔한 일인 듯했다.

나는 주머니에 손을 넣어 가지고 있던 돈을 모두 꺼냈다. 250달러 정도 됐다. 나는 몸을 굽혀 아이 엄마에게 의료증을 건네주며 그녀의 손에 조심스럽게 돈을 꼭 쥐여줬다.

돌아오는 차 안에서 나는 눈을 감고 아무것도 보지 않으려 애썼다. 공관에 도착하니 캘리의 수행비서가 차 앞에서 나를 맞이하며 캘리와 그레그는 공식 업무 때문에 외부에 나가 있으며 늦게까지 돌아오지 않을 거라 전해주었다.

난 내 방으로 돌아와 부모님에게 전화를 걸었다. 두 분 다 통화가 가능했고 그들은 내게 모리셋 부인과 시간을 더 보냈는지 물었다. 나는 새해 전야 이후로 그녀를 본 적이 없다고 했다. 부모님은 다시 캘리와 그녀의 안부에 대해 물었다.

"돌아가면 전부 이야기해줄게요." 내가 부모님에게 말했다.

나는 담당 편집자와 연락을 주고받은 뒤 잡지 웹사이트를 확인하고 이제 막 새로 올라온 글을 두어 개 읽다가 새로운 에세이를 쓰기 시작했다. 이번엔 이 섬을 방문한 것에 대해 썼다.

다음날 아침 옥상 정원의 캐노피 아래 로즈우드 테이블에서 아침식사를 하며, 캘리는 내게 재정부 장관과 육상선수의 결혼식에 함께 가자고 말했다. 알고 보니 결혼식은 갑자기 결정된 일이었고 이틀 뒤에 열릴 예정이었다.

"정말 내가 가도 돼?" 내가 물었다.

"물론이지." 그녀가 말했다. 그러고는 햇빛을 흠뻑 머금은 도시와 저멀리 청록빛 바다를 내려다보며 이렇게 물었다. "어제 여행은 어땠어?"

"좋았어." 내가 말했다. "많은 걸 봤어."

"가이드는 오늘도 이용할 수 있어." 그녀가 말했다.

"오늘은 방에 남아서 일을 좀 하려고." 내가 말했다.

휴가를 보내러 와놓고 일을 한다고 나무랄 줄 알았지만 그녀는 그러지 않았다. "얼마간 네 글을 읽어왔어." 대신 그녀는 이렇게 말했다. "이 년 전에 네 이름을 구글에 검색해봤는데 이 웹사이트가 떴어. 그 이후로 거기에 올라오는 네 글을 읽었지. 몇 달 전에 네가 나에 대해 쓴 글을 읽기 전까진 날 기억하고 있는지 확신하지 못했고."

"너에 대해 쓴 게 문제가 없었길 바라." 내가 말했다.

그녀는 의자 뒤에 걸려 있던 큼지막한 가죽 핸드백에 손을 뻗었다. 그녀는 핸드백을 무릎에 올려놓더니 라일락색 리본이 달린 둥그런 분홍색 벨벳 상자를 꺼냈다. 내가 너무나도 잘 아는 상자였다. 일곱 살 때 내가 그녀에게 준 상자였다. 상자 안에는 그녀에게 선물한 호박단, 시폰, 양단, 다마스크, 깅엄 리본 다섯 롤이 색색별로 들어 있었다. 리본은 손 한 번 대지 않았던 것처럼 플라스틱 감개에 감긴 채 벨벳을 덧댄 각각의 칸에 단정히 놓여 있었다.

다음날 오후 그녀는 아버지의 유골이 있는 찰스모리셋국립박물관으로 날 데려갔다. 동굴 같은 로비 벽에는 거대한 사진들이 줄지어 걸려 있었다. 마른 체격에 어두운 피부, 광대뼈가 두드러진 한 남자가 전부 비슷한 포즈로 찍은 공식 초상 사진이었다. 그는 엉덩이를 덮는 네루재킷* 정장만 입은 듯했다. 캘리는 어머니보다 아버지를 훨씬 더 닮아 있었다. 캘리의 어머니가 카메라

앞에서 그렇게 꼿꼿한 자세와 반짝이는 눈빛을 하고 있는 모습은 상상하기 힘들었다.

사진들 맞은편의 움푹 들어간 공간에는 반짝이는 정육면체 모양 은색 단지가 여러 겹의 안전유리에 둘러쌓인 채 놓여 있었다. 유골함 뚜껑 위에는 필기체로 커다랗게 **조국을 위해 순교한 이 나라의 아버**지라는 문구가 새겨져 있었다. 또한 찰스 모리셋 총리의 이름, 출생일과 사망일도 적혀 있었다. 삼십구 년에서 삼 개월 차이였다.

"미친 생각인 건 나도 알지만," 캘리가 말했다. "난 정말 오랫동안 차라리 그날 다 같이 죽었으면 좋았을 거라고 생각했었어. 엄마도, 아빠도, 그리고 나도."

나는 그녀의 어깨를 두 팔로 감싸주었다. 그게 내가 해줄 수 있는 전부였으므로.

"그리고 우리가 브루클린에 숨어 있던 것처럼 아빠도 어딘가에 숨어 있기를 계속 바랐지." 그녀가 말했다.

난 주변을 둘러보고 근처에 아무도 없다는 걸 깨달았다. 박물관 관장도, 심지어 경호원도 없었다. 다들 우릴 위해 자리를 비켜주었다.

---

* 인도 수상 자와할랄 네루의 이름을 딴, 스탠드칼라가 달린 재킷.

"나 때문에 엄마가 엄청나게 고생하셨어." 그녀가 말을 이었다. "그래서 아이를 못 가지겠어. 그레그는 아이를 원하지만 난 한 번도 바란 적 없어." 그녀는 머리를 한쪽으로 기울이더니 팔짱을 끼고 말했다. "아이는 절대 갖고 싶지 않아." 그녀가 말했다. "그레그에게 조만간 말해야겠지."

재정부 장관과 육상선수의 결혼식은 교외의 마파라는 작은 어촌 마을 해변에서 열렸다. 마파에는 낚시꾼들을 위한 오두막, 경비 초소, 시골집, 별장 한두 채 뿐이고 호텔은 없었다. 언덕배기의 대저택처럼 보이는 별장에 나와 캘리, 그레그, 그 외 결혼식 참석자들이 묵었다.

해질 무렵, 우리 모두는 말발굽 모양의 해안가에 모였다. 터키석 빛깔 바다 위로 솟아오른 높다란 석회암 절벽에 둘러싸인 해변 한쪽에는 완만한 사구가 있었고 또다른 한쪽에는 바다포도가 늘어선 산책로가 있었다. 육상선수와 재정부 장관의 부모들이 모두 합해 스무 명의 형제자매, 이모, 삼촌, 조카와 함께했다. 신랑과 신부는 턱시도와 소박한 실크 드레스를 입었지만 하객들은 모두 운동복 차림이었고, 고맙게도 나는 캘리가 옷을 마련해줬다.

결혼식은 해변에서 분홍장밋빛 바위를 깎아 만든 계단을 지나면 나오는 움푹 들어간 장소에서 열렸다. 그레그는 주례도 보고 신랑 들러리도 섰다. 재정부 장관과 육상선수가 그 나라의 전통 결혼 서약을 읊는 걸 들으면서 나는 캘리에게서 눈을 떼지 못했다. 그녀는 예식에 집중하는 듯 보이려 애썼지만 뭔가에 홀린 듯 넋이 나가 보였다. 브루클린에서 그녀를 처음 봤을 때와 조금 비슷했다. 이번에는 눈물은 안 흘렸지만.

결혼식 만찬은 우리가 머무는 별장에서 열렸다. 우린 바다가 내려다보이는 인피니티 수영장 옆에 놓인 긴 테이블에서 식사를 했다. 난 캘리와 육상선수의 삼촌들 사이에 앉았는데, 그 삼촌들은 그레그에게 크리켓과 축구에서부터 국제통화기금과 세계은행까지 모든 것에 대해 내내 설교를 늘어놓았다. 다행히 누구라도 눈을 들면 별이 가득 떠 있는 하늘을 볼 수 있었다.

식사가 끝나고 해변에 불길이 높게 타올랐다. 결혼식 모닥불 시간이었다. 캘리의 말에 따르면 이 섬에서 오래전부터 내려오는 전통이었다.

"신부가 이 순간에 조금이라도 후회가 들면, 불속에 몸을 던지면 돼." 테이블에 있던 사람들이 일어나 해변 쪽으로 걸어나가자 캘리가 장난스럽게 말했다. 그레그가 그녀에게 손을 내밀었지만 그녀는 다른 사람들을 따라가라고 손짓을 했다.

"괜찮아?" 그가 물었다.

그녀는 고개를 끄덕였고 그는 머뭇거리다 걸어나갔다.

그녀는 의자에 기대어 별을 올려다보았다. 그녀가 자리를 떠나지 않을 것 같아서 난 그냥 그녀 옆에 남아 있었다.

"결혼식이 성대할 줄 알았어." 내가 말했다.

"이틀 만에 그렇게 계획하긴 어렵지." 그녀가 마침내 미소를 띠며 말했다. "게다가 둘은 항상 재밌고 감미로운 결혼식을 원했던 것 같아."

해안에서 멀리 떨어진 바다에서 한차례 번개가 번쩍였다. 캘리는 어디서 번개가 치는지 보려고 몸을 앞으로 기울였지만 천둥소리가 뒤따라 들려오지는 않았다. 달이 자취를 감춰서 번개와 별이 더욱 화려해 보였다.

"직접 총리가 되고 싶진 않았어?" 번개가 멈추자 내가 캘리에게 물었다.

나는 인터넷에서 이곳 방송국에서 촬영한 어떤 인터뷰를 봤던 것이 기억났다. 남편이 수상이 되고 난 직후 그녀는 똑같은 질문을 받았다. 그녀는 이 질문이 불편한지 크게 한숨을 내쉬고 입을 다물었다. 그러고는 의자에서 몸을 가만히 두지 못했다.

"아버지한테 일어났던 일을 생각해보면, 내가 왜 그 직책에 개인적으로 끌리지 않을지 이해가 갈 텐데." 그녀가 말했다.

"지금은, 작고하신 위대한 총리의 딸이 아니라 촉망받는 남자의 아내이고 싶어." 그날 밤 수영장 옆에서 그녀가 내게 말했다.

"이게 유일한 선택지였어?" 내가 물었다.

"아마 이게 내가 스스로에게 허락하는 유일한 선택지일 거야." 그녀가 말했다.

"어머니는? 그거에 대해 어떻게 생각하시는데?" 내가 물었다.

"우리 엄마가 그동안 얼마나 많은 희생을 했는지 넌 모를 거야." 그녀가 나를 향해 고개를 휙 돌리며 불쑥 말했다. 하지만 그녀의 분노가 반드시 나를 향한 것 같진 않았다. 적어도 온전히 나에게 향한 건 아니었다.

우리는 모닥불 주변에 서 있는 신부와 신랑 그리고 하객들의 움직이는 실루엣을 바라보았다. 재정부 장관과 육상선수는 검은 색과 흰색으로 완전히 대비되는 옷을 입었지만, 우리가 앉은 자리에서는 그 둘의 실루엣이 머리가 둘인 하나의 몸처럼 보였다. 바람을 타고 그들의 웃음소리와 더불어 어느 여자 친척의 목소리가 실려왔다. 그녀는 재정부 장관과 육상선수가 그녀 집에서 열린 파티에서 어떻게 만났고, 육상선수가 외국에서 경기를 치르는 동안 두 사람이 어떻게 헤어졌다 다시 만나게 되었는지 회상하고 있었다.

"아버지가 암살당하고 나서 모두가 우릴 떠났어." 캘리가 입을 열자 그 여자의 목소리가 묻혔다. "사람들은 우리를 내버려두고 전세기를 타고 떠났지."

"그 사람들은 왜 떠난 거야?" 내가 물었다.

"아마 무서웠을 거야. 우리가 다른 방법으로 섬을 떠날 거라로 생각했을 수도 있고. 모르지. 중요한 건 그들이 우릴 떠났다는 거야."

해변에서 또다시 웃음소리가 피어올랐다. 그 소리가 파도 소리를 덮었다. 그러다 잠시 조용해지면서 멀리서, 그녀의 남편이 모닥불에 대고 건배를 외치는 소리가 들렸다. "둘의 사랑이," 그가 말했다. "늘 오늘밤의 이 불꽃처럼 밝게 타오르기를!"

"맞아요! 맞아요!" 사람들이 맞장구를 쳤다.

"엄마가 학교에 날 데리러 왔는데 물건을 챙기러 공관에 돌아갈 수가 없었어. 거기서 무슨 일이 일어날지 몰랐으니까." 캘리가 말했다. "그래서 엄마는 공항으로 가서 비행기를 태워달라고 사정했지. 비행기표를 살 돈도 없었거든."

"둘의 열정이 오늘밤의 이 불꽃처럼 항상 뜨겁기를!" 그레그가 말을 이었다.

"엄마한테 비행기표와 탑승 서류를 준 그 남자? 그 남자는 그걸 주기 전에 엄마를 뒤쪽 방으로 데려갔어." 캘리가 말했다. 목소리는 굳어졌고 어조가 단호해졌다. "난 방밖에 앉아 있어야 했어. 그 사람이 내지르는 신음소리가 들리고, 들리고, 또 들렸어.

그러다 내가 방문을 열었어. 그 남자가 엄마 위에 타고 있었어."

"서로를 위해 이보다 더 뜨거운 불길도 뚫고 갈 수 있기를!" 그레그가 외쳤다. "둘의 사랑이 영원한 불꽃으로 남기를!"

"난 달려가서 그 사람을 밀치려고 했어." 캘리가 말했다. "엄마 몸에서 떨어뜨리려고. 근데 엄마가 문가에 서 있던 날 봤어. 그리고 한 손으로, 그저 한 손으로, 나보고 밖에서 기다리라고 손짓했지. 난 엄마가 하라는 대로 했어. 기다렸어. 나도 모르게 그게 끝나면 우리가 떠날 수 있겠다 싶었거든. 그 순간을 두고 사람들 사이에서 여러 소문이 돌았어. 사람들이 한 말은 그게 나였다는 거였지. 그 남자가 날 무릎에 앉히고 내 몸 구석구석을 만지는 걸 엄마가 봐야 했다고. 그게 비행기를 타기 위한 푯값이었다고."

해변의 모닥불은 불꽃이 희미해지며 조금씩 사그라들기 시작했다. 순간 나는 캘리와 그 결혼식 하객 모두의 사이를 가르는 거대한 단층선에 서 있는 것만 같았다. 그녀와 그들 간의 차이는 그 참사를 무사히 빠져나온 사람과 그 참사 때문에 평생 불구로 살아가야 하는 사람의 간극만큼이나 뚜렷했다.

"이제 알겠지," 그녀가 내게 말했다. "세상에 완벽한 이야기란 없어."

삼왕축일 전야가 되면 우리 부모님은 나보고 내 방문 옆에 신발을 놓아두라고 했다. 그럼 내가 자는 동안 천사가 와서 내 신발에 머리 리본 롤을 채워준다고. 부모님은 내가 잠들기 전에, 그 천사가 내린 불행한 결정에 대해 이야기해주었다. 부모님이 말해준 바에 따르면 그 천사는 내가 아는 한 세상에서 최고로 아름다운 여성 같았다. 이 천사는 동방박사 세 명으로부터 아기 예수에게 황금과 유향과 몰약을 가져다주러 함께 가자는 제안을 받지만, 어떤 이유에서인지 이를 거절했다. 엄마가 말하길 이 천사는 지금까지도 그 결정을 후회하고 있다고 한다. 그래서 삼왕축일 전야가 되면 아이들에게 작은 선물들을 가져다주는 거라고.

우리가 만나고 나서, 난 캘리의 천사가 되어 그녀에게 내 리본을 전부 주고 싶었다. 어쩐지 캘리에게는 꼭 묶어서 잡아줘야 하는 무언가가 있다고 느꼈던 것 같다. 어쩌면 지금도 그녀는 자신을 꼭 묶어서 잡아줄 무언가가 필요할지도 몰랐다. 어쩌면 그래서 그걸 그렇게 오래 간직하고 있는지도.

다음날 아침, 나는 일찍 일어나 마파의 해변 위로 떠오르는 태양을 바라보았다. 동이 트자 구름이 바다뿐만 아니라 주변의 곶과 절벽에 황금 유액을 따르는 것 같았다. 하얀 밀가루 같은 모래가 마가린 빛깔로 물들었다. 이것이 우리가 일곱 살 때 캘리가 기억했던 황금빛 바다였다는 걸 깨달았다.

우리는 재정부 장관과 육상선수가 마파에서 신혼여행을 보내도록 남겨두고 공관으로 돌아와 대주교의 삼왕축일 기념행사 막바지에 간신히 참여했다. 매년 모리셋 부인의 요청으로 열리는 행사였다. 모리셋 부인은 연보라색 샤넬 재킷과 검은색 부클레* 치마를 입고 있었다. 그녀는 묵주를 손에 꼭 쥐고 고개를 숙인 채, 공관 일층을 돌며 성수를 뿌리고 축복과 기도를 읊는 대주교의 뒤를 따랐다.

대주교는 공관에 있는 모든 이들이 삶의 혼돈에서 벗어나고 이들에게 평화가 깃들기를 바란다고 말했다.

대주교는 고개를 숙이고 있는 캘리와 그레그에게 다가가 성수를 뿌려주었다. 그리고 떠나기 전에 모리셋 부인에게도 축복을 기원해주었다. 그녀도 두 눈을 꼭 감고 성호를 세 번 그으며 자신의 축복을 기원하는 게 틀림없어 보였다.

모리셋 부인은 우리 네 사람을 위해 점심식사를 준비해놓았다. 옥상 정원의 캐노피 아래 로즈우드 테이블에 오찬이 아름답

---

* 꼬불꼬불하게 말린 털로 짠 직물로 표면이 양털 같다.

게 차려져 있었다. 모리셋 부인에게 계속 눈길이 가는 바람에 나는 식사로 나온 돼지고기 카레 스튜를 겨우 떠먹었다. 모리셋 부인의 주저하는 듯한 미소 속에 묻힌 슬픔이 새삼 더 확실히 와닿았다.

"결혼식은 어땠니?" 부인이 캘리에게 물었다.

"아름다웠어요." 캘리가 말했다.

"우는 사람은 없었지?" 부인이 그레그에게 물었다.

"엄청 많았죠." 난 그런 건 못 봤지만 그는 이렇게 답했다.

"뉴욕에서 가족들이 우리에게 베풀어준 친절은 두고두고 잊을 수 없을 거예요." 부인이 내게 말했다. "그때 몹시 감사했다고 부모님께 꼭 전해줘요."

디저트는 갈레트 데 루아였다. 우리 부모님도 삼왕축일에 먹는, 왕의 케이크였다. 운이 좋은 참석자가 케이크 안쪽 빵 속에 숨은 아주 작은 갈색 아기 예수를 발견하는데, 내 접시의 케이크에 그것이 들어 있었다. 나는 그걸 발견하고는 늘 하던 대로 꺅하고 소리쳤다. 아직도 어린아이인 것처럼.

캘리와 그레그는 삼왕축일 행진에 참가하는 공식 일정이 있어 서둘러 자리에서 일어나야 했다. 나도 동행하기로 했다.

"엄마, 같이 가실래요?" 캘리는 돌아올 대답을 이미 아는 것처럼 주저하며 물었다.

모리셋 부인은 거절의 의미로 고개를 가로저었다.

캘리는 잘 다녀오겠다며 그녀에게 작별 키스를 했지만 곧장 발길을 떼지 못했다. 그레그와 내가 엘리베이터 옆에서 기다리는 동안, 캘리와 모리셋 부인은 자리에서 일어나 카바나 쪽으로 걸어갔다. 그리고 유리 난간에 다다르곤 난간을 꼭 잡았다. 구도시와 신도시, 건물들과 바다의 경관을 내려다보는 두 모녀의 고개가 좌우로 움직였다. 어떤 것에는 눈길이 오래 머물렀고, 또 어떤 것은 빠르게 스쳐지나갔다. 그 순간 나에게는 두 모녀가 섬 전체를 지키고 있는 것처럼 보였다. 그들이 섬에 남은 마지막 보초병이라도 되는 것처럼.

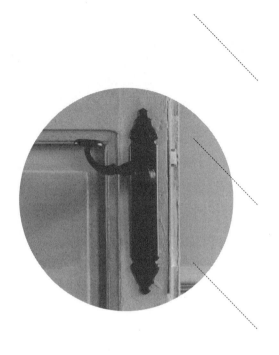

무심사

아르놀드가 상공 150미터에서 추락하는 데는 6.5초밖에 걸리지 않았다. 그 시간 동안 아들 파리의 모습이 그의 눈앞을 스쳤다. 유치원 졸업식 날 파리는 원복인 빨간 셔츠와 카키색 바지를 입고 있었다. 그날 아침 파리의 엄마 다를린은 자기가 졸업하는 것마냥 원피스를 이것저것 꺼내 입으며 아파트 안을 총총거리고 돌아다녔다. 추락하는 그의 지친 얼굴을 때리는 뜨거운 바람에 두 눈을 꼭 감자, 졸업식이 열리는 교실의 파리가 보였다. 다를린 옆에 서 있는 그 자신도 보였다. 그녀는 결국 사파이어색의 풍성한 새틴 원피스를 골라 입었다. 그는 결혼식이건 장례식이건 모든 자리에 입고 나가는 검은색 정장 차림이었다.

그가 너무 많은 걸 소유하지 않으려고 했던 이유는 방 두 칸짜리 아파트가 비좁아서이기도 했지만, 얽매인 기분을 느끼고 싶지 않았기 때문이기도 했다. 적어도 그는 그랬다. 몇몇 사람에게 애착을 갖게 되는 건 괜찮았다. 몸속에 흐르는 피처럼 그의 일부나 다름없는 파리나 다를린에게는. 하지만 옷장에 박혀 먼지가 쌓여가는 옷이나 신발, 매달 엄청난 할부금을 지불해야 하는 고급 승용차 같은 물건에 얽매이고 싶은 생각은 추호도 없었다. 아니, 자유로워지는 것은 그보다 단순한 일이었다. 의도하지도 선택하지도 않은 이런 자유로운 낙하처럼. 이 추락은 왼발이 공사장 비계에서 미끄러지고, 헐거워진 건지 고장난 건지 모를 안전띠에서 몸이 빠지면서 일어났다. 어떤 분노의 손이 나타나 안전띠를 벗겨내고는 그를 옆으로 툭 밀쳐 허공으로 밀어버린 것만 같았다. 그의 몸은 중심을 잡아보려 했지만 지금 떨어지는 방향으로 각도를 틀게 됐고, 그는 이제 머리를 아래로 향한 채 땅으로 곤두박질치고 있었다. 아직 콘크리트를 깔진 않았지만 사십팔 층짜리 호텔을 지으려고 잡초며 덤불이며 꽃이며 모조리 뽑아놓은 흙바닥으로.

그는 매 초마다 더욱 빨리, 계속해서 떨어지고 있었다. 바람의 저항은 점점 거세졌고 몰아치는 세찬 바람은 하나씩 뚫고 지나가야 하는 단단한 푸른 막처럼 느껴졌으며 동시에 땅이 그를 향해 점점 다가오고 있었다. 그의 몸이 왼쪽으로 쏠렸고 바로 아래에는 트럭에 장착된 시멘트 믹서의 미끄럼판이 있었다. 그 트럭은 그에게 늘 우주선처럼 보였다.

불과 몇 시간 전에 그는 비계에 앉아 아침을 먹으며 그 시멘트 믹서 트럭을 내려다보고 있었다. 다를린은 그가 집에서 파리와 함께 밥을 먹길 바랐지만, 드물게 둘 다 일이 없는 토요일이나 일요일 말고는 항상 시간이 너무 촉박했다. 주중에 그는 다를린이 요리사로 일하는 아이티 음식점에 그녀를 데려다주고 파리도 학교에 데려다주었다. 공사장에 도착하고 나면 로페스 형제의 푸드트럭에서 구아바 페이스트리 한 개와 커피 한 잔을 사 올 몇 분만이 남았다.

로페스 형제는 얼마나 진취적인 사람들인지. 1950년대식 쉐비*를 개조해 만든 고무보트를 타고 코히마르**에서 건너온 게 불과 오 년 전인데, 지금 그들을 보라. 아침식사를 사려고 기다리다 이 형제가 다른 쿠바 손님에게 풀어놓는 고무보트 이야기를 엿듣던 그는 자신이 이 땅에 상륙한 일을 떠올렸다. 아, 그들의 이야기와는 너무 달랐다.

그날 동트기 전 새벽, 다를린은 해변에 앉아 있는 유일한 사람

---

* 미국의 자동차회사 쉐보레의 별칭.
** 쿠바의 수도 아바나 동쪽에 있는 작은 어촌 마을.

이었다. 아르놀드를 포함한 남자 열 명과 여자 네 명은 바다 한 가운데 던져졌다. 선장이 해변까지 헤엄쳐서 가라고 했기 때문이다. 그날 새벽 바다는 여느 때보다 잠잠했다. 해변에 점점 가까워지면서 아르놀드는 늘 얘기 들었던 우뚝 솟은 빌딩과 높다란 유리 건물을 알아보았다.

여자 네 명은 모조리 익사했다. 수영을 할 줄 모르는 사람들이었다. 사체들은 결국 해변으로 쓸려왔을 것이다. 아르놀드가 쓸려온 것처럼. 그는 목숨이 붙은 채 오긴 했지만 말이다. 함께 보트에 탔던 남자 중에는 목숨을 건진 이들도 있었다. 그들은 해변에 누워 발뒤꿈치와 발가락을 모래에 파묻으면서 이제 꿈쩍도 할 수 없다고 확신하려 애썼다. 그러나 아르놀드는 그저 거기에 앉아 그녀를 바라보고 있었다. 그녀에게 다가가 겁을 주고 싶지 않았다. 그에게서는 악취가 났고 밀항중에 덕지덕지 자란 턱수염 때문에 위협적으로 보일 게 분명했다. 그녀도 그를 빤히 바라보고 있었다. 바로 그때 사이렌소리가 들렸다. 그는 그녀에게 애원하기 시작했다.

"에드 음." 도와줘요, 그가 입 모양으로 말했다. 구류되거나 송환되고 싶지 않았다. 이곳에 있고 싶었다. 있어야만 했다. 그리고 그녀와 같이 있고 싶었다. 그날 새벽 우연히 그 해변에 있던 누구라도 그를 도와줄 수 있었을 것이다. 그렇지만 아르놀드는 그 사람이 그녀였다는 게 기뻤다. 왠지 그들이 모르는 누군가가 계획해놓은 예정된 만남인 것처럼 느껴졌다.

사이렌소리에 화들짝 놀란 그녀는 일어서서 다가오더니 그의 팔을 잡았다. 둘이 함께 걷고 있으면 경찰이 도착했을 때 둘 다 체포하거나 그냥 지나칠 것이었다. 둘 중 한 명에게 무슨 일이 터지면 다른 한 명에게도 일이 닥칠 것이 뻔했다. 누가 봐도 이 둘은 커플로 보였으니까. 한 명만 흠뻑 젖은 커플.

두 사람은 아직도 멍하니 정신을 못 차리는 나머지 생존자들을 뒤로하고 주차장을 향해 걸었다. 몇몇이 그녀에게 외치는 소리가 들렸지만 그녀는 뒤돌아보지 않았다. 그는 그녀가 이끄는 대로 따라갔고, 생존자 중 몇몇이 그의 이름을 불렀지만 마찬가지로 뒤돌아보지 않았다.

그중 한 명이 소리쳤다. "아내가 여기서 기다리고 있었구면그래?"

누군가는 이렇게 말했다. "우릴 여기 두고 가지 말아요, 부탁이에요."

그중 두 명은 그들을 따라오려다 이내 포기했다. 다를린의 걸음이 너무 빠르기도 했고 그들이 너무 지친 탓이기도 했다. 그도 그녀가 부축해주지 않았다면 뒤처졌을 것이었다. 그녀가 그에게 몸을 기울이며 나직이 말했다. "안 은 알레, 안 은 알레"—가요—그러고는 걸음을 재촉했다.

그녀의 아담한 흰색 차는 곳곳이 움푹 찌그러지고 긁혀 있었다. 그녀가 해변에서 깔고 앉았던 수건을 건네주자 그는 그제서야 자기 몸이 젖어 있는 걸 깨달았다. 수건으로 모래를 털고 난 그는 조수석에 앉았다.

"거기 계속 있었으면 그들이 크롬으로 끌고 갔을 거예요." 그녀가 말했다.

그는 크롬이 뭔지, 어디에 있는 건지 전혀 몰랐다.

"우리 같은 사람들을 가둬두는 감옥이에요." 그녀가 말했다.

우리? "우리"가 무슨 말이지? 그녀도 보트를 타고 왔다는 말을 이런 식으로 해주는 건가? 크롬이라는 곳에 그녀가 수용됐던 걸까?

그는 그녀에게 물어보고 싶은 게 많았다. 왜 그를 선택했는지 알고 싶었다. 왜 다른 사람이 아니라 그를 구해준 걸까? 차 뒷좌석을 보니 족히 세 명은 더 태울 수 있을 것 같았다. 하지만 호기심보다 갈증이 더 앞섰다. 목이 타들어갔다.

바로 지금처럼, 떨어지고 있는 이 순간처럼.

그는 바다에 떠 있는 동안 알게 되었다. 시간이란 무한히 늘어날 수 있으며 바람과 공기는 사람의 수분을 모조리 빨아들여 존재하지도 않는 것을 보게 해준다는 것을. 아이티 북부 해안 포르드페에서 출발해 밀항하던 중에 생수가 떨어졌고 그들은 바닷물이나 자신의 오줌을 들이켜야 했다. 선장이 항로를 연신 바꾼데다 한번은 미국연안경비대에 체포되지 않기 위해 스피드보트로 갈아타는 바람에 기껏해야 이틀 남짓 걸릴 항해가 실제로는 나흘이 걸렸다.

그가 물을 마셔도 되는지 묻기도 전에 그녀는 뒷좌석에 손을 뻗어 꾸러미에서 물 한 병을 꺼내주었다. 꾸러미에는 열두 병이 넘는 물이 담겨 있다. 경찰이 헬리콥터, 순찰선, 구급차, 경찰견을 대동하고 오지 않았다면 그는 해변에 남겨두고 온 사람들에게 그 물을 조금이라도 갖다주었을지도 몰랐다.

경찰견이 짖는 소리가 들렸다. 시신을 찾는 경찰견이라고, 그녀가 말했다. 해변에 살아 도착하는 사람이 한 명이라면 그러지 못하는 사람이 다섯 명 정도이기 때문에 육안으로 발견하지 못하는 시신을 찾기 위해 경찰견을 풀어놓는다고 했다. 그는 왜 바다에 뛰어들어 다른 사람들을 구하지 않았던 걸까? 적어도 시신을 물 밖으로 끌어낼 수 있진 않았을까? 굶주림과 목마름, 힘이 빠진 두 다리 때문에 그는 다시 바다로 뛰어들면 익사할지도 모른다는 두려움에 휩싸였다. 붙잡힐 수 있다는 공포가 그를 정신나간 사람, 이기적인 사람으로 만들었다.

그는 숨이 막힐 정도로 순식간에 물을 들이켰다. 그녀가 빈 물병을 가져가고 다른 물병을 건넸다. 그는 그것도 마셨다.

"어디로 데려다드릴까요?" 그녀가 그에게 물었다.

이건 그녀가 제공해주는 일종의 서비스라는 것을, 그는 깨달았다. 그녀는 보트를 타고 건너온 이들을 위해 운전기사 봉사를 하고 있었던 것이다. 나중에 그녀는 이렇게 도와준 이들이 여자와 어린애를 포함해 열일곱 명이었다고 말해주었다.

그는 이제 자신이 남겨두고 온 사람들에게 갑절로 더 미안해졌다. 포르드페에서 다 같이 승선했을 때는 잘 모르는 사람들이었지만, 밀항중에 피부는 햇볕에 타고 뼈가 불거진 모습으로 움츠러든 채 향수병과 뱃멀미를 앓는 모습을 서로 지켜보며 점차 가까워진 상태였다. 다른 생존자들은 이제 슬픔을, 그리고 이민국 직원을 마주해야 했다. 전부 다는 아니더라도 거의 대부분이 본국으로 송환될 것이었다. 그녀가 거기서 그를 구해준 것이다.

"우 그랑구?*" 그가 뱃속의 바닷물을 그녀가 건네준 물로 희석하고 나자 그녀가 물었다.

그가 대답하기도 전에 그녀는 패스트푸드점 드라이브스루에 차를 대고 먹을 걸 두 봉지 주문했다. 그가 이 나라에서 처음으로 맛본 음식이었지만 브렉퍼스트 부리토는 그가 다시는 쳐다보

---

* 아이티 크리올어로 '배고파요?'.

고 싶지도 않은 음식이 됐다. 이걸 여섯 개 먹은 뒤 곧장 패스트 푸드점 화장실로 가서 모조리 토해냈으니까.

그가 몸을 깨끗이 추스른 뒤 그들은 주차장의 차 안에 앉아 다음에 할 일을 고민했다.

"우리집에는 아무도 데려간 적이 없어요." 그녀가 그에게 말했다.

그는 이 말이 이번만큼은 예외라는 뜻이길 바랐다. 허기도 가시고 갈증도 사라져 찬찬히 살펴보니 그녀의 얼굴만큼이나 길쭉하고 늘씬한 그녀의 몸도 매력적이었기 때문이었다.

"쉼터가 하나 있긴 한데……" 그녀는 말을 다 마치기 전에 다시 차를 출발시켰다.

그녀가 그를 내려준 곳은 교회 쉼터였다. 여기서 그는 자기처럼 아이티, 바하마, 쿠바에서 보트를 타고 건너온, 비슷한 처지의 사람들을 만났다. 그는 아이티 국경에서 창고 직원으로 일하면서 도미니카공화국 사람들로부터 스페인어를 배웠고, 쉼터의 쿠바 사람들로부터 스페인어에서 쓰이는 구문과 관용구 표현을 익히게 되었다. 이곳의 쿠바 사람들이 그가 공사장 일자리를 얻을 수 있도록 도와주었다.

그녀가 그를 쉼터에 데려다주고 난 며칠 뒤, 그는 새로 사귄 친구들과 도미노게임을 하면서 TV를 보고 있었다. 휴게실 뒤쪽

벽에 걸린 TV에서 보트 한 척이 터크스케이커스제도* 앞바다에서 전복됐다는 뉴스가 나왔다. 시체 열두 구가 발견됐다. 남자 일곱 명, 여자 다섯 명. 열 명 이상이 여전히 실종 상태였다.

그는 그녀를 다시 보게 될 거라고 생각하지 못했지만, 공사장 일을 시작하고 얼마 안 돼서 그녀가 쉼터에 들렀다. 그들은 뜰로 나갔다. 붉게 녹슨 그네가 있었다. 그네를 보니 이곳 쉼터에 아이들도 있을 수 있겠다 싶었지만 다행히 지금은 없었다. 그네 건너편에는 농구 코트가 있었고 벽화에는 코코야자나무가 우거진 열대우림에서 어른과 아이들 여러 명이 놀고 있는 모습이 그려져 있었다. 두 사람은 그네 옆에 함께 서 있었다.

"아들이 하나 있어요." 그녀가 그에게 말했다. "아이 아빠는 바다에서 죽었어요."

순간 그는 아이의 아빠가 바다에서 죽을 때 그녀와 그 남자가 따로 떨어져 있었을 거라 생각했다. 하지만 그녀의 두 눈에 눈물이 차오르는 것을 보고 바다에서 남편과 함께 있었다는 것을 깨달았다. 아르놀드와 함께 있다가 익사한 사람들처럼 남편이 익사하는 걸 그녀가 지켜본 것이다.

"그래서 어떻게 했죠?" 그가 그녀에게 물었다.

---

* 아이티 북쪽 영국령의 섬.

"아들을 바다에서 구해야 했어요." 그녀가 말했다.

"아들 이름이 뭐예요?" 그가 물었다.

"파리예요." 그녀가 말했다. 그가 뭐라고 말하기 전에 그녀가 말을 이었다. "아이 아빠의 꿈이 언젠가 그곳에 가는 거였어요."

그러자 그는 아이의 아빠를 상상해보았다. 자신처럼 젊은 사내였을 것이다. 단지 고난에서 도망친 것이 아니라 자신이 속해 있다고 느끼는 머나먼 도시의 사이렌소리에 화답한 것이었으리라. 아르놀드는 어릴 때부터 마이애미의 삶을 꿈꿔왔다. 포르드페에서 알았던 사람들 중에 보트를 타고 바하마까지 건너간 이는 많았지만, 마이애미까지 건너가는 데 성공한 사람은 얼마 없었다. 파리의 아빠가 프랑스 수도에 가고 싶었던 것처럼 아르놀드는 마이애미에 가고 싶은 마음이 절실했다.

하지만 아르놀드가 마이애미에 대해서 예상하지 못했던 것은 이곳에 그와 비슷한 이야기가 넘쳐난다는 것이었다. 그가 짓던 고급 호텔 공사장에서 불과 몇 미터 떨어진 다리 밑에 노숙자 가족들이 자고 있는 것 또한 알지 못했다. 좀전에 뉴스에 나온 불쌍하게 죽은 아이들도 그에겐 충격이었고 경찰이나 누군가에게서, 학교에서, 집에서, 길을 걷다가, 도시공원에서 놀다가, 무작위로 총에 맞아 죽는 사람들이 있다는 것도 충격이었다.

그녀가 있는 뜰에 보슬비가 내리기 시작했다. 다를린이 쉼터

안으로 달려가면 그도 따라가려고 했지만 그녀는 꿈쩍도 하지
않았다.

"아들은 지금 어디 있어요?" 그가 물었다.

"일하는 곳에 내 아이와 비슷한 아들을 둔 친구가 있어요. 그
친구가 가끔 아이를 봐줘요. 서로 돌아가면서 애들을 봐주죠."

"내 아이와 비슷한 아들"이라면 아빠가 없는 아이라는 것일
까? 아니면 바다에서 부모를 잃은 아이? 아니면 그녀의 아이가
어떤 병을 앓고 있는 걸까?

"아이가 아파요?" 그가 물었다.

"아들이 바다에 제일 먼저 빠졌어요." 그녀가 말했다. "그게
아이의 머리에 영향을 줬나봐요."

그녀는 그가 고민해봐야 할 그녀 인생의 복잡한 문제를 모두
꺼내 보이고 있었다. 그에게 떠나도 되고 함께 있어도 된다는 말
을 하고 있는 것이었다. 그는 함께 있고 싶었다.

그녀는 그네에 꾸역꾸역 몸을 욱여넣고 그네를 앞으로 움직였
다. 그녀 위의 쇠사슬에서 끼익하는 소리가 났다. 그녀는 그네를
앞뒤로 몇 차례 흔들더니 발로 흙바닥을 콕 찍어 멈춰 섰다. 그
녀의 두 발이 땅을 단단하게 디뎠을 때 그는 몸을 숙여 그녀에게
키스했다.

그들은 안으로 들어갔다. 그는 어둑하고 좁은 복도에서 그녀

에게 기다리라고 말한 다음, 남자 세 명과 같이 쓰는 방으로 들어가 그녀의 아들에게 줄 종이비행기를 접었다. 어렸을 적 그의 유일한 장난감이었다. 쓰레기통이나 땅에서 종잇조각을 발견하면 그는 종이비행기를 접곤 했다. 이제 그는 종이비행기 접기의 달인이 됐다. 파리에게 만들어준 첫번째 종이비행기는 아무 무늬도 없는 흰색에 장식도 없었지만 길쭉하고 좁다란 날개 덕에 멀리 날아갈 수 있었다.

그녀는 조그마한 노트에 목록을 적는 습관이 있었다. 그날 해야 할 일 목록, 해변에서 쉼터로 데려다준 사람들 목록. 하지만 그를 구해준 이후로 다시는 해변에 가지 않았다. 연안경비대의 경비는 더욱 삼엄해졌고 해변에 상륙하는 이들도 줄었다.

하루는 그녀가 노트에 적은 걸 그에게 읽어줬다. '해변에서 내가 키스한 사람들'이라는 제목의 목록에는 그의 이름뿐이었다.

한번은 그녀에게 남편이 빠져죽은 바다에 계속 돌아가는 이유를 물어본 적이 있었다.

그녀는 아르놀드가 도착했던 그날처럼, 물에 빠져 죽어가는 사람들을 위해 항상 구조 요청을 한다고 했다. 물에 떠 있을 자신이 없어서 사람을 구하러 직접 물에 뛰어들진 않는다고. 게다가 허우적거리는 사람은 상대의 머리를 디딤대삼아 물 밖으로 빠져나오려고 할 수도 있었다. 그리고 아들을 생각해야 했다. 해변을 끊임없이 찾았던 건 그곳이 남편이 묻힌 곳이자 자신이 묻힌 곳이어서라고 했다. 그녀와 남편과 아이, 이렇게 셋이 보트에 올라 아이티를 떠났을 때, 그때 그녀였던 사람은 바다에서 사라졌다고.

이번의 상륙은 이전의 것보다 훨씬 더 갑작스러웠다. 그의 자유낙하는 시멘트 믹서 드럼통에 몸이 쾅 부딪히면서 끝났다. 그는 그라우트*로 꽉 들어찬 어두운 통 안으로 내동댕이쳐졌다. 축축한 고운 모래와 자갈 속에서 그의 얼굴이 몇 초마다 솟았다 가라앉았다. 그는 입을 꽉 다물고 콧속의 공기를 내보내며 그의 몸속으로 빨려들어오는 모래 혼합물을 밀어내려 애썼다.

그는 바다 한가운데서 스피드보트가 멈추고 해변까지 수영해서 가라는 말을 들었을 때처럼, 수영을 하듯 발을 힘껏 쳐댔다. 팔을 저어보려 했지만 팔과 다리 모두 꼼짝할 수가 없었다. 그러나 몸은 끊임없이 돌아가는 믹서를 따라 계속 움직였다. 그는 좀더 안정적인 공간, 즉 집이라든지 사원이라든지 다른 신성한 장소에서는 포토 미탕, 즉 중앙 기둥이라 부르는 샤프트로 몸을 뺄었다. 마지막 남은 힘을 모두 짜내 샤프트로 힘껏 몸을 내던져

---

* 시멘트와 모래, 물의 혼합물.

그것을 두 손으로 꽉 잡았다. 하지만 잡은 것도 잠시, 곧바로 다른 방향으로 몸이 밀려났다.

몸이 떨어질 때보다 훨씬 더 가벼워진 것 같았다. 뼈가 녹고 피가 증발하면서 그는 지금 양피지 아니면 구멍이 숭숭 뚫린 어떤 것—튈*이나 다를린이 좋아하는 아일릿 레이스가 된 것 같았다. 그는 믹서에서 나는 윙윙거리고 딸가닥거리는 소리에 귀를 기울이지 않았다. 핏줄기가 시멘트를 물들이고 있다는 것, 자신이 아무 고통도 느끼지 못한다는 것도 알지 못했다. 그러다 갑자기 믹서가 회전을 멈췄다. 순간 정적이 흘렀고 곧바로 비명소리와 신음소리와 "오, 하느님!" 하는 소리가 들렸다. 그다음 들려오는 사이렌소리는 다시 그를 해변으로 데려갔다. 잿빛 모래사장, 다를린의 새까만 얼굴, 그녀의 하늘색 운동복, 파리의 빨간색 셔츠, 패스트푸드점에서 그가 게워낸 주황색과 초록색으로 얼룩덜룩한 토사물.

시멘트 믹서 안에 누워 있으니 맑은 파란 하늘에 비행기가 지나가는 것이 보였다. 자신이 죽어가고 있다는 것을, 그것이 지금껏 느껴보지 못한 자유를 주었다는 걸 느낀 순간이었다. 무엇을 생각하든 전부 눈앞에 펼쳐졌다. 무엇을 원하든 다 가질 수 있었

---

* 실크, 나일론 등을 망사처럼 짠 천. 베일이나 레이스에 쓰인다.

다. 지금 가장 절실하게 원하는 한 가지, 죽지 않는 것을 제외하고는. 날개 달린 무언가가 와서 그를 시멘트 믹서에서 꺼내주길 바랐다. 지금 바로 저 하늘에 비행기 모양의 그것이 떠 있었다. 그와 다를린은 파리를 비행기에 태워주려고 따로 돈을 모으고 있었다. 그건 여행 경비로 쓰거나 반지를 사려던 돈이었는데, 다를린은 자신은 그와 이미 결혼한 거나 다름없다고 말했다. 파리가 두 사람의 반지였다. 둘은 서로를 사랑했고 파리를 사랑했다. 파리는 그들의 아들이었다.

그는 다를린과 파리를 또다시 보고 싶었다. 마지막으로 딱 한 번만이라도 둘의 얼굴을 보고 싶었다. 둘의 손을 잡고 싶었다. 늘 그랬듯 서로 다른 방식으로 두 사람에게 키스해주고 싶었다. 다를린은 입술에, 파리는 그 아이가 아직 아기였다면 숨구멍이 있었을 정수리에.

비행기가 시야에서 미끄러지며 사라졌고 그는 그 자신이 중얼거리는 목소리를 들었다. "레테 라*, 기다려, 케다테**." 비행기한테 머물러달라는, 혹은 다를린이나 파리에게 떠나가지 말라는 말이었지만, 공사장 감독의 살찐 분홍빛 얼굴이 하늘을 가로막

---

* 아이티 크리올어로 '여기 있어줘'.
** 스페인어로 '기다려'.

298 안에 있는 모든 것

고 나타났다. 원래는 거칠게 굴던 사람이 이렇게 말하는 소리가 들렸다. "걱정 마, 페르난데스. 나 어디 안 가. 구조대가 오고 있어, 친구."

아, 그렇다. 이 일자리를 얻으려고 작성했던 서류에서 그는 산티아고데쿠바*에서 온 에르네스토 페르난데스였다. 공사장에 있던 사람들 그 누구도, 아이티 사람들조차도 그의 진짜 이름을 몰랐다. 그가 소위 "백 퍼센트 쿠바 사람"이라고 믿진 않았지만, 스페인어를 조금 할 줄 아는 걸 보니 쿠바에서 조금 살면서 그 이름을 얻었겠거니 했다.

그는 반 정도 의식이 붙어 있는 이 상태, 생각하고 기억할 수 있는 이 상태가 얼마나 지속될지 몰랐기에 할 수 있는 데까지 밀고 나가고 싶었다. 혼자 시멘트 믹서에서 빠져나온다면? 도시를 가로질러 그가 사랑하는 유일한 두 사람을 보러 간다면? 그들이 그를 볼 수 있기를, 볼 수 없다면 느낄 수 있기를 바랐다. 그는 그게 어떤 방식으로 일어나는지는 몰랐다. 다를린과 파리가 뜨거운 바람이나 서늘한 산들바람을 느낄 수도 있었다. 그들 근처에 있는 무언가가 움직일 수도 있다. 액자가 미끄러진다거나 유리잔이 깨질 수도 있었다. 둘의 시야 한 켠에 그의 그림자가 아른

---

* 쿠바 동남부 카리브해 연안에 있는 항구도시.

거리거나, 일을 마치고 돌아오는 그의 몸에서 나는 퀴퀴한 냄새를 맡거나, 그가 가장 좋아하는 노래가 들릴 수도 있지 않을까? 손바닥이 간지러울지도? 그가 해주는 키스의 떨림이 느껴지는 걸까? 아니면 그들의 꿈속에 나타나는 걸까?

파리는 그의 신호를 더 민감하게 받을지도 몰랐다. 이 아이는 이미 "손상되어" 있었다. 마음 한 조각을 바다와 해안 사이의 어딘가에서 잃어버리면서.

아르놀드는 시간이 얼마 남지 않았음을 느꼈다. 포르드페에서 보낸 어린 시절로까지 전부 거슬러올라가진 않기로 했다. 어차피 잊으려고 애쓰던 시절이었다. 그는 부모를 만나본 적이 없었고 부모가 누군지도 몰랐다. 그는 그를 세상에 데려다놓은 누군가가 버려두고 간 집에서 어린 하인으로 자랐다. 그가 유일하게 알고 있는 거라곤 그가 자란 집의 주인 여자와 그는 피 한 방울도 성도 나누지 않았다는 사실이었다. 그 여자의 두 아들과도 그는 생물학적인 끈이 없었다. 그는 그 두 아들의 옷을 빨고 다림질하고 학교에 데려다주고 식사를 차렸다. 그들이 그보다 몇 살은 더 많았는데도. 그의 부모는 죽었을지도 몰랐다. 그를 키워준 여자는 그의 부모에 대해서 말 한마디 꺼낸 적이 없었다. 그가 요리를 망치거나 집을 제대로 청소해놓지 않았을 때 부모를 가질 자격도 없는 쓸모없는 놈이라고 한 말 외에는.

그는 최대한 빨리 그 여자와 그녀의 아들들에게서 도망쳐 국경으로 갔다. 그곳의 물류 창고에서 잠을 자며 밀가루, 설탕, 쌀 포대를 아이티 노점상이나 상인들에게 날라주는 일을 했다. 마이애미로 떠나는 보트에 대해 이야기해준 사람도 그 상인들 중 하나였다. 그 여자 상인은 자기 형제가 선장이라고 말했다. 그는 그때까지 모은 전 재산을 그녀에게 주었다. 잔인했던 주인 여자와 그녀의 두 아들에게 돌아가 그가 성공했다는 걸 보여주고 싶었다.

그가 다를린의 집으로 거처를 옮기고 그녀가 노스마이애미에 있는 무료 이민 상담소로 그를 데려갔을 때, 그는 그녀가 아직도 이민 허가 서류를 기다리고 있다는 걸 알게 되었다. 그녀가 파리를 임신한 것은 아이티에서 고등학교를 막 졸업한 무렵이었다. 파리의 아빠는 라티보니*에서 그녀와 같은 반 친구였고 둘은, 다를린의 말에 따르면, 비현실적인 사랑을 했다. 그녀는 가족을 사랑했고 조국을 사랑했다. 그녀는 라티보니에서 살고 싶었다. 그곳에서 나이들고 그곳에서 죽고 싶었다. 그녀와 파리 아빠는 양쪽 가족의 지원으로 충분히 먹고살 수 있었다. 하지만 파리의 아빠가 보트를 타고 마이애미로 떠나겠다고 말했을 때 그녀와 파

---

* 아이티 서부에 위치한 주. 공식 지명은 '아르티보니트'.

리만 그곳에 남는 것은 전혀 생각할 수 없었다.

"미친 짓이었죠." 그녀가 아르놀드에게 말했다. "그 사람 없이는 살 수 없을 것 같았어요. 그 사람이 내 옆에 없으면 숨이 멎을 거라고 생각했죠. 더구나 우리한테 아기가 생기고 난 뒤였으니까요."

마이애미에 도착했을 때 바다에서 살아남은 건 다를린과 파리뿐이었다. 남편의 사체는 발견되지 않았다. 병원에 잠시 머문 후 그들은 여성 쉼터로 보내졌다. 이민 상담소의 변호사는 그걸 "인도적 체류 허가"라고 했다. 그 변호사는 아르놀드에게 그가 "무심사로" 이 나라에 들어왔다고 말했다. 그 말인즉슨, 미국에 도착한 날 그가 입국심사관 앞에 선 적이 없다는 것이고, 그건 엄밀히 따져 말하면 이곳에 존재하지 않는 사람이라는 뜻이었다.

다를린이 보고 싶어, 아르놀드는 혼잣말을 했다. 이제 일이 어떻게 돌아가는지 좀더 감이 왔다. 그래도 그가 응답받을 수 있는 소원에 한계가 있는지는 알 수 없었다.

갑자기 그는 다를린이 일하는 리틀아이티의 식당 주방에 서 있었다. 주방은 작았고 뜨거운 김이 자욱했으며 벽에는 기름이 얼룩덜룩 묻어 있었다. 그녀는 큰 냄비에 팥과 옥수수 가루를 끓이고 있었다. 그 냄비 옆에는 그 냄비만큼 커다란 냄비에 대구 스튜가 담겨 있었다. 그 주방을 수없이 방문했던 터라 그냥 기억하는 것일지도 몰랐다. 그녀는 땀을 비 오듯 흘리고 있었고 그는 그녀가 어떻게 거기서 하루종일 버티는지 상상하기 힘들었다. 그녀는 물병의 물을 벌컥벌컥 들이켜고는 바나나를 끓이고 있는 냄비의 뚜껑을 들어올렸다. 일하는 동안 그녀는 노래를 흥얼거렸고, 그도 따라 흥얼거리기 시작했다. 어쩌면 그녀는 그의 흥얼거림을 느낄지도 몰랐다. 어쩌면 그의 목소리를 들을지도 몰랐다.

〈라티보니 오〉는 그녀가 부르는 유일한 노래였다. 그녀는 이노래를 하도 자주 불러서 자신이 노래를 부르는지도 모르곤 했다. 그녀는 행복할 때도, 걱정이 될 때도, 슬플 때도 이 노래를 불렀다. 그녀가 노래를 부르기 시작했다.

라티보니 오, 요 보예 팔레 음, 요 디 음 솔레 말라드*……

그가 알기로 이 곡은 그녀가 태어난 동네에 드리운 아픈 태양에 대한 노래였다. 그는 태양이 아파서 몸져눕다가 죽게 되고 땅에 묻힌다는 소절을 따라 불렀다. 그의 기억 속에서 이 곡은 늘일몰 직전 황금빛으로 타오르는 순간에 대한 엄숙한 이별 노래로 남아 있었다. 라티보니의 노을은 어떤지 모르지만 포르드페의 노을은 세상에서 가장 아름다웠다. 수평선을 똑바로 바라보

---

* 아이티 크리올어로 '라티보니여, 그들이 소식을 전해줬어요. 태양이 아프다고 해요'.

고 있으면 딱 눈이 멀지 않을 정도로만 타올랐다. 황혼은 단숨에 스쳐지나갔지만 그는 지금 시간이 정지한 듯했던 그 순간이 그리웠다.

그는 노래를 힘껏 크게 따라 불렀지만 소리가 나지 않았다. 이것이 한계라는 걸 그는 깨달았다. 다를린의 앞치마에서 윙 하는 소리, 익숙한 진동음이 들렸다. 그녀의 핸드폰이었다.

전화로 인사를 하자마자 무슨 말을 들었는지 다를린은 화가 났고, 끓고 있는 바나나를 부드럽게 젓던 나무주걱을 떨어뜨렸다. 그녀는 너무 화가 난 나머지 씩씩거렸고 그 새어나오는 소리가 마치 휘파람 같았다.

그녀의 친구 울라*가 주문을 몇 개 받아서 왔다. 다를린이 넋이 나간 듯 보이자 울라가 물었다. "사 크 게넹**, 다를린?"

"파리야." 그녀가 말했다.

"그 선생이 파리 가지고 또 뭐라고 해?" 울라는 이름과 걸맞게 다를린이 필요할 때마다 늘 옆에 있어주었다. 울라한테도 선생들이 발달이 더디다고 하는 아들이 하나 있었다.

그는 자신에게 시간이 얼마나 남았는지 몰랐기에 파리의 이름

---

* 아이티 크리올어로 '거기 있니'.

** 아이티 크리올어로 '무슨 일이야'.

을 불렀다. 그것이 아이를 보고 싶다는 소망으로 해석되기를 바랐다.

파리의 학교는 오전 휴식시간이었다. 파리는 책장 두 개 사이의 모퉁이에 홀로 앉아 선생님이 준 종이로 배를 접고 있었다. 아르놀드와 파리는 함께 종이비행기부터 종이배까지 접어본 적이 있었다. 이런 놀이는 파리의 집중력을 키우는 데 도움이 됐지만 아르놀드에게도 도움이 됐다. 그는 배를 보면 자신이 바다에서 살아남았다는 게 다시금 떠오르곤 했다.

아이들은 과자를 먹고 서로를 쫓으며 교실 안을 뛰어다녔고 선생님은 애들한테 타임아웃*을 시키거나 물건을 압수하겠다며 으르렁거렸다. 파리는 이런 소란을 구경하기 위해 고개 한 번을 들지 않는다. 교장 선생님은 파리를 특수반에 넣고 싶어했지만 다를린이 거절했다. 아이가 수줍은 게 아니라 문제가 있는 거라고 낙인을 찍으려는 교장 선생님과 사람들에게, 다를린은 파리가 몇몇 것들에 지나치게 몰두하긴 해도 말썽을 피우는 아이는 아니라고 말했다.

아르놀드는 어린 시절의 오명에 대해 너무 잘 알기에 다를린

---

* 활동을 중단시키고 다른 장소로 격리시켜 조용히 자신의 행동을 돌아보게 하는 훈육법.

의 말에 동의하지 않을 수 없었다. 파리의 선생님들은 아이가 어떤 일을 겪어왔는지 이해할 수 없을 것이다. 아이의 아빠가 아이에게서 불과 몇 미터 떨어진 곳에서 사라졌다는 걸 그들은 몰랐다. 파리는 영원한 슬픔에 빠진 듯했다. 엄마처럼.

아르놀드를 처음 만난 날 파리는 그를 "아빠"라고 불렀다. 나를린이 자신이 일하는 음식점 영업시간이 끝나고 그곳에서 함께 식사를 하자며 마련한 자리였다. 파리는 식사중에는 한마디도 말이 없다가, 아르놀드가 일어서려고 하자 이렇게 물었다. "아저씨가 우리 아빠예요?"

"그럴 수도 있지." 아르놀드가 말했다.

다를린의 얼굴에 미소가 번졌다. 파리가 그의 두 팔 안으로 폴짝 안겼다. 두 사람 모두 아르놀드의 대답을 그가 주는 선물처럼 받아들인 것 같았다. 순간 그의 인생이 특별해졌다. 그는 아빠가 되었다.

파리의 교실에서, 아르놀드는 아이 옆에 놓인 책장과 책장 사이의 좁은 공간에 웅크리고 앉았다. 두 팔로 파리를 감싸안으려 했지만 아이가 그를 느낄 수 없는 것처럼 그도 아이의 몸을 느낄 수 없었다.

그는 파리의 머리 쪽으로 고개를 붙이고 아이가 들을 수 있게 아이의 오른쪽 귀에 대고 소리쳤다. "파리, 내 아들, 넌 언젠가

네 이름이랑 똑같은 파리에 가게 될 거야. 가족도 생기고 진짜 비행기도 타게 될 거야."

아르놀드는 아이가 그의 말을 듣거나 그의 존재를 느꼈는지 확인하려고 기척을 살폈지만 아이는 아무 반응도 없었다. 지금 파리는 여덟번째 종이배를 만들고 있었다. 종이를 가로로 접고 이제 모서리를 접을 차례였다. 둘이 함께 종이배를 만들 때면 항상 파리는 모자처럼 보이는 데서 그만두고 싶은 듯했고, 그러면 아르놀드가 배의 몸체나 끝머리가 나올 때까지 계속 접어주었다.

"잘 있거라, 파리." 그는 아이의 귀에 대고 말했다. "엄마를 영원히 사랑해주렴."

아이가 윙윙거리는 조그마한 모기가 맴돈다는 듯 그가 소리치고 있는 귓가를 손으로 휘이 내젓자, 그는 미소를 지었다.

파리는 사라졌다. 아니, 사라진 건 아르놀드일지도 몰랐다.

그는 다시 공사장으로 돌아왔다. 그날 아침 상처 하나 없이 집을 떠났던 모습 그대로 온전하게. 밝은 주황색 작업복을 입고 안전모를 착용한 채로. 시간이 그를 가지고 놀았던 걸까, 아니면 그가 시간을 가지고 놀았던 걸까? 그가 노란 경찰 통제선을 넘어간 건 현재였을까, 과거였을까?

공사장은 폐쇄되었고 그와 함께 일하던 일꾼들은 주변에서 서성이며 통제선 너머의 사진기자들이 시멘트 믹서를 촬영하는 것을 구경하고 있었다. 길 건너에는 안테나를 길게 뻗은 방송국 뉴스 차량이 줄지어 서 있었고 기자들은 그의 동료 인부들과 지나가던 사람들 몇몇을 인터뷰하고 있었다. 여러 사람이 그가 떨어지는 걸 봤다고 주장했다. 처음엔 팔다리를 마구 휘젓다가 시멘트 믹서의 미끄럼판으로 고꾸라졌다고 했다.

건설사와 개발업체가 이미 발표한 공식 입장문은 여러 기자들의 입을 통해 오후 방송으로 보도되었다. "에르네스토 페르난데스의 비극적인 죽음에 참담한 심정을 금할 수 없습니다. 슬픔에 빠진 유가족과 친구 그리고 동료분들께 깊은 위로의 말을 전합니다. 우리는 주정부 및 연방 조사관들과 이 불행한 사고의 원인을 규명해, 다시는 이런 일이 발생하지 않도록 하겠습니다."

그가 떨어지는 모습을 찍은 핸드폰 영상들도 있었다. 서로 다른 각도에서 찍은 영상들이었다. 땅에서 올려다보며 찍은 사람도 있었고, 테라스나 베란다에서 찍은 사람도 있었다. 이 영상들을 모아 빠르게 편집한 영상 속에서 그는 사람이 아니라 내동댕이쳐지는 커다란 물체처럼 보였다. 너무 빠르게 떨어져서 슬로모션으로 보지 않는 이상 사람으로 식별하기가 어려웠다.

또다시 몸이 가벼워졌다. 몸이 증발하며 답답한 느낌이 들었다. 다를린과 파리도 희미해지고 있었다. 그들은 멀어져가는 그리움, 실루엣, 땅 위에서 점점 희미해져가는 그림자가 되고 있었다.

사랑하는 이가 떠나도 남아서 숨쉬는 사랑이 있다. 추락하는 동안 그는 이 말과 비슷한 문장을 생각하며 기도했다. 이제 다블린은 두 사람을 품게 되었다. 그도 두 사람을 품게 될 터였다. 다블린과 파리. 그는 계속 다블린과 파리를 찾으려 끝없이 애쓸 것이다. 계속해서 다블린과 함께 노래를 흥얼거리고 끊임없이 파리의 귀에 속삭일 것이다. 다블린을 다시 해변에 데려다주기도할 것이다. 그와 같은 사람들을 찾을 수 있도록.

2018년 노이슈타트 국제문학상을 수상한 것에 대해 캐시 노이슈타트, 낸시 노이슈타트 바르셀로, 수전 노이슈타트 슈워츠, 오클라호마대학교, 대니얼 사이먼, 〈월드 리터러처 투데이〉에게, 그리고 2018년 아트 오브 체인지 펠로십을 받게 된 것에 포드재단에 깊은 감사의 마음을 전합니다. 이 두 영예 덕분에 저는 훌륭한 분들을 만날 수 있었을 뿐만 아니라 멋진 작품 활동과 훌륭한 협업을 이어갈 수 있었습니다. 독자로서의 적극적인 지지의 아름다운 모범 사례가 되어준 엘리자베스 알렉산더와 아치 오베하스에게도 감사드립니다. 종종 나의 단편소설의 첫 독자가 되어준 니콜 아라지, 찰스 로얼, 데버라 트레이스먼에게도 큰 감사의 마음을 전합니다. 긴 시간 동안 나와 이 여정을 함께해준

로빈 데서에게도 감사합니다. 그리고 나의 가족들—밥, 켈리, 칼, 페도, 미라, 레일라, 마담 보이어, 그리고 당티카와 보이어 패거리—모두에게 일일이 열거할 수 없는 모든 것에 대해 감사드립니다.

"태어남은 망명의 첫걸음……"은 신디 히메네즈-베라의 시 「당신 나라의 역사 속 기억을 우리에게 말해줄 수 있나요?*COULD YOU TALK TO US ABOUT YOUR COUNTRY'S HISTORICAL MEMORY?*」에서 발췌한 것으로, 기예르모 레볼요길이 번역한 『당신에게 이 섬을 맞바꿔드릴게요: 시선집 *I'll Trade You This Island: Selected Poems*』(데셈보카두라 총서 아과돌체 에디션, 2018년)에서 찾아볼 수 있습니다. "우리는 사랑한다. 그것만이 진정한 모험이므로……"는 니키 조반니의 시 「사랑: 인간의 조건*Love: Is a Human Condition*」에서 발췌한 것으로, 『니키 조반니 시집: 1968-1998 *The Collected Poetry of Nikki Giovanni: 1968-1998*』(하퍼 퍼레니얼 모던 클래식, 2007년 1월)에 담겨 있습니다. 노래 가사 "우리 강에서 모일까요?"는 1864년 로버트 라우리가 쓴 성가 〈강에서*At the River*〉의 일부입니다. 니나 시몬의 〈나를 강가로 데려가오*Take Me to the Water*〉는 1969년 6월 애틀랜타의 모어하우스 칼리지에서의 라이브 공연 녹화를 참고한 것입니다. 찰스 밍거스의 〈아이티 투쟁의 노래*Haitian Fight Song*〉는 1957년에 녹음한 앨범 〈광대*The Clown*〉에 담겨 있습니다. 아이티의 북부 지역 아르티보니트—라티보니—에 대해 노래하는 〈라티보니 오*Latibonit O*〉는 널리 알려진 아이티 민요입니다. 가사를 번역하는 방식은 노래에 나온 "솔레Sole"를 태양(태양의 철자는 보통 "솔리soley")이라고 여길지, 이름이 "솔레"라는 사람으로 여길지에 따라 달라질 것입니다. 이곳 등장인물처럼 솔레를 태양으로 본다면 단편「무심사」에 담긴 그 첫 구절은 다음과 같이 번역될 수 있습니다.

오 아르티보니트여, 그들이 소식을 전해줬어요.
태양이 아프다고 해요.
내가 도착하니, 태양은 침상에 있었어요.
내가 도착하니, 태양은 죽어 있었어요.
애석하게도, 나는 태양을 묻어야 해요.
태양을 묻는 건 너무나 고통스러워요.

이 소설들은 다음과 같은 간행물을 통해 다양한 형태로 처음 출간되었다: 「남겨진 아이」는 「엘시」(2006년 겨울)로, 「옛날에는」(2012년 봄)은 〈칼라루〉에, 「선물」은 「바스티유의 날」(2011년 6월)로 〈캐리비언 라이터〉에, 「열기구」(2011년 봄)는 〈그랜타〉에, 「포르토프랭스 결혼 스페셜」(2013년 10월)은 〈미즈〉에, 「해가 뜨네, 해가 지네」(2017년 7월)와 「무심사」(2018년 5월)는 〈뉴요커〉에, 「일곱 가지 이야기」의 일부는 〈워싱턴 포스트〉에 실렸다.

에드위지 당티카는 미국의 노벨문학상이라고도 불리는 노이슈타트 국제문학상을 받은 작가이다. 미국에서는 이미 이십대 중반부터 촉망받는 젊은 작가로 알려졌던 그녀는 이십오 년 넘게 소설을 써오며 여러 유수의 문학상을 받았고 그녀의 걸작들은 여러 나라에 소개되었다. 하지만 국내에 알려진 작품은 거의 없다. 각종 문예지에 십이 년에 걸쳐 실렸던 그녀의 단편소설 여덟 편을 모은 이 소설집은 그런 이유로 더욱 뜻깊으며, 단편소설의 매력과 스토리텔링의 정수를 오롯이 보여준다.

각 단편은 첫 문장부터 시선을 강렬하게 잡아끈다. 여자친구가 납치됐다고 급하게 전화한 전남편, 한 번도 보지 못한 아버지의 임종을 지켜봐달라고 전화한 그의 부인, 화자 때문에 자퇴하는 대학 룸메이트, 상공에서 추락하고 있는 주인공…… 각 단편의 첫 문장을 읽는 순간부터 우리는 작가가 창조해낸 세상의 한가운데 들어서 있다. 몇 문장만으로도 독자를 단숨에 새로운 세계로 초대하는 작가의 구상력은 정말 뛰어나다. 지면을 알뜰하게 살린 문장력과 등장인물들의 삶 자체가 스스로 숨쉬게 만드는 그녀의 스토리텔링 기법 또한 단편소설의 진수를 느끼게 한다. 이곳에서도 사랑, 우정, 결혼, 배신, 이별, 죽음이라는 모티브가 여느 소설에서처럼 다뤄지지만, 감동이 더욱 크게 울렸던 이유는 글 전체에 디아스포라 정서와 사랑이 중심에 자리잡고 있기 때문이었다.

작품 속 등장인물들은 아이티계 이민자이거나 이민자 2세다. 작가도 아이티에서 태어나 열두 살에 미국으로 건너가 이민자로 살아왔다. 카리브해에 위치한 섬나라인 아이티는 세계에서 가장 가난한 나라 중 하나다. 흑인 노예, 강대국들의 식민지와 독립투쟁, 독재정권과 쿠데타와 민주화를 겪고 지진, 허리케인, 가뭄과 같은 자연재해로 엄청난 피해를 받는 나라다. 「옛날에는」의 주인공 아버지처럼 독재정권이 끝나고 조국의 재건에 자신의 인생을 바치는 나라, 「무심사」의 주인공처럼 꿈을 실현하기 위해 죽음을 무릅쓰고 타국으로 바다를 건너가는 사람들이 사는 나라다. 아이티 사람들의 이런 역사적 배경은 우리의 윗세대부터 지금의 우리에 이르기까지 그리 낯설지만은 않다. 가난과 전쟁을 피해 외국으로 떠난 한국 동포, 새터민, 한국 근대사 속의 독립 운동가, 혹은 이곳에 사는 타국의 수많은 이민자가 이 소설 속의 등장인물이기도 하다.

몸이 떠나온 고향이나 마음이 떠나온 고향, 그것이 나의 조국 이건, 부모이건, 연인이건 간에, 우리는 태어남과 동시에 조국과 가족, 연인을 만나게 되고, 삶을 살아가며 그들과 이별을 하고 어딘가로 떠나게 된다. 우리는 떠나는 자가 된다. 그리고 동시에 떠나온 자가 된다. 누군가에게는 떠나간 자가 되고 낯선 땅에서 낯선 이들에게는 떠나온 자가 된다. 그러면서 무수한 만남과 이별을 겪고 죽음을 목도하며 살아간다. 작가가 제사에서 밝힌 인용문에서처럼, 우리는 영원한 디아스포라의 길을 걷는다. 하지만 우리가 속했던 곳이나 우리의 마음이 속했던 사람과 이별을 통해 그 관계가 끝나더라도, 우리의 죽음이나 사랑하는 이들의 죽음을 통해 생명이 끝나더라도, 우리의 감정은 거기서 끝나지 않는다. "떠나도 남아서 숨쉬는 사랑"이 있기 때문이다. 에드위지 당디카는 비극적인 상황 속에서 교차하고 엇갈리는 감정들을 사랑이라는 공통분모로 예리하게 꿰어낸다.

그 누구도 디아스포라의 삶이 주는 이별과 죽음의 고통으로 부터 자유로울 수 없다. 하지만 에드위지 당티카는 자신의 소설

속 등장인물을 통해 상실과 슬픔을 안고서도, 우리 곁에 남아서 숨쉬는 사랑이 얼마나 강인한지를 보여준다. 자신을 배신한 친구의 생명을 구하기 위해 평생 모은 돈을 내어주는 여자나, 딸의 행복을 위해서 치매로 사라져가는 기억과 싸우는 엄마. 이들이 보여주는 사랑은 무지하고 나약해 보이지만, 그 사랑은 자신의 "안에 있는 모든 것"을 용기 있게 내어줄 수 있는 아름답고도 겸허한 사랑이다.

죽음이나 이별 앞에서 등장인물들이 전하는 작별인사도 아름답고 애틋하다. 존재하는지조차 몰랐던 아버지와의 첫 만남이자 마지막 만남에서 주인공이 남기는 작별인사, 기억이 사라지는 엄마를 보며 어쩌면 이 순간이 엄마의 온전한 모습을 보는 마지막이 될지도 모른다고 생각하는 딸, 혹은 이 순간이 온전한 정신으로 딸을 보는 마지막이 될지도 모른다고 생각하는 엄마가 혼자 말하는 작별인사, 추락 사고로 숨이 옅어지는 남자가 가족들에게 남기는 작별인사. 이처럼 작별인사는 그 순간에는 이별하는 상대와 맞닿아 있지 않는, 어쩌면 철저히 혼자 하는 외로운 것일지 모른다. 작가는 인간의 고독이 극대화되는 순간을, 이런 이별의 순간을 인생의 복잡한 아이러니와 엮어 가슴 뭉클한 감동을 선사한다.

하지만 작가가 전하는 메시지는 여기서 그치지 않는다. 작가는 떠나는 자가 남겨진 사람들을 위해 보내는 애정어린 시선을 놓치지 않는다. 아버지와 마지막 인사를 하고 나온 여자는 자신에게 남겨진 엄마와 학생들에게로 힘차게 행진하듯 나아가고, 기억의 경계에 선 노파는 딸이 스스로 깨우쳐 아이를 사랑으로 잘 키워내길 바라며 떠난다. 죽어가는 남자는 아내의 사랑이 고통받는 누군가의 생명을 구할 수 있는 사랑으로 이어지길 기도한다. 개인적인 슬픔을 이겨낸 등장인물들의 사랑이 다른 사람에게 또다른 사랑으로 전해질 수 있는 인류애적인 사랑으로 승화되는 지점들이다. 작가는 또다른 메시지도 전한다. 남겨진 자가 새로운 사랑의 땅으로 나아가는 모습을 통해서다. 「남겨진 아이」의 엘시는 남편으로부터 배신당하며 비통한 가슴으로 남겨진 아이, '도사dosa'가 되지만, 그녀의 이야기는 끝과 함께 새로운 시작, 새로운 사랑을 경쾌하게 알린다.

헤어짐은 또다른 시작과 만남이다. 상실과 아픔을 안고도 우리는 타의에 의해서 혹은 자발적으로 낯선 곳에서 낯선 사람과 마주하며 새로운 시작을 하고 만난다. 하지만 우리는 한때 속했던 곳을 떠나면서 사랑을 남기고, 새로운 곳에서는 떠나간 누군가가 남겨놓은 사랑을 받는다. 그러하기에 우리는 태어남과 동시에 "영원한 디아스포라"의 길을 걷는 숙명 속에서 고통과 슬픔으로 지치지 않고, 또다시 용기와 희망을 내어 낯선 곳에 한 발을 내디딜 수 있는 게 아닐까. 우리는 진정한 모험, 사랑을 하고 있으므로. "안에 있는 모든 것"을 내어주는 사랑을 하고 있으므로.

이윤실

지은이 **에드위지 당티카**

미국의 소설가. 1969년 아이티 포르토프랭스에서 출생했으며 열두 살에 미국 뉴욕으로 이주했다. 데뷔작 『숨결, 눈길, 기억』이 1998년 오프라 윈프리 북클럽 도서로 선정되면서 대중적인 인기를 얻었고 미국도서상, 스토리상, 전미비평가협회상, 노이슈타트 국제문학상 등 유수의 문학상을 수상했다. 그 외 대표작으로 『크릭? 크랙!』 『뼈들의 농사』 『이슬을 깨는 자』 『형제여, 나는 죽어가네』 등이 있다.

옮긴이 **이윤실**

이화여자대학교에서 사회학과 여성학을 공부하고 동대학 통번역대학원에서 번역학으로 석사학위를 받았다. 현재 전문번역가로 활동중이다.

문학동네 세계문학

안에 있는 모든 것

초판 인쇄 2021년 11월 10일 | 초판 발행 2021년 11월 25일

지은이 에드위지 당티카 | 옮긴이 이윤실
기획·책임편집 정혜림 | 편집 류기일 이현정
디자인 신선아 이원경 | 저작권 박지영 이영은 김하림
마케팅 정민호 정진아 김혜연 정유선 | 홍보 김희숙 함유지 김현지 이소정 이미희
제작 강신은 김동욱 임현식 | 제작처 천광인쇄사(인쇄) 경일제책사(제본)

펴낸곳 (주)문학동네 | 펴낸이 염현숙
출판등록 1993년 10월 22일 제406-2003-000045호
주소 10881 경기도 파주시 회동길 210
전자우편 editor@munhak.com | 대표전화 031) 955-8888 | 팩스 031) 955-8855
문의전화 031) 955-8896(마케팅) 031) 955-8861(편집)
문학동네카페 http://cafe.naver.com/mhdn | 트위터 @munhakdongne
북클럽문학동네 http://bookclubmunhak.com

ISBN 978-89-546-8357-9 03840

www.munhak.com